L'ORPHELIN

Urbain Olivier

NOUVELLE VILLAGEOISE

I0564188

SAMIZDAT

Urbain Olivier (1810-1888)
L'Orphelin : nouvelle villageoise.
ISBN : 978-2-9814604-3-1

Les italiques proviennent de l'édition originale et, à moins
d'avis contraire, il en est de même des notes. Ce texte
conserve l'orthographe et la ponctuation d'origine.
L'Orphelin fut publié initialement en 1863.
[NdÉ = Note de l'Éditeur]

Issu d'une famille protestante de La Sarraz et d'Eysins en
Suisse, **Urbain Olivier** est né le 3 juin 1810 à Eysins. En
1832, il épouse Louise Prélaz, fille de médecin et publiera
trente-cinq romans et nouvelles. Olivier décède le 25 février
1888 à Givrins.

Samizdat 2015
COP Jean-Gauvin
CP 25019
Québec, QC
G1X 5A3 Canada
http://www.samizdat.qc.ca/publications/

Couverture : PogoDesign

L'homme qui se contente de n'être que lui-même, et par consé-
quent d'être moins qu'un être humain, vit dans une prison. Mes
propres yeux ne me suffisent pas, à moi, je veux voir avec ceux
des autres. La réalité, même vue par les yeux d'une multitude
d'hommes ne me suffit pas. Je veux voir ce que les autres ont
inventé. Et même, il n'y a pas assez des yeux de toute l'humanité.
Je regrette que les bêtes brutes ne puissent pas écrire des livres.
C'est avec joie que j'apprendrais quelle face présente le monde à
une souris ou à une abeille. Et c'est avec un plaisir plus grand
encore que je percevrais le monde olfactif chargé de toutes les
informations et de toutes les émotions qu'il apporte à un chien.
(...) Mais en lisant de la bonne littérature, je deviens un millier
d'hommes et pourtant je demeure moi-même. Comme le ciel
nocturne du poème grec, je vois avec une myriade d'yeux, mais
c'est encore moi qui vois. Alors, comme dans la foi, l'amour, l'acte
de morale et l'acte de connaissance, et je ne suis jamais plus moi-
même qu'à ce moment-là.
(C.S. Lewis — Expérience de critique littéraire. — 1965)

Il est bon pour l'homme de porter le joug dans sa jeunesse. Il se
tiendra solitaire et silencieux, parce que l'Eternel le lui impose; Il
mettra sa bouche dans la poussière, sans perdre toute espérance;
il présentera la joue à celui qui le frappe, il se rassasiera d'op-
probres. Car le Seigneur ne rejette pas à toujours. Mais, lorsqu'il
afflige, Il a compassion selon sa grande miséricorde.
(Lamentations 3: 27-32)

TABLE DES
MATIÈRES

PREMIÈRE PARTIE

CHAPITRE PREMIER

*Ce qui se passe ici n'est donc
pas une chose nouvelle.*

Dans l'unique auberge du village populeux des Marettes, on se donnait assez de mouvement, un samedi, vers les trois heures du soir[1]. Mme Adèle Nantherbe allait et venait dans sa grande cuisine, cassant des œufs dont elle ôtait soigneusement le blanc, après quoi elle faisait tomber le jaune dans un plat creux, en porcelaine. Il s'agissait, sans doute, de confectionner une crème au citron, car l'odeur suave de ce fruit du Midi remplissait tout l'appartement. Jean Nantherbe, une bouteille à la main, tantôt vide, tantôt pleine, servait son monde et se rendait à tout moment de la chambre à boire à la cave. C'était un fort gaillard d'environ trente-cinq ans, qui, ayant servi comme domestique pendant une douzaine d'années, s'était amassé un petit pécule au moyen duquel il avait pu louer l'auberge des Marettes et se fournir du mobilier nécessaire. Il est vrai que sa femme lui apporta une dot de mille francs, produit de ses économies de cuisinière. Mariés depuis trois mois,

---

1 - [NdÉ] Expression quelque peu surprenante. On disait *du soir* par symétrie avec *du matin*. Le substantif *après-midi* n'est attesté qu'à partir du début du XVIIIe siècle, et n'est devenu d'usage courant que plus tard.

ils étaient venus, peu après la noce, se fixer aux Marettes, où ils remplissaient le métier d'aubergistes à la satisfaction du public.

Ce jour-là, 31 décembre 182., il s'agissait de préparer un souper pour la municipalité des Marettes, qui tiendrait sa dernière séance de l'année à cinq heures, et passerait le reste de la soirée à l'auberge avec quelques invités. Le conseil fournissait lui-même les viandes destinées au repas. On achetait une dinde; le garde-forestier des montagnes envoyait un lièvre, comme à l'ordinaire chaque année; puis, Jean Nantherbe avait rapporté de la ville d'autres provisions, parmi lesquelles figuraient une énorme demi-longe de veau, et du bœuf pour le bouillon nécessaire au civet de lièvre.

Le payement du souper se faisait au moyen d'une bourse municipale, contenant divers petits émoluments reçus par le conseil et destinés à fêter en corps le dernier jour de l'année. La chose était admise à cette époque; elle dura jusqu'à la constitution de 1831, qui vint définitivement l'abolir. Mais il est vrai que, jusqu'alors, les traitements des directeurs de communes villageoises se réduisaient à quelques francs par année. Le syndic, dix francs, et chaque municipal quatre francs, soit quinze et six de notre monnaie actuelle: telle était la moyenne des traitements.

Mme Adèle Nantherbe, tenant à se distinguer, ce soir-là, comme cuisinière, vérifia minutieusement dans son cahier de recettes, tout ce qu'elle y avait inscrit autrefois sur la meilleure manière de préparer un civet de lièvre: la sauce devait être noire, abondante, légère et toutefois se *tenir*, comme de la crème fouettée. Pour la demi-longe, c'était une chose de rien: elle serait tendre, blanche à l'intérieur comme du poulet, et d'un roux vif tout autour. La dinde, rôtie à la broche, demandait un peu plus de savoir culinaire: elle se traiterait fort bien dans le petit four en briques réfractaires, qui se plaçait devant le feu de la cuisine et possédait une broche à crochets mobiles.

À l'heure fixée, quelques municipaux commencèrent à arriver. En passant, ils flairaient l'odeur appétissante émanant du foyer, s'arrêtaient pour dire un mot approbatif à l'hôtesse et continuaient à se diriger d'un pas grave, et parfois d'une lenteur extrême, du côté de la salle des séances. C'était une grande chambre éclairée par deux petites fenêtres à coulisses, qui ne laissaient entrer qu'un jour douteux, même à midi, par le temps le plus clair. L'ameublement de cette pièce se composait d'une forte table en noyer massif, avec six pieds tournés, gros comme des jambes d'éléphant. Une douzaine de chaises dans le même style étaient espacées le long des murs, et, dans un coin, se dressait l'armoire contenant les archives communales. Dans la vaste cheminée brûlait un énorme tronc de hêtre, flanqué de deux bûches moyennes pour en activer la combustion. La chaleur intense provenant d'une telle fournaise, était tempérée par un courant d'air très vif, amené par une des fenêtres à demi soulevée; car, sans ce courant, qui servait en même temps à entretenir le feu, la fumée eût rendu impossible l'habitation de cette salle.

Le couvert était déjà mis depuis longtemps, lorsque Jean Nantherbe apporta quatre grands chandeliers de laiton et demanda à ces messieurs les municipaux s'ils voulaient prendre un verre de vin nouveau en attendant le souper.

— Qu'en dites-vous? fit le syndic, en s'adressant d'une manière générale à ses collègues.

— Rien n'empêche de boire un verre, répondit le boursier, en se carrant au coin de la cheminée.

— Avons-nous plusieurs objets à examiner avant le souper? demanda un municipal. Nous ferions mieux, en ce cas, d'expédier les affaires tout de suite, avant l'arrivée des invités.

— Vous avez raison, Zaï, reprit le syndic: travaillons d'abord; on aura le temps de boire après. Nous n'avons

qu'à rester ici, les pieds au chaud, pendant que le secrétaire fera les inscriptions au registre.

Voici d'abord, Messieurs, une circulaire du lieutenant
du Petit-Conseil, qui recommande aux municipalités une
surveillance plus active sur les pintes et cabarets,
auberges et autres lieux publics. Il rappelle que, sauf les
cas extraordinaires ou d'exceptions, fêtes, réjouissances
publiques, etc., tous les établissements de ce genre
doivent être fermés à dix heures du soir. — Je propose,
en conséquence, qu'il soit donné des ordres à ce sujet au
sergent municipal, qui est en même temps garde-cham-
pêtre et inspecteur de police. Êtes-vous de cet avis?

Tous les municipaux répondirent par un oui bien arti-
culé. Celui d'entre eux qu'on appelait Zaï (par abréviation
d'*Ésaïe*) ajouta à son vote qu'il fallait être décidé à
observer la loi et non se borner à des recommandations.
Le syndic continuant:

— Voici maintenant une lettre du pasteur de la Combe-
aux-Rocs. Elle est déjà un peu ancienne, car je l'ai
reçue il y a dix jours. Le ministre écrit pour nous annoncer que notre ressortissante, Françoise Charrnay veuve,
comme vous le savez, de Bénédict Charnay, est assez
gravement malade d'une fluxion de poitrine[2], qu'un
secours en argent est devenu tout à fait nécessaire vu
que la veuve est pauvre et son fils non encore en âge de
gagner sa vie. Je pense qu'on peut accorder un secours;
reste à savoir — si toutefois vous êtes d'accord avec sur
ce premier point — combien il faut envoyer au pasteur
de la Combe-aux-Rocs. Je commence par la droite:
vous Gaspard?

— Quel âge a le fils Charnay? demanda le vieux municipal, interpellé par le syndic.

— La lettre ne le dit pas; mais, autant qu'il m'en
souvient, reprit le syndic, il ne peut avoir plus de quinze
ans, seize peut-être.

— Seize ans! S'il est hors des écoles, dit M. Gaspard, il

2 - [NdÉ] Pneumonie.

doit gagner sa vie et une partie de celle de sa mère. Je voterai un écu neuf pour commencer, soit quatre francs.

— Et vous, Zaï?

— J'accorde un louis[3], toutefois en priant le pasteur de remettre l'argent qu'au fur et à mesure des besoins. Que voulez-vous que cette pauvre femme achète avec quatre francs, si elle est gravement malade? Envoyons un louis pour commencer. Terminons l'année par une bonne action, messieurs. La bourse des pauvres a de l'argent, et si elle en manque, puisons dans celle de la commune. Ayons égard à la position de nos ressortissants forains, qui ne participent pas aux bénéfices communaux. Voyons, nous aimons tous ce qui est juste et équitable, n'est-ce pas? et dans peu d'instants nous comptons bien souper à cette table. Pensons aux pauvres. Vous donc, messieurs, qui n'avez encore rien dit, je vous prie de m'appuyer ici: votons, pour commencer, un louis, soit seize francs, à la veuve Charnay, et chargeons le boursier d'en faire l'envoi dès demain.

La proposition du municipal Ésaïe Cléret fut votée par cinq contre deux, malgré une sortie de M. Gaspard, qui, d'un ton bourru et presque en colère, dit qu'il ne s'agissait pas de dilapider les deniers des pauvres, que c'était un argent sacré, auquel on ne devait toucher qu'avec précaution, au lieu de le jeter par les fenêtres.

— Si l'on veut donner un louis à tous ceux qui réclament des secours, dit-il, la commune et tous les particuliers seront bientôt ruinés, et si Zaï Cléret est disposé à de telles prodigalités, moi, Gaspard Lebrun, j'entends autrement les intérêts des bourgeois du village des Marettes.

— C'est bon, c'est bon, Gaspard, interrompit le

---

3 - [NdÉ] Selon le Littré: le Louis d'or, ou, simplement, *louis*, est une monnaie d'or ainsi appelée, depuis Louis XIII, du nom des rois qui l'ont fait frapper. Le louis d'or fabriqué en 1640, valait dix francs et plus tard vaudra vingt-quatre francs.

syndic, le secours de seize francs est accordé par cinq voix contre deux. Le secrétaire va l'inscrire au registre. Et faites-moi le plaisir, messieurs et chers collègues, de ne pas vous fâcher. Voyez, la table est toute prête. Nous voulons souper tous en bonne amitié.

Le reste de la séance, qui dura une demi-heure, fut consacré à fixer le jour de la mise de l'eau des fontaines, celle des *ruclons*[4], des herbes des chemins, puis à confirmer dans leurs fonctions, pour un an, les gardes-champêtres et le forestier des montagnes, ainsi que les divers employés relevant directement du Conseil. L'ordre du jour étant épuisé, on fit lecture du procès-verbal, qui fut approuvé et signé séance tenante, chose très rare en ce temps-là. Le registre fut déposé aux archives on fit disparaître l'écritoire, et la porte s'ouvrit. Le sergent municipal entrait pour annoncer que deux invités attendaient à la cuisine, et que Jean Nantherbe demandait s'il pouvait servir le souper.

— Oui, oui, qu'ils entrent, lui fut-il répondu, et servez souper quand les autres seront venus.

Les municipaux se levèrent pour saluer un arrivant et pour élargir le cercle autour du foyer.

Messieurs le syndic et municipaux, j'ai l'honneur de vous saluer. La santé est bonne? Comment se portent ces messieurs? La saison est bien froide, mais nous sommes arrivés au moment des frimas de l'hiver: et ça va bien, monsieur le syndic?

— Très bien, monsieur le régent; voilà une place, *schéta-vo*[5].

— Votre serviteur, monsieur Zaï; la santé est bonne? Comment se porte la maison, toute la famille? Le rhume de la Julie va-t-il mieux?

— Oui, Dieu merci, monsieur Ambrezon. Approchez vos pieds du feu, voyez, il y a de la place

---

4 - Les boues autour des fontaines.

5 - En patois: *Asseyez-vous*.

— Ne faites pas attention, ne faites pas attention. Voilà un temps assez froid, les vaches donnent moins de lait. La mienne a déjà diminué d'un demi-pot depuis avant-hier: c'est une chose extraordinaire comme la bise agit sur le lait des vaches. Et la santé est bonne, monsieur le boursier?

— Oui, meilleure que celle de la bourse.

— Ah! la réplique n'est pas mauvaise.

M. le régent Ambrezon appartenait à l'ancienne école des instituteurs primaires. Tout à fait naturel quand il s'exprimait en patois, sa vraie langue maternelle, il devenait pédant et affecté dès qu'un mot de français sortait de sa bouche. Quoique régent aux Marettes depuis vingt-cinq ans, il s'était toujours occupé avec beaucoup plus d'intérêt de sa vache, de fourrage et de pommes de terre, que d'enseignement public ou particulier. Possédant une superbe écriture bâtarde, il écrivait le mot lecture avec une apostrophe (l'ecture) et ne reconnaissait la qualité de verbe à un mot qu'en y ajoutant la terminaison *ront*. Malgré cette dose, hélas! si minime de science, le régent Ambrezon avait eu la chance de faire quelques bons élèves aux Marettes. On y comptait une vingtaine de jeunes hommes ayant une belle écriture, une orthographe pas trop mauvaise, et sachant l'arithmétique jusqu'à la division. Aussi M. Ambrezon ne se gênait pas de dire à haute voix, de temps en temps: «On me reproche d'être un mauvais régent: eh! bien, *par ainsi*, je ne devrais pas faire de bons élèves. Voyez pourtant l'écriture à Revarol; et pour *l'ecture* il n'y en a pas deux à Sarvy qui prononcent aussi bien que Charles *à* Ronzier. S'il y a des enfants bornés, je ne peux pas leur changer la cervelle.»

Ce respectable instituteur était là depuis cinq minutes, lorsqu'un petit homme à cheveux roux, la main dans la poche de sa veste, fut introduit par le sergent municipal.

— Bonsoir à ces messieurs, dit-il simplement; il fait bon ici.

— Bonsoir, bonsoir, ami Gabriel, approchez-vous du feu; voilà une chaise: *schèta-vo*.

— Merci, monsieur le syndic. Tous ces messieurs se portent bien, j'espère.

— Oui, oui; tout va bien.

— Allons, c'est bon. Ah! bonjour, monsieur le régent: comme va-t-il?

— Très bien, forestier Gabriel. La santé est bonne? On voit que vous vous *maintenez*. Est-ce que les vaches ont senti le froid dans la montagne?

— Le froid? pourquoi? elles sont bien au chaud dans leurs étables.

— C'est particulier; la mienne a diminué d'un demi-pot depuis avant-hier.

— Et les lièvres, ami *Grabiet*[6], lui demanda le boursier pour couper court au laitage du régent, les lièvres, que disent-*elles*[7] de bon?

— Ils nous annoncent la neige pour demain, sans faute; car celui que j'ai tué aujourd'hui était bourré de nourriture pour huit jours au moins.

— Ah! c'est particulier, reprit vite M. Ambrezon: cela annonce la neige? Alors la bise tombera, et les vaches...

— À table, messieurs, dit le syndic; *schéta-vo*. Toutes les places sont bonnes.

Trois nouveaux invités du village étant arrivés, Jean Nantherbe fit son entrée avec un grand plat contenant le civet de lièvre fumant.

— Servez chaud, messieurs, dit-il; servez chaud et buvez sec.

Les douze convives ne se firent pas presser. En moins d'une minute, ils étaient assis, et deux d'entre eux servaient le civet, à droite, à gauche, par grandes cuil-lerées. Tous avaient bon appétit; plusieurs, et notamment M. Ambrezon, s'étaient privés de leur café de quatre

---

6 - Patois roman, pour le mot *Gabriel*.

7 - *Lièvre*, en patois, est féminin.

heures pour avoir l'estomac mieux disposé à faire honneur aux viandes apprêtées par Mme Nantherbe. Le lièvre fut trouvé parfait, la dinde exquise; le veau délicieux et les plats d'entremets surprenants. Un pudding au rhum, sorte de macédoine digestive, excitant les derniers restes d'appétit, parut à M. Ambrezon quelque chose de si distingué, qu'il en redemanda deux fois après un premier service déjà copieux pour un homme de son âge. Le dessert allait être servi, lorsque le sergent municipal annonça qu'un jeune homme était là, demandant à parler au syndic et lui apportant une lettre.

— Faites-le entrer, Zacharie, répondit ce dernier.

CHAPITRE II

*Entre, jeune homme. Il se trouvera bien ici quelqu'un
pour t'offrir un peu de sympathie
et un morceau de pain.*

C'était un garçon de taille moyenne pour son âge, les cheveux châtains, légèrement ondulés. Quelques mèches venaient s'abattre jusque sur les sourcils de l'enfant et lui voilaient presque les yeux. Il entra d'un pas timide, en tenant son chapeau d'une main; de l'autre, il présenta la lettre au syndic, qui lui demanda d'où il venait à une heure si tardive.

— Monsieur, répondit-il d'une voix tremblante d'émotion et de fatigue, je viens de la Combe-aux-Rocs.

— De la Combe-aux-Rocs! Serais-tu, par hasard, le fils de la veuve Charnay?

— Oui, monsieur.

— Nous nous sommes justement occupés de ta mère, ce soir, mon garçon; ainsi tranquillise-toi: vous recevrez le secours demandé par M. le pasteur. J'espère qu'elle est beaucoup mieux, ta mère, bientôt guérie, n'est-ce pas? L'enfant se mit à pleurer, à sangloter, et se laissa presque tomber sur une chaise en ce moment inoccupée, mais ne répondit pas.

— Syndic, dit Ésaïe Cléret, lis donc ta lettre, au lieu de questionner ce pauvre garçon, qui n'en peut plus.

Puis, se levant et prenant son propre verre, il le porta David Charnay, qui pleurait toujours en se cachant le visage.

— Tiens, mon enfant, bois ce verre de vin vieux, tu as besoin de reprendre des forces.

— Non, merci; je n'ai pas soif.

— Bois toujours, je te dis: ça te fera du bien. N'en prend que ce que tu voudras.

David mouilla ses lèvres et rendit le verre. Tous les yeux sauf ceux du syndic qui lisait sa lettre, étaient dirigés à côté de l'enfant.

— Dis-moi, reprit Zaï à voix basse, ta mère est-elle beaucoup plus malade?

— Ma mère est morte, monsieur, et je suis seul au monde.

Zaï lui prit la main avec affection, puis revint s'asseoir quand David fut un peu calmé.

— Hélas! oui, messieurs et collègues, dit le syndic, cette pauvre femme Charnay est morte, il y a quatre jours. On l'a ensevelie hier. Voici, du reste, la lettre du syndic de la Combe-aux-Rocs. Ceux d'entre vous qui sont municipaux peuvent se la passer de l'un à l'autre.

— Il me semble, syndic, reprit Ésaïe Cléret, que le plus pressant est de faire manger quelque chose à notre ressortissant David Charnay, puis de lui trouver un gîte provisoire. J'offre de l'emmener chez moi jusqu'à lundi, et je vous propose de lui faire servir un morceau de veau, du légume, et un verre de vin de notre souper. Voilà un orphelin de père et de mère; pensons à agir à son égard comme nous voudrions qu'on le fît pour nos propres enfants, si jamais ils se trouvaient dans la même position que lui. J'ignore ce que dit la lettre, mais je suppose que la veuve Charnay ne laisse à peu près rien. — Vous m'autorisez à faire souper ce jeune homme, n'est-ce pas?

— Oui, oui, répondit-on.

M. Ambrezon, oubliant qu'il n'était pas là comme

municipal, mais seulement à titre d'invité, prononça le
oui comme les autres et ajouta même une louange à
l'adresse de ce brave M. Cléret.

— À votre santé, monsieur et voisin Gaspard, dit-il.
N'est-ce pas que monsieur Zaï porte son cœur sur la
main. C'est un digne homme; Dieu le bénisse.

— Eh! Zaï, cria Gaspard; tu verras de près les affaires,
entends-tu? Il était resté pas mal de viande.

— Bien, bien; ne vous inquiétez pas de ça, Gaspard.

— Allons, mon ami, viens avec moi. Prends courage; le
bon Dieu n'abandonne pas les orphelins.

Ils sortirent l'un et l'autre de la salle. Ésaïe conduisit
son jeune protégé à la cuisine, où il demanda à
Mme Adèle d'apporter le veau qu'on venait de desservir.

— Coupez-en une bonne tranche, dit-il; mettez-la sur
une assiette avec un peu de ces *brises*[8], servez aussi du
légume s'il est encore chaud, et donnez-moi du pain.

— Laissez-moi seulement faire, monsieur Zaï: vous
voulez que ce jeune homme soupe aussi; c'est bien
naturel. Allez avec lui pour le faire asseoir dans la
chambre à boire; je vais porter ce qu'il faut.

Deux minutes après, David avait pris place à un bout
de table, et Zaï, vis-à-vis de lui, l'encourageait à manger.

— Ne te presse pas, David, tu as tout le temps. Soupe
bien, mon pauvre enfant. Voilà un verre de vin; tu en
auras assez, qu'en dis-tu?

— Oh! oui, monsieur. Je ne suis pas habitué à boire
du vin; mais j'ai bien faim, ayant marché depuis trois
heures jusqu'à neuf.

— Dans une demi-heure, quand tu auras fini, je
reviendrai t'appeler et je t'emmènerai chez moi pour
cette nuit et la suivante. Attends-moi à cette place.

Comme Ésaïe Cléret se levait pour retourner à la
chambre de la municipalité, David se leva aussi et vint
lui prendre la main, en disant:

— Merci, monsieur. Que Dieu vous récompense de

---

8 - Miettes.

vos bontés pour moi!

En reprenant sa place auprès de ses collègues Ésaïe les trouva parlant de l'orphelin. Ils lui tendirent la lettre. Que faudrait-il faire? Où et comment placer David? Les seize francs votés dans la soirée ne suffiraient guère que pour un mois d'hiver, s'il fallait le mettre en pension.

— On a bien raison de dire, fit tout à coup Gaspard Lebrun avec un geste de contrariété visible, que rien n'est assuré en ce monde. Ce ne sont pas deux cents francs qui nous tireront d'affaire avant que ce gamin puisse gagner sa vie. S'il en venait une dizaine comme lui, la commune serait bientôt ruinée. Parbleu! il n'y a qu'à donner des secours par un louis à la fois, et l'on verra bientôt le fond de bourse des pauvres. Alors, puisez, c'est clair! puisez dans celle de la commune, et adieu les répartitions de bénéfices. Qu'est-ce que des gens comme ces Charnay avaient besoin de se marier? misère engendre misère, de tout temps on l'a vu.

Ésaïe Cléret interrompit sa lecture pour écouter la nouvelle sortie du vieux municipal, qui paraissait regretter si fortement la dépense qu'il faudrait faire, pendant quelques mois, pour l'orphelin pauvre et abandonné.

— Écoutez, Gaspard, lui dit-il, vous me feriez presque fâcher tout de bon, quand je vous entends parler de cette manière. Mais je me retiendrai, car nous ne voulons pas finir l'année en désaccord, autour de cette table. Je vous ferai seulement une question: cet enfant n'a ni père, mère, ni même aucun parent à notre connaissance. Il a l'air bien élevé, reconnaissant de ce que nous avons fait pour lui il y a un moment. Si nous pouvons le mettre en état de gagner honnêtement sa vie au moyen de quelques dépenses, ne sera-ce pas un argent mieux employé que les trois cents francs votés en septembre dernier pour faire marier une misérable fille qui en était à sa seconde faute? — Répondez-moi.

— Je ne dis pas le contraire, Zaï; mais je te ferai remarquer que le cas était bien différent. Là, il ne s'agissait que de la commune, dont l'intérêt exigeait qu'on expulsât cette particulière. Maintenant, elle est bourgeoise d'un autre endroit: nous n'avons plus à nous en occuper.

— Alors, vous pensez qu'il n'est pas dans l'intérêt de la commune que nous mettions ce jeune homme en état de gagner sa vie?

— Si fait; mais je dis que c'est déplorable d'en être réduit à cette extrémité.

— Vous ne me comprenez pas complètement, ami Gaspard, si au lieu de David Charnay, vous aviez à décider sur un nouveau cas de mariage forcé, crieriez-vous autant que vous le faites?

— Si je crierais? ça ne te regarde pas, monsieur Zaï: mêle-toi de tes affaires. Les gens qui ne laissent pas de quoi élever leurs enfants ne devraient pas se marier. Voilà déjà quarante francs qu'il faudra payer, tant à la commune la Combe-aux-Rocs qu'au médecin qui a soigné la veuve Charnay. Et d'ici à Pâques, au milieu de l'hiver, personne ne voudra garder ce David pour rien, c'est bien évident. Toujours des dépenses, des dépenses...

M. le régent Ambrezon vint heureusement se mêler à la conversation:

— Ah! vous avez bien raison, monsieur Gaspard, dit-il. À votre santé, messieurs et compagnie: voilà du vin excellent. Oui, vous avez bien raison effectivement. Alors, ce jeune homme devra sans doute fréquenter les écoles jusqu'à Pâques. C'est une chose qui, comme régent, m'intéresse. Je ferai volontiers ce que je pourrai pour développer son intelligence et rendre ainsi un bon service à l'orphelin, de même qu'à toute la communauté. J'en aurai plus de peine, cela est certain; cependant, je le ferai de bon cœur. Messieurs et compagnie, à votre santé! Monsieur Zaï, je vous la souhaite bonne. De même à vous, monsieur le syndic. Une fois nous deux, ami secrétaire. Eh! voilà pourtant un secrétaire, messieurs, qui a une belle écriture, qui sait *la chiffre*. Monsieur le boursier, je vous salue. À la vôtre, monsieur Gaspard.

— Ah! bah! c'est assez *trinqué*, répondit ce dernier: ça fatigue de toujours trinquer on peut bien boire sans toujours tendre les bras à droite et à gauche.

Le régent fit un joli signe de tête, puis, souriant d'un air satisfait, il offrit de chanter une chanson pour égayer un peu la compagnie. En ce moment, Ésaïe Cléret retournait vers son protégé, en disant au syndic que, s'il n'y voyait pas d'inconvénient, il gardait la lettre jusqu'au surlendemain.

— Tu peux la garder, mais tu me la rendras à la prochaine séance.

Pendant que ces choses se passaient ici, David terminait son repas dans la chambre voisine. Un grand garçon de vingt ans, qui buvait seul dans un coin et qui avait vu l'installation de David par le municipal Zaï, était venu se placer en face de l'orphelin avec sa bouteille et son verre, puis il n'avait pas tardé à lui adresser la parole.

— Ta mère est donc morte? lui dit-il pour commencer.

— Oui.

— Comment t'appelles-tu?

— David Charnay.

— Et ton père est aussi mort?

— Oui il y a huit ans.

— À ta santé, mon garçon! voyons, finis ton verre. Que je te verse au moins à boire, puisque ces pleutres de municipaux ne t'ont donné qu'un seul et unique verre de vin. C'est ça qui sent le municipal! Un verre de vin à un pauvre orphelin éreinté, pendant que ces messieurs en boivent peut-être chacun trois pots ce soir! Allons, avale-moi ça, je veux t'en verser du mien.

— Je vous remercie, mais je ne veux boire que mon verre.

— Veux-tu bien te taire! Un garçon de seize ans, qui a

faim et soif, qui est fatigué et qui a du chagrin doit boire une bonne bouteille, c'est moi qui la payerai. Donne-moi ton verre, je te dis.

— Non, c'est inutile, je ne le boirais pas quand même il serait versé.

— Voyez-vous ça! dit l'autre, en regardant la compagnie des buveurs. On voit bien qu'il vient d'un pays où il n'y que des sapins et des rochers, le jus de la treille y est inconnu.

En ce moment, Ésaïe Cléret entra dans la chambre, en disant:

— As-tu fini, David? puis voyant son vis-à-vis qui tenait une bouteille à la main: — Qu'est-ce que vous faites-là devant ce jeune homme, Gloux? — Dis-moi, David, t'a-t-il fait boire?

— Non, monsieur.

Le jeune garçon n'ajouta rien de plus, mais les voisins s'empressèrent de dire qu'il avait refusé.

— Tu as bien fait. — Gloux, non content de vous adonner à l'ivrognerie, vous cherchez encore à y pousser les autres: c'est très mal. Vous faites là une chose dont vous aurez à rendre compte un jour. — Viens, David.

Gloux ne répondit pas; il se versa un nouveau verre sortit une pipe de terre de la poche de son gilet, la bourra, l'alluma sans façon à la chandelle voisine et ne tarda pas s'entourer d'un nuage de fumée.

En arrivant chez lui avec David, Ésaïe Cléret expliqua en quatre mots à sa femme qui était ce jeune homme, pourquoi il l'amenait. Il coucherait à l'écurie. Un drap, une couverture étaient suffisants. Mme Cléret s'empressa de donner à son mari ce qu'il demandait, pendant qu'il allumait sa lanterne. Dix minutes après, David Charnay dormait du sommeil des orphelins: sommeil bienfaisant, profond, pendant lequel il rêva de sa mère et lui raconta son voyage, avec tous les détails que nous connaissons.

Dix heures sonnaient à l'horloge du village, lorsqu'Ésaïe

Cléret rentra pour la dernière fois dans la chambre municipale. M. Ambrezon répétait le refrain d'une chanson bien connue, avec une emphase aussi ridicule que l'air était faux dans sa bouche.

> « C'est ainsi qu'l'on descend gaîment
> Le fleuve de la vie. »

— Comment la trouvez-vous, celle-là, monsieur Gaspard? est-elle jolie, oui ou non?

— Monsieur Ambrezon, je ne me mêle pas de chansons. D'ailleurs, je n'ai pas étudié la musique. Ma mère la chantait déjà, votre chanson!

— Sur le même air?

— Je n'en sais rien.

— Voyons, dit le boursier, et il se mit à chanter:

> Toute chanson qui perd sa fin,
>   Mérite à boire,
>   Mérite à boire;
> Toute chanson qui perd sa fin,
> Mérite à boire un verre de vin.
>
> À ta santé, mon cher voisin,
> L'honneur de t'y connaître!
> Chez toi l'on y boit du bon vin,
> Je voudrais **toujou-iétre**.

— Bien! bien, messieurs, dit Ésaïe. À votre santé à tous! bonne fin d'année, et bonne nuit! Dix heures ont sonné, syndic: tu vas mettre la circulaire à exécution dès ce soir, je pense.

— Sans doute, Zaï; nous nous conformerons à l'article des cas extraordinaires.

— C'est ça, c'est ça! dirent aussi quelques-uns. Les jours de fêtes et réjouissances publiques font exception: nous sommes dans la règle.

— Assieds-toi, Zaï, reprit le boursier, on va nous

apporter de l'eau de cerise, et Gaspard nous chantera une chanson.

— Moi, une chanson! Vous êtes fous, je crois. Est-ce que j'ai jamais chanté?

— Oui, Gaspard, je vous ai entendu chanter la chanson de l'Ours:

Crois-moi, ne va pas éveiller
Le gros ours noir dans sa tanière.

— C'est possible, mais il y a longtemps de cela, et le pays était alors mieux gouverné qu'aujourd'hui. Tout le monde avait de la crainte. Chacun faisait le service militaire de bon cœur, jusqu'à soixante ans. À présent, on ne voit bientôt plus que des gens affamés, ou des débiteurs en retard. Il paraît même qu'il v a des sectaires dans certains recoins du pays. Tout va de travers chez nous. On ne peut pas seulement souper tranquillement, une fois par année, entre municipaux, sans avoir des affaires désagréables.

— Voyons, voyons, Gaspard, un peu de bienveillance et pas trop de noir, dit Ésaïe, en avançant son verre pour trinquer avec lui. L'année s'en va, et nous aussi nous descendons la garde. Puisse l'année prochaine être bonne pour vous tous, messieurs!

Ayant renversé son verre vide sur la table, Ésaïe Cléret prit son chapeau et quitta le lieu de réunion. Les autres municipaux et les invités ne détablèrent que vers les deux heures du matin. Jean Nantherbe offrit son bras à Gaspard, dont les jambes paraissaient affaiblies; mais au bout de quelques pas, le vieil intraitable le remercia en lui disant qu'il n'avait pas besoin de lui.

— Écoutez un peu, Jean.

— Quoi? M. Gaspard.

— Je pense que ces restes de viande seront soignés et respectés, puisque c'est la municipalité qui a tout fourni.

— Comme de juste, répondit l'aubergiste, qui s'en était

déjà administré une copieuse portion dans la soirée.

CHAPITRE III

Il fait bon dans cette maison;
l'étable est chaude; la cuisine propre.
Les gens ont du cœur.

ers les six heures du matin, c'est-à-dire longtemps avant le jour, Ésaïe Cléret vint à la grange pour donner du foin à son bétail. Aussitôt que David entendit le bruit des portes qui ferment les ouvertures du râtelier, il se leva et s'habilla sans voir clair. Il lui fut facile de trouver ses vêtements étendus au pied de son lit, dans l'ordre où ils devaient être mis. Ce lit rustique aurait pu passer à toute rigueur pour une crèche, car il ne se composait que d'un cadre de planches, assez étroit, appuyé au mur, vers le fond de l'allée. Deux moutons qui vivaient en liberté dans l'écurie et à la grange couchaient dessous, non qu'ils y fussent forcés, mais parce que l'endroit leur plaisait. Le petit bruit régulier que ses deux compagnons faisaient en ruminant ne fut point désagréable à David Charnay.

— Quoi! déjà levé! lui dit le maître de la maison, en le voyant debout, passant les bras dans les emmanchures de son gilet. Que veux-tu faire de si bonne heure?

— Ce que vous voudrez: commandez-moi seulement. Je pourrai étriller vos bœufs et la vache, ou bien sortir le fumier de l'écurie. J'ai été en service l'été dernier chez Appert, à Rogins, et il fallait bien me lever matin.

— Mais tu saliras tes habits, si je te laisse faire.

— Oh! que non! vous verrez.

Sur ce, notre petit homme — mais je pense qu'un grand nombre de mes lecteurs se soucient fort peu de semblables détails: je les prie donc de passer à la page suivante, laissant les quelques lignes qui vont suivre, pour les jeunes gens auxquels je les destine; — notre petit homme retroussa ses manches de chemise jusqu'au coude et le bas de son pantalon jusqu'à mi-jambes. Il avisa un trident, un balai, amena la brouette à la place voulue, et en moins d'un quart d'heure il eut nettoyé la place occupée par la litière pourrie et le fumier de la nuit. Cela fait, il ramena sous les pieds des animaux, toute la paille sèche qu'il avait eu soin de pousser en avant, pendant qu'il faisait la première opération.

Tout en trayant sa vache, Ésaïe admirait le savoir-faire de David et remarquait comme il parlait aux bœufs avec douceur, les faisant *tordre*[9] à droite et à gauche, selon que cas l'exigeait, sans se permettre jamais de les piquer aux cuisses avec la fourche de fer, ainsi que le font tant de domestiques, pour se donner moins de peine. — L'étable étant nettoyée, David demanda où étaient la brosse et l'étrille. Zaï les lui donna de confiance et s'en alla avec son lait. Au retour, il trouva David promenant l'étrille avec facilité, passant la brosse aussi bien qu'il le faisait lui-même chaque jour. Le jeune homme offrit de laver la queue des bœufs, mais Zaï dit que c'était assez pour aujourd'hui et qu'il allait faire boire le bétail. Pendant qu'il le conduisait à la fontaine, David étendit de la paille fraîche à la place des animaux absents, puis il donna un coup de balai tout le long des crèches et dans l'allée. Quand le maître revint avec trois bêtes, l'étable était dans un ordre parfait. — David se rendit ensuite à la fontaine, où il se lava les bras et mains à grande eau, ainsi que le visage, malgré le froid

9 - Lever un pied pour changer de position.

très vif qu'il faisait. Il revint en courant, endossa sa veste et suivit son protecteur dans la maison. Mme Cléret achevait de mettre l'eau sur le café, le lait cuisait sur le feu, tout gonflé de superbe écume et prêt à jaillir, en flots bouillants, du vase qui le contenait.

La famille Cléret n'était pas nombreuse: le mari, la femme et deux enfants. Louis Cléret, jeune garçon de dix ans, bien étonné quand il vit le nouveau venu à table avec eux; et sa sœur Julie, mise au courant par sa mère de ce qui concernait David Charnay, se borna à fixer sur lui ses grands yeux noirs, pour voir à qui il ressemblait. Julie avait treize ans.

— Qui est-ce? demanda tout à coup Louis, vers la fin du déjeuner, — comment s'appelle-t-il?

— Mon enfant, répondit Mme Cléret, c'est un garçon qui n'a plus ni son père ni sa mère: il se nomme David. Ton papa l'a amené chez nous jusqu'à demain, en attendant qu'on sache où il ira demeurer, car il est tout seul et n'a pas de maison. Va lui souhaiter la bonne année, Louis, et donne ce petit paquet pour ses étrennes.

Louis se leva, fit le tour de la table et vint à côté de David.

— *Adieu*, lui dit-il tiens.

— David prit le paquet et la main de l'enfant, qui resta devant lui à le regarder fixement.

— Je te remercie, lui dit David. Dieu te conserve tes bons parents et les récompense: veux-tu m'embrasser?

— Oui.

Et sans plus de façons, Louis tendit sa petite joue à l'orphelin.

— Vois-tu, David, reprit Mme Cléret en ouvrant le paquet, c'est une cravate de deuil, et une paire de bas que tu vas mettre tout de suite pour avoir chaud. Tu as beaucoup marché hier tes bas sont peut-être usés. — Je veux te demander de rester à la maison avec Louis, ce matin, pendant nous irons à l'église. Il y a longtemps que nous n'avons pas entendu un sermon. — Veux-tu venir avec nous, Julie, ou préfères-tu rester?

La jeune fille fit une réponse qui montrait peu d'entrain pour accompagner ses parents.

— Eh bien, restez tous les trois, lui dit sa mère. Je compte sur toi, David, qui es le plus grand et catéchumène, pour mener le bon exemple. Que ferez-vous pendant notre absence?

— Ce que vous nous direz, madame. Quand je passais le dimanche matin avec ma mère, je lui lisais dans la Bible. Notre pasteur de la Combe-aux-Rocs nous a recommandé de jamais passer un dimanche sans lire au moins un chapitre. Si vous voulez me prêter votre Bible, je lirai une histoire à Louis.

— Sans doute, David; tu as une bonne idée.

Et là-dessus, Mme Cléret ouvrit une armoire, d'où elle tira une grosse Bible. Le volume était couvert de poussière. Elle l'essuya et le posa sur la table, après avoir étendu dessus une grande feuille de papier.

— Est-ce que vous me permettez de refendre avec mon couteau quelques-uns de ces vieux échalas qui sont dans la caisse à bois?

— Certainement; qu'en veux-tu faire?

— Je pensais que je pourrais peut-être amuser Louis avec quelques *badinages*.

Pendant la petite conversation qui précède, Ésaïe Cléret avait fait sa toilette dans la chambre voisine. Comme il était maintenant prêt, il partit avec sa femme, qui eut soin de laisser aux enfants, dans une assiette, des noix, des poires et des cerises sèches, avec du pain.

Dans la rue, le mari et la femme rencontrèrent le vieux Gaspard et M. Ambrezon, qui prenaient aussi le chemin du temple, situé à quelque distance du village le plus rapproché des Marettes. En passant devant l'auberge, ils entendirent déjà la voix de Gloux, et comme les fenêtres étaient ouvertes (on balayait sans doute la chambre), quelques mots de ce qu'il disait parvinrent à leurs oreilles.

— Oui, oui, je ne crains pas de le répéter, disait-il, ce pauvre orphelin méritait mieux qu'un seul et unique verre de vin, et les municipaux devaient le faire souper avec eux au lieu de le mettre à part, comme un esclave. Ils vont sans doute le faire *miser* au rabais, un de ces quatre matins. Ça fait honte de voir comme la commune est menée; oui, vraiment, ça fait honte. — Jean, donnez-moi un demi-pot; j'ai une soif horrible ce matin.

M. Gaspard, qui s'était arrêté en entendant qu'il était question des municipaux, l'appela à la fenêtre:

— Gueux que tu es, lui dit-il, il t'appartient bien de dire du mal de la municipalité. La commune est mal menée! qu'en sais-tu, polisson d'ivrogne? Mènes-tu tant bien tes propres affaires? Combien durera ton patrimoine, quand tu n'auras plus la bride d'un tuteur au cou? oui, combien de temps? Ne devrais-tu pas être habillé et venir au prêche, au lieu d'être là, en guenilles, à demander déjà un demi-pot? La municipalité fera bien de t'interdire les cabarets, attends seulement.

Gloux ne comptait pas sur de pareilles étrennes; mais, au lieu d'en profiter, il se renversa en arrière en pouffant de rire; puis, s'adressant à Nantherbe qui lui apportait la bouteille:

— Avez-vous entendu le sermon du vieux *Sturler*? lui dit-il.

— Non.

— Alors, c'est dommage. car vous auriez pu en prendre aussi votre part, comme cabaretier.

Mais les quatre personnages poursuivaient leur chemin dans la direction du temple. Ils parlèrent un moment de ce pauvre garçon, fils unique et orphelin comme David, mais auquel ses parents avaient laissé du bien en suffisance. Au lieu de travailler, Gloux faisait très peu de chose, il passait son temps à boire ou à fainéanter. Son tuteur essayait ce qu'il pouvait pour l'en empêcher, mais le jeune homme finissait toujours par arriver à ses fins, soit par ruse, soit autrement. Le courage moral faiblit souvent, quand les efforts vont se briser contre une nature perverse, ou contre une conscience morte, ou enfin contre des impossibilités qui semblent faire partie intégrante d'un individu. Essayez, c'est en vain; on vous promet tout, on vous jure tout, c'est encore en vain.

Il y avait beaucoup de bon chez M. Gaspard Lebrun. Les mauvais plaisants du village lui donnaient le surnom de *Sturler*, parce qu'il parlait souvent des anciens Bernois qu'il avait connus et paraissait regretter leur autorité sévère et despotique. Avant tout, il aimait la contradiction, s'emportait au moindre mot qui ne lui allait pas, mais, qualité très rare parmi nous, il était d'une grande franchise en présence des gens. Bon en cachette, généreux dans certaines occasions, il passait généralement pour un économe de premier ordre dès qu'il s'agissait des intérêts de la commune. Chemin faisant, M. Ambrezon lui fit un compliment sur ce qu'il avait si bien parlé à Gloux.

— Voyez-vous, monsieur le régent lui répondit-il, les affaires de la commune ne vous regardent pas non plus. Et, vous voulez suivre mon conseil, je vous dirai que plus vous vous occuperez de votre école et mieux cela vaudra. Il y a des gens qui trouvent que vous allez trop souvent à l'écurie pour voir votre vache. Je sais bien que vous avez besoin de son produit, mais il ne faut pas pourtant que votre *Pigeonne* aille avant les écoliers, soit dit sans vous faire de la peine.

Ah! c'est une chose pénible que d'être le serviteur du public, monsieur Gaspard, oui c'est une chose pénible, *effectivement*. Et qui donc se plaint de mon école? Je désirerais bien connaître le nom de cette personne.

— Peu importe le nom; je vous donne un conseil d'ami.

— Je vous suis bien obligé, monsieur Gaspard. — Croyez-vous, monsieur Zaï, — prenons une prise nous deux, cela réchauffe le cerveau, — croyez-vous que le temps change? Le forestier Gabriel nous annonçait hier la neige pour aujourd'hui, et il me semble effectivement qu'il y a une marque à neige sur l'Alpe du Mont Blanc. C'est un petit nuage gris qui se tient sur la sommité, du côté de bise. Cela prouve que le vent du Midi souffle dans cette direction. Mais, pour que la neige vienne, il faut que le temps *radoucisse*. Tant qu'il fera un froid sec, les vaches continueront à *caler*[10]. Pingeonne a eu, ce matin, un bon demi-pot de moins que jeudi passé.

— Oui, oui, marmotta Gaspard entre ses dents, toujours la vache, toujours la vache: que ne la mène-t-il aussi l'école!

Zaï ne parlait guère en marchant il fit une réponse en l'air et n'ouvrit plus la bouche. Était-ce une habitude, ou le fait de quelque pensée qui l'occupait en ce moment? probablement l'un et l'autre. Ils arrivèrent ainsi au temple les deux municipaux se placèrent au banc réservé à leur usage, Mme Cléret en face du poêle, et M. Ambrezon dans le fauteuil du chantre, son gros livre de psaumes à quatre parties sous le bras.

Dans la cuisine de Mme Cléret, les trois enfants sont assis autour de la table. David a ouvert le livre de l'alliance de Dieu. Il lit d'abord, dans l'Ancien Testament, le récit de la vente de Joseph aux marchands madianites. Puis, passant au Nouveau Testament, comme quelqu'un qui sait où trouver ce qu'il cherche, il l'ouvre au troisième chapitre de saint Luc, où l'évangéliste raconte le premier voyage de Jésus à Jérusalem avec ses parents.

— Elles sont bien intéressantes, ces deux histoires, dit Julie, en regardant David, qui refermait la Bible.

— Oui, ajouta le petit Louis, mais ces vilains frères Joseph sont des méchants. Ils méritent d'être punis.

— Je vous lirai ce soir la fin de l'histoire de Joseph, si vous voulez.

— Oui, oui, tu nous la liras. À présent, fais-moi un sabre avec un échalas.

— Je veux bien.

10 - Donner moins de lait.

David sortit de sa poche un couteau en bon état, ayant une forte lame, une scie et un foret. C'était le couteau de son père; sa mère le lui avait donné à douze ans. Il chercha; donc un échalas sans nœuds et de bonne fente, parmi ceux qui se trouvaient dans la caisse à bois, puis il le fendit en deux, d'un bout à l'autre, avec beaucoup d'adresse. En fort peu de temps, une des moitiés fut transformée en épée à deux tranchants, avec poignée à garde, comme une croix. Le petit Louis bondissait de plaisir, et Julie regardait travailler David, tout en lui adressant des questions auxquelles celui-ci répondait du mieux qu'il pouvait. Quand l'épée fut finie, Louis lui demanda un fusil.

— Un fusil! ce n'est pas possible avec un échalas, à moins que ta sœur ne puisse me procurer une ficelle.

Julie en eut bientôt trouvé un bout de quelques pieds de longueur. Un nouvel échalas fut choisi, bien cerclé au milieu par deux tours de ficelle dans un anneau à rainure, puis fendu à l'un des bouts jusqu'à l'arrêt en question. L'extrémité ouverte reçoit une palette légère qu'on y place en écartant les deux moitiés et qui est attachée à l'anneau par la ficelle. Lorsque celle-ci est tirée par une main, la palette s'échappe: il en résulte un fort claquement des deux branches ouvertes qui frappent l'une contre l'autre. C'est ainsi qu'un garçon de six à dix ans peut tirer un coup de fusil.

— À présent, fais-moi un canon.

— Un autre jour, Louis, mais tu comprends qu'il faut aussi quelque chose à ta sœur. Que voulez-vous que je vous fasse, Julie?

— Je ne sais pas: ce que vous voudrez.

David lui montra bientôt une petite planchette en bois de prunier, bien unie et cintrée intérieurement des quatre côtés avec les coins arrondis.

— C'est pour dévider de la soie ou du coton? dit-elle.

— Oui.

— C'est bien joli, je vous remercie.

Il en fit plusieurs de formes différentes: les deux enfants étaient ravis et commençaient à prendre une haute opinion de leur camarade.

— Qui vous a appris à faire ces jolies choses? demanda Julie.

— Personne. Mais, le soir, quand je savais mes *tâches* pour l'école, je m'amusais de cette manière près du fourneau, pendant que ma mère travaillait.

— Était-elle bonne, votre mère?

David regarda la jeune fille, puis le souvenir de ce qui s'était passé les jours précédents vint le saisir avec une si grande force que ses larmes coulèrent en abondance et mouillèrent le morceau de bois qu'il découpait en ce moment.

— Je regrette de vous avoir adressé cette question, dit Julie.

— Non, vous avez bien fait. Parlez-moi beaucoup de ma mère. Elle était si bonne et a tant souffert!

— Quelle maladie avait-elle?

— Je ne sais pas bien; on a parlé d'une fluxion de poitrine; elle toussait beaucoup.

— Il nous faut manger, dit Louis: tiens, David, prends.

David prit une noix. Au lieu de la casser, il découpa l'une des moitiés de la coquille, y fit une anse, et, vidant la seconde moitié, il eut ainsi fabriqué un panier en miniature, qu'il offrit à la jeune fille.

Ainsi passèrent pour ces enfants deux heures de la matinée du jour de l'an, dans une paisible et douce intimité grâce à l'aimable caractère du plus grand et à l'espèce de petit talent qu'il possédait. Les enfants pauvres du village allaient de maison en maison, quêtant des étrennes; ils étaient heureux aussi à leur manière.

Dans l'après-midi, le vent d'ouest commença à souffler dans les gorges des montagnes; le ciel se voila d'une vapeur épaisse que le soleil perçait à grand'peine, il se laissait pourtant voir à l'œil nu comme une lune opaque et toute décolorée. Le forestier Gabriel reprenait à pied les rapides sentiers boisés qui conduisaient à son habitation élevée. Gaspard Lebrun, seul dans sa grande chambre, faisait une lecture dans le dernier volume des lois et décrets du canton de Vaud. Gloux le buveur dormait sur la table du cabaret, Jean Nantherbe continuait à servir son monde, Zaï Cléret prenait ses dispositions pour la séance municipale du lendemain, tout en soignant son bétail. M. Ambrezon amenait la Pingeonne à la fontaine. Pour que la vache trouvât l'eau moins froide, il lui sifflait son air favori:

> « C'est ainsi qu'l'on descend gaîment
> Le fleuve de la vie. »

Puis, tournant la tête du côté de la montagne, il dit à une femme qui passait au chemin:

— Nous avons du *redoux*, n'est-ce pas, madame Hortense

— On dirait presque, monsieur le régent.

— S'il neige, il fera bon temps. Allons, Pingeonne, viens, tu as assez bu.

La vache sortit de l'eau glacée son large muffle bleu, respira avec satisfaction, et suivit docilement son maître dans l'écurie.

CHAPITRE IV

L'admirable Walter Scott dit quelque part, s'il m'en souvient: « Quand je trouve sur mon chemin des gens tels que le bon M. Owen, ou le roi Richard buvant et discourant toute la nuit avec certain ermite, je ne sais plus les quitter. ***

orsque j'étais membre du conseil municipal de mon village, je découvris un jour l'article suivant dans un ancien registre de commune. *« Bu, en attendant le ministre, trois demi-pots. »* Le chiffre indiquant les batz portés au débit du compte, se trouvait dans la colonne, au bout de la ligne. Si j'admirai sans réserve la rédaction parfaitement claire et concise de cet article, il fut pour moi l'occasion d'une foule de réflexions sur les abus qui devaient exister en un temps pareil, dans les administrations communales. Cela se passait sous le régime bernois, vers la fin du siècle dernier. — Mais, d'un autre côté, l'insertion candide de cette dépense montrait bien l'honnêteté des quatre gouverneurs, membres du conseil. Aujourd'hui, les comptes communaux ne peuvent contenir rien de semblable; la loi le défend, et chaque municipalité s'y conforme. Cela ne veut pas dire, ami lecteur, qu'on boive moins de demipots qu'autrefois.

Le lundi deux janvier, à midi, la municipalité des

Marettes se réunit de nouveau pour deux objets dont l'urgence était reconnue.

1 ° Achever les restes du souper de la Saint-Sylvestre.

2 ° Délibérer sur le placement en pension de David Charnay,

Cette fois-ci, aucun invité ne fut de la partie. Tous les reliefs, sauf celui du lièvre, furent servis à la fois et froids. On fit diverses observations à Jean Nantherbe sur la singulière diminution du veau, à quoi l'aubergiste répondit que la chose était naturelle. La viande, en se refroidissant, gagne en *densité* ce qu'elle perd en volume. Nantherbe ne se servit pas de ce mot en italiques pour expliquer le fait chimique, car on ne l'employait pas aux Marettes; non plus celui d'*exceptionnel*: il dit simplement que le veau se *serrait*, à mesure que la chaleur le quittait. Comme il n'avait pas d'autre explication à donner, elle fut admise sans plus de discussion.

Le dîner achevé (on alla vite en besogne et il n'y eut pas de dessert), on passa à la question de l'orphelin.

Pour procéder régulièrement, nous croyons utile de transcrire ici la lettre du syndic de la Combe-aux-Rocs.

« Le syndic de la Combe-aux-Rocs

» à M. le syndic des Marettes.

» Monsieur le syndic,

» Le porteur de la présente, David Charnay, votre ressortissant, vient de perdre sa mère Françoise Charnay, veuve de Bénédict Charnay, des Marettes. Comme cette femme était malade depuis longtemps et sans autre ressource que le produit d'un chétif travail, il n'est pas étonnant qu'on n'ait trouvé que deux batz pour tout avoir en espèces chez elle. Nous avons en conséquence pourvu aux frais de son ensevelissement dont nous vous remettons ci-après la note, ainsi que celles du médecin et de la pharmacie. Le juge de paix a mis le scellé sur ses effets, qui, sauf un peu de linge, valent à peine cinquante francs. Nous pensons que cette femme ne laisse pas de dettes. Elle jouissait ici d'une bonne réputation, et son fils, enfant unique, n'a jamais été l'objet d'aucune plainte dans notre commune. Comme il n'a pas de parents, nous pensons que, d'office, votre conseil municipal lui fera nommer un tuteur dans votre cercle.

» En attendant que vous nous donniez connaissance des dispositions prises à l'égard de cette affaire, nous aurons soin que l'appartement de la veuve Charnay demeure fermé.

» Agréez, etc. »

Lorsque cette lettre eut été lue à haute voix par le syndic, ce dernier exposa la situation de la manière suivante:

— Nous avons donc deux choses à faire, messieurs et collègues: demander à la justice de paix de nommer un tuteur à David Charnay, et placer l'orphelin dans une pension de pauvres jusqu'à Pâques. À cette époque, il aura terminé son instruction religieuse; il pourra dès lors gagner sa vie comme petit domestique. Quelqu'un de vous connaît-il une famille où l'on voulût recevoir David pour quatre mois ou pensez-vous qu'il faille mettre une affiche au pilier public? Je m'adresse à vous, Gaspard, qui êtes mon voisin de droite.

— Je ne vois pas pourquoi l'on s'adresse à moi le premier plutôt qu'à un autre, répondit le vieux municipal de son ton bourru. Oui! pourquoi mieux à ton voisin de droite qu'à celui de gauche? Zaï, qui te touche de ce côté-là, peut répondre mieux que moi, puisque l'orphelin est chez lui encore aujourd'hui.

— Eh! bien, voyons, reprit le syndic: Zaï, veux-tu avoir la complaisance de nous donner ton avis?

— Je veux bien; cependant, notre collègue Lebrun aurait pu, mieux que moi, faire une proposition concernant le jeune homme. Il a une plus longue expérience...

— Oui vous la suivez bien, mon expérience, n'est-ce pas? Témoin l'autre soir... Et...

— Quand ce sera votre tour de parler, Gaspard, s'il vous plaît, interrompit le syndic.

— Voici donc, reprit Zaï, ce que je proposerai à l'assemblée. J'ai observé de près David Charnay depuis deux jours, et je crois que c'est un brave garçon, dont la commune ne sera pas longtemps chargée. Si cela vous convient, messieurs, j'offre de le garder chez moi, jusqu'à la fin d'avril, sans rétribution. Je lui ferai soigner mon bétail soir et matin; il suivra régulièrement les écoles. Pâques venu, s'il reste à mon service, je lui paierai un gage dont je conviendrai avec son futur tuteur. Si ce dernier préfère le placer ailleurs, il sera libre. À tout ceci je ne mets que deux conditions:

La première, c'est que la municipalité fera acheter immédiatement à David un habillement complet de chaude milaine[11], une paire de sabots et de bons souliers. La seconde condition est que notre collègue Gaspard Lebrun consente à être le tuteur de l'orphelin.

— Oui-da! interrompit une seconde fois Gaspard: son tuteur! pour sept années consécutives! Maître Zaï, te voilà bien toujours le même contre moi. Pourquoi veux-tu que je sois son tuteur? Qu'est-ce qui t'empêche de l'être? Puisque tu veux garder l'orphelin chez toi, sois son tuteur. J'ai déjà assez à faire sans cette nouvelle charge. Tu me parais....

— C'est assez, dit le syndic; laissez parler Soulte, le boursier.

— Moi, dit ce dernier, je trouve que Zaï fait une bonne proposition. David sera bien chez lui; il apprendra à travailler, tout en suivant l'école, et quant à notre ami Gaspard, il n'a pas d'enfants; rien donc de plus naturel qu'il soit le tuteur de celui-ci. Zaï et moi nous avons les nôtres, auxquels il nous faut tout d'abord penser. Je me joins donc à Zaï pour demander, comme un service, à

---

11 - [NdÉ] Drap ou étoffe moitié laine, moitié coton.

notre brave collègue Gaspard de consentir à être tuteur.

Les autres membres du conseil appuyant les deux premiers, et le syndic étant d'accord avec eux Gaspard finit par se taire. Chacun lui fit un petit compliment indirect auquel il fut sensible; et quand son tour vint de s'expliquer, il le fit en ces termes:

— Eh bien, oui, j'accepterai, mais pour trois ans seulement.

— Pour trois ans, soit, dit Zaï: c'est la durée ordinaire d'une tutelle. Après cela vous pourrez recommencer, si vous le désirez. Je vous remercie, ami Gaspard. Comme vous avez bon cœur, j'étais sûr, au fond, que vous ne refuseriez pas ce service, malgré vos airs fâchés.

— C'est bon; tu m'ennuies avec tes airs: oui, quels airs! Est-ce que tu voudrais aussi m'empêcher de parler? Est-ce que... Tu es encore bien singulier, avec tes airs!

— Maintenant, nous avons fini, messieurs; je lève la séance.

— Une minute, syndic, une minute, reprit Gaspard. Et l'habillement de milaine? J'entends l'acheter moi-même ainsi que les sabots et les souliers: ça ne regarde personne que moi.

— D'accord, ami Gaspard, et dès aujourd'hui si vous voulez, lors même que la justice de paix ne vous a pas encore établis dans vos fonctions.

— On s'en va donc sans rien boire? demanda le boursier.

Gaspard était déjà loin. Les autres municipaux suivirent un si bon exemple. Une demi-heure après, le tuteur et son pupille partaient ensemble pour la ville, située à une lieue[12] des Marettes. Gaspard n'ouvrit presque pas la bouche en chemin, en sorte que le

---

12 - [NdÉ] Selon le Dictionnaire de l'Académie française: Ancienne mesure itinéraire, dont l'étendue est de quatre kilomètres. À l'origine, cela référait à la distance qu'une personne peut marcher dans une heure.

jeune homme put examiner la contrée, pour lui toute nouvelle, qu'ils traversaient.

Le village des Marettes était bâti dans une situation rianante, au soleil et aux quatre vents des cieux. Un cinquième enfant du vieil Éole y faisait aussi de rapides descentes, vers le déclin des journées les plus chaudes. Ce sauvage habitant des régions élevées tombait avec furie sur les vergers des Marettes, y secouait les arbres tordait les branches en tout sens, meurtrissait les fruits, couchait les blés peu solides ou trop fournis, et, toutes ces belles actions terminées, s'en allait mourir sur les premières vagues du lac. Les maisons des Marettes se voyaient de loin, blanches et semées dans les prés, plutôt que grises et groupées par quartiers rapprochés. Le village était, du reste, de construction récente, pour la plupart des habitations. Le sol, friable et léger sur une assez grande étendue, convenait admirablement à la culture des fourrages artificiels. Introduits au commencement de ce siècle, les trèfles, la luzerne et les sainfoins amenèrent ici de grands changements. Ce fut comme une transformation générale. Les étables et les fenils, désormais insuffisants, durent être agrandis. On profita de la circonstance pour reconstruire en entier la plupart des maisons. Au lieu de les joindre les unes aux autres par des murs mitoyens, les propriétaires eurent la sage pensée de les placer, une à une, dans quelque terrain peu distant d'un point reconnu central, où se trouvait une magnifique fontaine. À quelque distance des dernières maisons, une habitation ancienne, tout à fait isolée, fixa les regards de David Charnay. Elle était située sur un petit tertre naturel, entouré, devant, d'une prairie basse sans aucun arbre pour en couper la monotonie; et derrière, de terrains légers, plus élevés, dans lesquels croissaient quelques noyers et un alignement de cerisiers au bord du chemin servant d'avenue. C'était la propriété de Gloux, remise aux soins d'un mauvais fermier qui demeurait au

village. La maison, vue de loin, paraissait bien délabrée; de près, elle ne devait guère être plus belle.

Lorsque les deux piétons arrivèrent à la ville, Gaspard:
se dirigea tout de suite vers un magasin d'étoffes.

Là, il se fit montrer une dizaine de pièces de milaine,
acheta la meilleure, en disant qu'elle ne valait rien, que
les marchandises actuelles ne duraient pas le quart de
celles qu'on vendait dans sa jeunesse, au temps des
Bernois, que tous les fabricants n'étaient plus que des
attrape-sous. Quand il demanda à David s'il préférait la
brune ou la grise, le jeune homme eut assez de tact et
assez le sentiment de sa position pour dire que l'une ou
l'autre, choisie par son tuteur, serait excellente pour lui.

Gaspard se fit donner une note, et paya quand elle lui
fut remise acquittée. Il ne faisait jamais autrement,
depuis qu'un certain marchand lui avait réclamé une
seconde fois par erreur, le paiement d'un achat acquitté
comptant.

Sorti de ce magasin, il fit les autres emplettes de la
même manière et sur le même ton, puis il termina ses
achats par celui d'une rame de fort papier écolier: car,
dit-il, quoique ce soit de la pelure de raves en compa-
raison du papier dont nous nous servions autrefois, il est
pourtant meilleur que celui de M. Ambrezon, sur lequel
il gagne la moitié en le revendant à ses élèves.

Avant de repartir pour les Marettes, il demanda à
David s'il avait soif.

— Non, monsieur, répondit le jeune garçon; mais si
vous avez besoin de prendre quelque nourriture, je vous
attendrai ici, dans la rue.

Gaspard s'arrêta pour réfléchir, tira sa montre et dit
tout à coup:

— Allons-nous-en: tout également le vin de ces
pintiers ne vaut rien; il n'est bon qu'à déranger l'estomac. Veux-tu manger un petit pain?

— Non, je vous remercie; je n'ai pas faim.

Gaspard tira une seconde fois sa montre:

— Ah bah! ces *brioches* étaient bonnes, il y a trente ans: maintenant ce n'est plus rien: les boulangers ne savent pas les faire, et leur levain est amer, Allons-nous-en. J'aime autant un morceau de pain sec.

Ils se mirent donc en route, Gaspard portant le papier et David la milaine avec les chaussures. En arrivant au village, ce dernier se hasarda, quoique en tremblant, à adresser la parole à son tuteur:

— Monsieur, lui dit-il, je ne voudrais pas vous quitter sans vous remercier, pendant que nous sommes encore seuls, de la peine que vous avez prise pour moi aujourd'hui. Croyez que j'en suis reconnaissant. Je tâcherai bien, par ma conduite, de vous le prouver, et je prie Dieu de vous récompenser.

— Écoute, David, lui répondit le vieillard, j'ai soixante-quatre ans et tu n'en as que seize. Je dois donc savoir ce qui te convient. Si tu veux que je sois content de toi, remplis ton devoir et ne me cache rien.

— Oui, monsieur.

— Tu viendras chercher du papier ce soir chez moi, et tu diras à Mme Zaï que j'ai pris une demi-aune de plus, afin qu'il y ait des restes pour un second gilet dans un an. Et que le tailleur fasse tes habits grands, qu'il les couse mieux qu'à l'ordinaire, car vraiment le fil dont il se sert ne vaut rien.

David, extrêmement heureux d'être en pension chez M. Cléret, dut faire son entrée, le lendemain, à l'école de M. Ambrezon, qui le fit asseoir le dernier, au banc des *grands*, jusqu'à ce qu'on sût où il devait être placé d'après son véritable rang. Le régent le présenta à sa classe réunie:

— Mes enfants, dit-il, ce jeune homme que vous voyez-là — David Charnay lève-toi, — est orphelin de père et de mère. Le mot *orphelin* veut dire qui est sans père ni mère.

Je pense que vous serez de bons camarades pour lui, et qu'il profitera bien cet hiver à mon école. David

Charnay, je suis curieux de voir si tu as appris la grammaire. (M. Ambrezon ouvrit son livre.)

— Dis-moi, David, sais-tu combien il y a d'espèces de
mots

— Il y en a dix, d'après la grammaire dont on se sert
l'école de la Combe-aux-Rocs.

— Quelle grammaire?

— Celle de L'Homond.

— Dis-moi, sais-tu ce que c'est qu'un verbe?

— Le verbe est un mot qui exprime une action, faite
ou reçue par le sujet.

— Dis-moi, sais-tu à quoi l'on reconnaît qu'un mot est
un verbe?

— Précisément à cette action qu'il exprime.

— Peut-être. Mais ce n'est pas la bonne manière.
Nomme un verbe.

— *Parler, agir, dire*, etc.

— Eh bien, ces mots sont des verbes, parce qu'on
peut dire parle-*ront*, agi-*ront*, di-*ront*.

— Nomme un substantif ou nom.

— *Livre.*

— Eh bien, le mot livre n'est pas un verbe, parce qu'os
ne peut pas dire livre-*ront*. Ah! mais, si fait: quand c'est
du mot *livrer*. Nommes-en un autre.

— *Meuble.*

— Celui-là ne va pas bien non plus: on peut dire
meuble-*ront*. Mais le mot *chambre*, par exemple, n'est
pas un verbe car si c'en était un, on pourrait dire
chambre-*ront*. De même pour le mot *ensemble*: ensemble
n'est pas un verbe, ça ne peut pas dire *ensemble-ront*.

À ce dernier mot, le fils du boursier, qui se trouvait
premier de l'école ce jour-là, partit d'un bon rire.
M. Ambrezon, trouvant cela fort déplacé, alla vers
Adrien Soulte d'un pas mesuré, lui prit une oreille et la
tira dans tout sens, jusqu'à ce que le gros garçon se mit
à crier et à pousser des rugissements de fureur.

— C'est pour t'apprendre à rire une autre fois, quand

je ferai une explication de grammaire, lui dit M. Ambrezon qui s'en retourna du même pas à sa place de régent.

— David Charnay, je pense que tu sais un peu d'arithmétique: sais-tu faire la *division*?

— Oui, monsieur.

— Sans poser la multiplication sous chaque dividende partiel?

— Oui, monsieur.

— Nous verrons. Sais-tu faire d'autres règles plus difficiles?

— Nous faisions la règle de trois, directe ou inverse , simple ou composée; la règle d'escompte en dedans et en dehors; les comptes courants des négociants; l'extraction de la racine carrée; le...

— Cela suffit: David Charnay, tu peux t'asseoir.

Tout effrayé à l'ouïe de cette nomenclature scientifique, M. Ambrezon s'assit à son pupitre et poussa un gros soupir.

Jamais il n'avait pu, en arithmétique, faire un pas plus loin que la simple règle de trois, et encore il lui était impossible d'en donner une explication satisfaisante.

Quant à David, s'il était aussi avancé qu'il le disait sans aucune vanterie, c'est que le régent de la Combe-aux-Rocs avait un talent remarquable pour l'enseignement. C'était un homme vraiment distingué, une sorte de génie populaire. Homme des champs, comme M. Ambrezon, il avait appris tout ce qu'il savait soit en travaillant lui-même beaucoup, soit en s'entourant de bonnes directions et de bons livres. Il connaissait très bien l'arpentage et les principales difficultés grammaticales. M. Carré était un véritable régent de village, tandis que le papa Ambrezon, sauf son écriture si remarquable, n'entendait rien aussi bien que les soins de sa vache Pingeonne et les petits travaux de la campagne. Au reste, bon nombre des maîtres d'école entrés en fonctions peu après la révolution française de

89, n'en savaient pas davantage, et plusieurs beaucoup moins. Celui qui précéda M. Ambrezon aux
Marettes demandait quelque jour à un écolier de qui je
tiens le détail:

— Sais-tu lire ce mot, toi?

— Non, monsieur.

— Eh bien, ni moi non plus; *sautons-le!*

CHAPITRE V

Ces blocs, monsieur, sont venus, les uns, du mont Rosa, les autres des Diablerets: il en est qui ne firent qu'un saut, du Mont. Blanc jusqu'ici, il y a quatre cent trente-deux mille années.

avid Charnay est donc placé chez le municipal Ésaïe Cléret; il l'aide à soigner le bétail soir et matin; entre les heures d'école, il cherche à se rendre utile dans la maison soit en apportant du bois ou de l'eau à Mme Cléret, soit en déblayant la neige autour des bâtiments. Dans le village, il déjà connu de tous sous le nom de *l'Orphelin* qui sans doute va lui rester. Presque tous les habitants des Marettes ont un sobriquet. Ainsi, nous avons vu que Gaspard Lebrun est surnommé *Sturler*. Ésaïe Cléret, outre son diminutif si commode de *Zaï*, est souvent appelé *l'Héritier*; car on suppose qu'il héritera d'un vieil oncle qui, dit-on, possède au moins cinquante mille francs. Le syndic Bardin, ou *Schétavo*, c'est la même chose, ainsi que *Greffion* pour le secrétaire municipal. *Ringue*, mais on ne le dit que tout bas, est le nom de guerre de M. Ambrezon. Devant le boursier, qui est un gros homme ventru, on ne prononce pas le mot de *lager-fass*. Jean Nantherbe, on ne sait pourquoi, fut appelé *Schabziger*, et Gloux le buveur, *Glou-glou*. Comme leurs maris, les femmes

avaient presque toutes des ornements nominatoires.
Blanc-manger, *La couveuse*, *Barbiche et Nanneton*, *La
Belette*, etc.; telles étaient quelques-unes de ces appel-
lations souvent fort malicieuses.

Adossé à un épaulement avancé du Jura, le village de
la Combe-aux-Rocs se composait d'un seul groupe de
maisons, bâties sur deux pentes de collines peu incli-
nées. Une belle route, venant de la plaine et conduisant
à la montagne, le traversait dans le fond du vallon à
quelques pas d'un ruisseau. Les abords du village, de
quelque côté qu'on y arrivât, étaient plantés d'arbres;
car cet endroit abrité et retiré jouissait d'un climat
beaucoup plus doux que celui des autres communes de
la contrée. Noyers, cerisiers, pommiers et poiriers s'y
disputaient l'espace et s'y coudoyaient de fort près
dans la pente au midi. Sur celle du nord, les vieux
châtaigniers branchus se tenaient fermes, çà et là sur
leurs grosses racines bourgeonnantes. Les chênes et
les hêtres croissant isolément dans le gazon complé-
taient un système de verdure et de feuillage d'une
beauté rare pendant la belle saison et jusqu'au dépouil-
lement de l'automne.

Ainsi entourées et si bien cachées, les habitations ne
se voyaient que lorsqu'on y arrivait. Le clocher de
l'église, cependant, apparaissait de loin, avec ses hauts
murs blancs, son cadran d'horloge et son toit de forme
allongée, à quatre pans.

Une particularité remarquable, mais à laquelle les
habitants de la Combe-aux-Rocs n'accordaient qu'une
bien minime attention au point de vue scientifique, c'est
que les deux pentes de ce petit vallon contenaient un
grand nombre de ces gros morceaux de rochers que la
géologie moderne nomme blocs *erratiques*, ou simplement *irréguliers*. Quelques-uns étaient énormes et
comme posés légèrement sur le talus d'un chemin; une
main d'enfant, semblait-il, eût été suffisante pour leur
imprimer une secousse, tandis que fortement assis, ils

se tenaient là, depuis que l'ordre souverain du Créateur les avait arrachés de leur base mère pour les transporter à des distances effrayantes, et précisément dans cet endroit caché. Leurs masses, d'un gris sombre, se couvraient, çà et là, de plaques d'un vert clair, qui n'étaient autre chose que les mousses et les lichens venus des Alpes avec eux, et se perpétuant de génération en génération sur ces froides parois rugueuses.

D'autres blocs se cachaient sous les arbres au bas du vallon. Ceux-ci présentaient des masses noires, à tranches souvent très vives, comme aurait pu les tailler d'un seul coup quelque sabre trempé dans l'imagination des Arabes. Les uns se couvraient de lierre, de framboisiers poussant dans les fissures; d'autres étaient restés étrangers à toute végétation. On en trouvait dans les prés, entourés d'églantiers, de nerprun aux grains noirs, et d'épine-vinette rouge. Un grand nombre, à demi enterrés, ne montraient qu'une partie de leur surface. On rencontrait de ces blocs dans toute la longueur du vallon, sur les deux pentes, mais surtout dans les bas-fonds marécageux. Et, chose étrange! vous auriez pu voir à peu de distance les uns des autres, le granit noir, la serpentine verte, et le feldspath gris, empâté de veines de quartz d'un demi-pied d'épaisseur, aussi blanc que la neige. Personne, à la Combe-aux-Rocs, si ce n'est peut-être le vieux régent arpenteur, ne réfléchissait à la cause de la présence de ces blocs erratiques dans ce petit vallon. Maintenant, il serait trop tard pour que les savants vinssent les étudier, en dresser la carte géologique, ou les marbriers en faire l'acquisition. La plupart de ces vieux témoins des révolutions du globe, ou d'un âge de glace qui dura peut-être des milliers de siècles (permis à chacun d'y croire ou de n'y pas croire), ont disparu. Brisés, martelés, percés et sautés en éclats, ils s'en sont allés, par charretées innombrables, s'étendre en murs de soutènement le long des vignes, s'enfouir dans les fondations de maisons nouvelles, ou dans les culées de ponts construits sur les ruisseaux de la contrée. C'est grand dommage; car ces belles pierres étrangères à la roche du Jura, donnaient un caractère tout particulier au vallon que nous venons de dépeindre. Aujourd'hui le nom de la Combe-aux-Rocs est presque une dérision, une sorte de non-sens auquel, si j'étais bourgeois de cette commune, je tâcherais de porter remède.

Quelques beaux échantillons de ces blocs erratiques sont déposés à la tuilerie de M. Martin-Planairon, qu'on trouve un peu plus bas, sur la droite, quand le vallon s'est élargi et ne fait pour ainsi dire plus qu'un avec la plaine.

Pour le dire en passant, le père de David Charnay avait été un des plus habiles ouvriers mouleurs de cette belle tuilerie. Un jour, il s'échauffa beaucoup en travaillant; il gagna ainsi une maladie inflammatoire qui l'emmena. C'est alors que sa veuve resta sans ressources avec David, qui n'avait que huit ans et ne pouvait faire autre chose que de manger du pain ou d'aller à l'école.

Vers la fin de janvier, le vieux tuteur et David se rendirent à la Combe-aux-Rocs pour y vendre aux enchères le chétif mobilier de l'orphelin. Tout avait été préparé pour cela par la justice de paix du cercle, et, une fois arrivés, ce devait être l'affaire d'une matinée pour Gaspard et David. Nantherbe, qui avait char et cheval, se chargea de les conduire et de les ramener. Gaspard fit mettre une assez grosse malle vide entre les échelles du char, pour le cas où quelque objet bon à garder devrait être rapporté. Contre son ordinaire, il ne maugréa pas en chemin; il paraît qu'il avait bien pris son parti de ce petit voyage et du dérangement qu'il lui causait. Il fut même gentil avec David et Nantherbe, et leur fit préparer à mi-chemin une tasse de thé bien chaud avec du rhum.

— Il ne s'agit pas de prendre froid en char, dans cette saison, dit-il, et rien ne tient l'estomac au chaud comme cette boisson. Ce thé est bon. Combien votre thé monsieur l'hôte?

— Quinze batz, messieurs.

— Quinze batz! c'est deux fois plus qu'il ne faut, mais enfin les voilà: votre thé ne vaut pas grand'chose: il y a trop longtemps que vous l'avez, ou l'eau n'était pas bouillante. Une autre fois, vous le ferez meilleur, sans quoi nous passerons tout droit.

— Oui, sans doute, messieurs. Mais, voyez-vous, on a beau recommander aux domestiques d'avoir toujours de l'eau bouillante, c'est difficile d'obtenir d'eux ce que nous voudrions.

— Ah! je crois bien que c'est difficile, reprit Gaspard. Les domestiques ne valent plus rien. Sous les Bernois, il y avait de bons domestiques, qui craignaient leurs maîtres et obéissaient au moindre signe. Aujourd'hui, les valets veulent être pairs et compagnons des propriétaires. Dans le fait, monsieur, votre thé est encore assez bon: c'est l'eau qui ne valait rien. À une autre fois! Jean, prenez-en encore une tasse, puisqu'il est payé. Et toi, David, en veux-tu?

— Non, je vous remercie; j'en ai suffisamment.

— Eh bien, partons.

La vente du petit mobilier fut effectuée en quelques instants. C'était si peu de chose! Un lit en bois de cerisier, quelques chaises de paille, une table, une armoire de noyer, et de vieilles assiettes. — Une demi-douzaine de femmes venues tout exprès pour miser le linge de la veuve Charnay furent bien étonnées lorsqu'elles virent le vieux Gaspard empiler lui-même quatorze bons draps de lit, des essuie-mains et une douzaine de serviettes dans la malle.

— Ah! mais, écoutez, monsieur, dit l'une de ces femmes. Ce n'est pas juste, ce que vous faites là. Nous sommes venues pour acheter le linge de la veuve, et vous ne le mettez pas aux enchères. Maintenant que vous vous êtes débarrassé d'objets sans valeur, que vous avez vendus comme du sucre, vous gardez les seules choses qui soient bonnes. Ça n'est pas juste, monsieur le tuteur.

— Ce qui est juste, ma brave femme, répondit Gaspard, c'est que je soigne convenablement les intérêts de mon pupille. Or, je pense faire une bonne action en lui conservant ces draps de lit pour quand il sera majeur.

— Oui, mais ces draps ne lui rapporteront rien pendant sept à huit années, tandis que le prix que nous en aurions donné produirait un bel intérêt, tout au profit de l'orphelin.

— Et combien pensiez-vous donner d'un de ces draps de forte toile?

— Un écu-neuf.

— Vous me refaites bien la taille avec votre écu-neuf! quatre ou cinq aunes[13] de bonne toile de ménage pour un écu-neuf! Il me paraît que les femmes de la Combe-aux-Rocs sont de rusées commères. Un écu-neuf! Allez m'en chercher une douzaine de pareils chez vous, madame, et moi qui n'en ai pas besoin (car j'en ai 144 dans mes armoires), je vous les prends à raison de soixante batz. Voilà, de la toile, au moins! ce qui s'appelle de la toile! comme on la faisait au temps des Bernois. Maintenant celle qu'on achète ne vaut plus rien. — Ferme la malle, David, et porte-là sur le char avec Nantherbe.

La vente des effets mis aux enchères produisit cent-soixante francs, deux batz et sept rappes. C'était beaucoup plus qu'on n'eût osé espérer. Mais il est vrai que le vieux Gaspard fit valoir jusqu'aux moindres brimborions: «Tout était bon, disait-il, et pouvait servir de longues années. — Cette femme, la mère de l'orphelin, avait de l'ordre: tout cela était propre, bien soigné. Voyons, voyons, mesdames de la Combe-aux-Rocs,

13 - [NdÉ] Selon le Littré, l'aune est une mesure ancienne de 3 pieds 7 pouces 10 lignes $5/6$, équivalant à 1m, 182.

vous conviendrez qu'on ne peut pas céder cette jolie marmite pour le prix d'une neuve. Au moins on est sûr qu'elle ne fera pas *noir*. Remettez quelque chose, sinon je la garderai. »

« Ce *diable* de vieux tuteur sait bien son métier, pensait plus d'une personne présente, je crois qu'il vendrait même des pierres aux habitants de la Combe-aux-Rocs. »

Vers les trois heures de l'après-midi, la carriole de Jean Nantherbe reprenait le chemin des Marettes, avec la malle contenant le bon linge de l'orphelin.

— Ces *diablesses* de femmes, dit à son tour le caustique Gaspard en chemin, quelle grimace elles ont faite en me voyant mettre les draps de côté! Oui on allait bien les vendre! Elles avaient pensé qu'un homme ne connaîtrait rien à cette marchandise. Ces femmes de la Combe-aux-Rocs n'ont point de cœur. — Mais tout le reste s'est bien vendu, et pourtant, sauf la garde-robe et les marmites, il faut avouer que ça ne valait rien du tout.

CHAPITRE VI

Un homme, je vous assure, comme il y en a peu.
— Il faut le mettre sécher dehors.
— La chaleur est écoeurante.

n des premiers soins de Gaspard Lebrun, dans la semaine suivante, fut de placer convenablement les cent-soixante francs, deux batz et sept rappes de David Charnay.
— C'est une chose singulière et réjouissante au fond de voir comme un petit commencement de bonne action encourage au bien celui qui en est l'auteur: le vieux Gaspard, qui d'abord avait tant renasqué à l'idée d'être nommé tuteur de l'orphelin, se faisait maintenant un plaisir de s'occuper des minimes intérêts du pauvre garçon. Il est vrai qu'il se donnait carte blanche et prenait tout sous sa responsabilité. La justice de paix compétente l'avait autorisé à accepter la succession, à partir de là et de la vente du mobilier, Gaspard entendait conduire les affaires de son pupille et le jeune homme lui-même sans que personne d'autre s'en mêlât. Pas même Ésaïe Cléret, qui pourtant le premier de tous avait témoigné de l'intérêt à l'enfant, alors même que lui, Gaspard, tempêtait contre les mariages pauvres et ce qui en résulte ordinairement. « Zaï a l'orphelin chez lui jusqu'à Pâques, pensait-il, c'est très bien. Mais Pâques venu, j'entends que maître Zaï lui

paye un gage convenable, sinon je verrai à chercher ailleurs une place à David. »

Gaspard Lebrun était veuf. Fort à son aise pour un paysan, n'ayant pas eu d'enfants, il vivait seul avec une servante d'environ cinquante-quatre ans, et un domestique, veuf aussi comme lui. Ce dernier était au service de Gaspard depuis de longues années et s'y considérait à peu près comme chez lui. Nos vaches, disait-il, notre bois, notre foin, notre vigne notre gouvernante, etc. », il disait aussi: *notre maître*, de très bon cœur. La seule chose qu'il ne fît pas précéder de l'adjectif possessif, était la bourse de monsieur Gaspard: celle-ci n'admettait pas de communauté entre le maître et le valet. Jean Byrde disait alors avec respect: « la bourse du patron, » ou mieux encore: « l'argent du bureau. ». Cette dernière expression avait quelque chose de plus vague, de moins défini que la première, et indiquait cependant bien quel était le véritable possesseur.

À l'école, la place de l'orphelin n'avait pas tardé à être fixée par M. Ambrezon. Dès le commencement de la seconde semaine, David fut porté le premier sur le rôle de la classe. Ce n'était que simple justice. Et de fait sa place réelle, au point de vue des connaissances, eût été au pupitre du régent. Le pauvre M. Ambrezon n'avait eu d'autre maître qu'un vieux magister de son acabit. Il se trouva nommé instituteur aux Marettes sans trop savoir comment. Seul pour subir l'examen sous la direction d'un ancien pasteur ami de la routine en présence de municipaux qui remarquèrent sa belle écriture, virent qu'il faisait de superbes chiffres, parlait avec assurance de ce qu'il ignorait tout aussi bien qu'eux, chantait faux d'une assez belle voix, tout cela et son air propre, et ses habits bien arrangés sur sa personne soignée, le firent nommer. Dès lors, il resta, comme régent, exactement ce qu'il était le jour de son entrée en fonctions. Il se maria, eut une femme pour tenir son ménage; une fille qu'il nomma Nathalie et qui fut placée en service, une vache et un mouton. Ces deux animaux, ainsi qu'on l'a vu, tenaient une grande place dans sa pensée habituelle. Et avec cela, pédagogue au plus haut degré, mais pour l'extérieur seulement. À l'époque où M. Ambrezon professait aux Marettes, les régents de village n'étaient pas, en général, comme ils le sont devenus depuis, des hommes instruits. Mais c'étaient des hommes honnêtes, terribles lorsqu'ils maniaient la verge, rois absolus dans la salle d'études, et doux comme des agneaux dans la vie ordinaire. Rien qu'à voir passer le régent dans la rue, le frisson saisissait tout écolier; d'avance les garçons ôtaient le chapeau, les filles faisaient la révérence à tout le monde. Aujourd'hui, bien des personnes ont remarqué que si les enfants des villages sont initiés aux mystères de la *chimie*, s'ils savent par cœur le *civisme* et *l'esquisse de la terre*, toutes choses excellentes d'ailleurs, beaucoup d'entre eux oublient de saluer les gens et ne paraissent pas pénétrés de respect pour les vieillards. M. Carré, l'homme vraiment distingué qui enseignait la jeunesse à la Combe-aux-Rocs était une exception remarquable. Aussi les habitants de cette localité lui témoignaient-ils leur reconnaissance par des attentions délicates.

En entrant à l'école des Marettes, David Charnay vit dès les premiers jours que M. Ambrezon était d'une ignorance profonde en grammaire, en arithmétique, en géographie et en histoire de la Suisse. Mais, chose très rare et bien digne de louange, il ne se prévalut point de sa supériorité sur le régent. Il ne contesta même pas avec lui, sur des points où M. Ambrezon eût mérité d'être confondu dans sa propre classe. Après l'école ou dans un autre moment, David revenait auprès du régent et lui expliquait bien clairement son erreur.

— Oui, oui, mon cher David; c'est bien comme tu dis, effectivement. Par ainsi, nous sommes tout à fait d'accord. En y réfléchissant, il me semblait bien que la *règle* devait être posée d'une autre manière. Je suis bien aise que tu sois venu m'en parler. Effectivement, c'est bien ainsi. Ce monsieur Déveley a une bonne manière de raisonner la *chiffre*.

— Voulez-vous me permettre une autre observation, monsieur le régent: lorsque nous faisons une dictée, vous nous faites écrire *réligion* au lieu de *religion*, *recompense*, *repugner*, *reponse*, au lieu de *récompense*, *répugner*, *réponse*. J'ai aussi remarqué que vous nous faites prononcer *déhors*, *seché*, *néyé*: les grammairiens disent pourtant qu'il faut prononcer *dehors*, *séché*, *noyé*; et M. Carré, de la Combe-aux-Rocs, nous a toujours dit la même chose.

— C'est possible, David; cependant je veux m'en assurer avant de te répondre. C'est possible, effectivement. Le français a beaucoup varié depuis que les Bourbons sont remontés sur le trône, il faut que j'achète une de ces nouvelles grammaires, où l'on voit ces changements.

— Je pourrai vous prêter la mienne, monsieur.

— C'est cela, David, nous la *repasserons* ensemble. Viens seulement me parler quand tu voudras, je serai toujours disposé à te donner les explications dont tu pourrais avoir besoin. On dirait que le vent souffle du côté d'occident ou de l'ouest: hum! si cela peut durer, nous aurons du *redoux*.

Pauvre monsieur Ambrezon, avec ses variations du langage! C'est bien lui qui serait tombé des nues, quand un de nos livres à la mode lui aurait été présenté. Qu'eût-il pensé de tant de mots nouveaux que beaucoup de gens trouvent délicieux, mais dont les neuf dixièmes sont pour le moins aussi affectés qu'il l'était lui-même? *écœurer*, *émerger*, *essourée*, *le respire*; *nostalgie*, *coxalgie*, *calque*, *photographe*, *rails* et tout l'attirail des voies ferrées; — *effluves*, *plébiscite*, *phrénologiste*, *magnétiseur*, *idiosyncrasie* et mille autres.

Quoi qu'il en soit, grâce aux leçons de M. Carré, l'orphelin fut d'un grand secours à M. Ambrezon. Au bout

de deux mois d'explications particulières, le régent avait
appris bien des choses qu'il ignorait jusqu'alors. Toute
l'école en profitait, et David se tenait ferme à son poste
de premier de la classe.

— Ce jeune homme, disait M. Ambrezon à qui voulait
l'entendre, a fait de grands progrès depuis qu'il est aux
Marettes. Vous en seriez étonné vous-même, monsieur
Gaspard, si vous le voyiez à mon école. Votre pupille est
un brave garçon.

— Est-ce que je ne le sais pas? Vous êtes encore
drôle, monsieur Ambrezon, de vouloir m'apprendre
cela. Croyez-vous donc que je ne m'occupe pas de mon
pupille? Je lis tous ses cahiers, à mesure qu'il me les
rapporte. Sur dix régents de la contrée, il n'y en a pas
deux qui fussent capables d'écrire une dictée ou de faire
une *règle* aussi bien que lui.

— N'est-ce pas que c'est bien fait et proprement
soigné! Ah! mais je lui fais les recommandations nécessaires et je veille à ce qu'il ne laisse pas de grossières
fautes. J'ai l'œil sur tout cela, monsieur Gaspard.

— Oui, je sais, répondit le malin tuteur: David m'a
raconté que vous aviez eu des explications, des espèces
de conférences ensemble depuis quelque temps.

— Effectivement, monsieur Gaspard. Je fais tout mon
possible pour développer l'orphelin et lui être utile. Que
pensez-vous du temps, monsieur Gaspard? Nous voici
bientôt à l'équinoxe du printemps, soit à la balance du
jour et de la nuit. À cette époque de l'année, il y a des
vents terribles sur la mer et les navires sont en danger
d'être engloutis; mais dans la campagne c'est le
moment où la chaleur commence à se faire sentir. Votre
grosse *Jaillette* a vêlé heureusement, Jean Byrde dit
qu'elle a un beau *livre*[14]. Ma Pingeonne ne compte plus
depuis avant-hier; — neuf mois et huit jours: autant de
jours qu'elle a d'années. Elle se prépare bien.

Gaspard ne répondit pas à ce discours du prolixe

14 - En patois *laivre*, pour désigner le *pis* d'une vache.

régent: il ne pouvait souffrir de l'entendre parler de sa Pingeonne.

— Votre serviteur, dit-il, et il s'en alla. Mais a-t-on jamais vu, marmottait-il en chemin, a-t-on jamais vu un pareil *ringue?* Ceux qui lui ont donné ce sobriquet ont bien su ce qu'ils faisaient, quoique ce soit très mal de donner des sobriquets aux gens. — David en sait quatre fois plus long que lui.

Un petit incident, de très peu d'importance en lui-même, mit le vieux tuteur dans une violente colère. Adrien Soulte, le fils du boursier, naturellement vexé de n'être plus le premier de l'école, fit ce qu'il put pour humilier David Charnay d'une autre manière. Ayant su par son père que la municipalité avait décidé de payer l'habillement de l'orphelin, il dit un jour à David, en présence des autres garçons, que sa veste était bien jolie.

— C'est de la belle milaine, ça, et puis elle sent bon. *Sentez*-la voir un peu, vous autres, vous verrez.

Les gamins appuyèrent leur nez sur les devants de l'habit et répondirent à Adrien Soulte que la veste ne sentait que la laine et le coton.

— Ah bah! vous n'avez pas le nez fin, reprit Adrien: cette milaine sent la bourse des pauvres de la commune.

Toute la bande se mit à rire, mais David s'en alla bien triste, le cœur ulcéré, la rougeur au front.

Le soir du même jour, il vint heurter à la porte de son tuteur. Il trouva Gaspard lisant son volume de lois devant un grand feu de cuisine, sur lequel cuisait une marmitée de pommes de terre. Jean Byrde rempaillait une chaise. La gouvernante cousait, de l'autre côté de son maître. Cette cuisine était vaste, bien enfumée partout et très élevée. Deux énormes poutres noires supportaient les *murettes* du plafond; le manteau de la cheminée, grande arcade soutenue de chaque côté par de solides consoles, permettait à la fumée de s'y promener et d'y jouer tout à son aise, lorsque la porte n'était pas entr'ouverte. Le carrelage du plancher, fort inégal en hauteur, datait peut-être d'avant la Réformation, car deux ou trois briques rouges, plus grandes que les autres, portaient en creux des lettres et des figures relatives au culte romain.

— Bonsoir, monsieur, dit timidement David, en entrant. Bonsoir, Jeannette; bonsoir, Jean Byrde.

— Qu'est-ce que tu veux, David? dit M. Gaspard. Prends une chaise et assieds-toi.

— Si je ne vous dérange pas trop, je voudrais vous dire un mot en particulier.

Gaspard leva les yeux et les dirigea sur David sans ôter ses grosses lunettes à monture d'argent. Quand il l'eut regardé fixement pendant un quart de minute il se leva, posa son livre, prit sa lampe à la main et fit entrer l'orphelin dans une chambre longue, éclairée par trois petites fenêtres séparées les unes des autres par deux légers trumeaux de molasse d'un seul bloc.

— Qu'as-tu à me dire?

— Je voudrais vous demander, sans être impoli ou indiscret, s'il est vrai que mes habits aient été payés par la bourse des pauvres de la commune?

— Qu'est-ce que ça te fait? ça ne te regarde pas, ni personne non plus.

— Pardonnez-moi, monsieur, cela me regarde, et beaucoup: vous allez en juger vous-même.

Sur cela, David raconta ce qui lui avait été reproché par Adrien Soulte, en présence des autres garçons du village, puis il termina son récit en disant:

— Si réellement je dois cet habillement à la commune je vous prie de prendre sur ce qui m'appartient et de le rembourser. Je vous promets de le rapporter sur le premier argent que je gagnerai: mais, je vous en supplie, délivrez-moi de la mauvaise langue de mes camarades.

Que n'étiez-vous là, mon cher lecteur, pour entendre tout ce qui sortit de la bouche de Gaspard Lebrun à l'adresse de Soulte le boursier, de son fils Adrien, de l'orgueil des uns et des autres, de la bassesse qu'ils avaient eue de reprocher en public son vêtement à un pauvre orphelin! Eux qui, depuis deux cents ans, jouissaient de leurs bénéfices chaque année, en beurre, fromage et bois, ils étaient assez vils pour pleurer quelques aunes de milaine données à un enfant dont les parents n'avaient jamais tiré un sou de la commune. C'était une infamie, etc.

— Dites donc, Jeannette, notre maître se fâche tout de bon dans la chambre; entendez-vous ce qu'il dit?

La vieille fille suspendit son travail et écouta des deux oreilles.

— Il parle de *Légrefasse* et de la *Naneton*...

— On ne sait pas ce qu'ils lui ont fait?

— Non taisez-vous...

Et dans la chambre:

— Écoute-moi, David, si Adrien *Légrefasse* te reparle de cette milaine, flanque-lui un bon soufflet, et dis-lui que s'il veut savoir ce qu'il sent, il n'a qu'à venir me le demander. La milaine est payée, de mon argent, à moi, ton tuteur. C'est une avance que je te fais, et personne n'a rien à voir là-dedans. De quoi ça se mêle!

— Puisque vous avez eu la bonté de la payer, je vous en remercie mille fois, vous n'avez pas rendu service à un ingrat, monsieur, quoique je ne sois qu'un pauvre orphelin.

— J'espère bien que tu ne seras pas un ingrat, David; sans cela je ne m'occuperais pas de toi un jour de plus; Mais flanque-moi un bon soufflet, à ce Soulte.

— Sur ce point, je ne pense pas vous obéir: je suis catéchumène, nous allons, Adrien et moi, communier ensemble prochainement; je ne veux pas me battre avec lui.

— C'est pardine assez vrai; eh bien, je lui donnerai moi-même son affaire dans l'occasion. Dors tranquille et va-t'en chez toi.

— Merci, monsieur, de toutes vos bontés. Bonsoir Jeannette, bonsoir Jean Byrde.

— Adieu, David, lui dirent les deux vieux serviteurs.

CHAPITRE VII

Foyer paternel! joies de la famille!
L'orphelin vous contemple et se dit: rien de semblable n'est
a moi. — Prends courage, mon fils, dit la voix
d'en haut. — Jeune homme, nourris ton
esprit de bonnes pensées.

a grande fête annuelle des chrétiens approchait. Encore huit jours d'attente, et la commémoration des souffrances, de la mort et de la résurrection du Christ allait se faire dans toute l'Église.

Dans les lieux célestes, la paix et la joie n'ont pas d'intermittences. La fête des bienheureux est permanente, parce qu'ils sont sanctifiés. Le péché n'a plus aucune puissance sur eux. Ils habitent la sainteté et la gloire.

Les hirondelles étaient revenues, ces doux oiseaux, amis de l'homme et de son foyer, annonçaient le retour de la chaleur et de la vie. Ils avaient retrouvé leurs nids, agglutinés aux poutres des granges, ou blottis entre les tuiles et les chevrons. Heureux, joyeux, sans soucis et sans craintes, ils chantaient sur les contrevents de leurs hôtes encore endormis, ou se lançaient, flèches vivantes, à la poursuite des insectes ailés dont l'air était déjà rempli. Sur les toits des maisons, alors que les tuiles sont réchauffées par le soleil d'avril, les motacilles se promènent comme de légères princesses avec leurs longues robes à queue, pendant que le rossignol de muraille, plus sentimental et plus affectueux que ses élégantes cousines, vient saluer le maître du logis par de petites inclinations de têtes, qu'il lui adresse du jardin ou de quelque vieux portail moussu.

La visite de l'école des Marettes avait eu lieu. M. le pasteur, le boursier Soulte et le syndic *Schèta-vo* furent surpris des progrès réels qu'ils remarquèrent soit dans l'enseignement du régent, soit parmi les élèves. Le meilleur prix, consistant en huit batz, fut adjugé à l'orphelin. Adrien Soulte obtint le second, soit six batz, et Julie Cléret le troisième, une belle pièce de cinq batz.

Cette semaine-là, il y eut séance municipale. M. Gaspard, au grand étonnement de ses collègues, dicta au secrétaire la déclaration suivante, pour être inscrite au registre du conseil.

«Le soussigné, tuteur de David Charnay, renonce à recevoir de la bourse des pauvres de la commune le paiement de l'habillement de milaine, qui fut voté pour son pupille dans la séance du deux janvier dernier: Gaspard Lebrun, municipal. »

Quand ce fut fait, il demanda la parole pour une explication:

— Oui, messieurs, dit-il, je renonce à ce bénéfice, ne voulant pas que personne, dans le village ni ailleurs, ait quelque chose à reprocher à cet orphelin. Et j'ai trouvé bien singulier et bien malhonnête, pour ne rien dire de plus, qu'on se soit permis une grossière insulte, en public, à l'égard de ce pauvre enfant. Les décisions que nous prenons ici doivent-elles donc courir les rues et servir aux viles passions de l'envie et de la jalousie? Sous l'ancien régime, on aurait flétri publiquement une pareille vilenie. Si je rencontre l'individu qui a insulté David Charnay, il peut compter que je lui ferai sentir l'odeur de la milaine. Qui se sent morveux, se mouche.

En outre, messieurs, voici le moment où il faut habiller

l'orphelin pour sa première communion: que pensez-vous faire?

— Il est certain, dit Ésaïe Cléret, que David ne peut se présenter à la table sainte avec sa milaine brune, qui est déjà bien râpée. Il lui faut un habillement de drap, grossir si vous voulez, mais enfin de drap. Comme le jeune homme est encore chez moi et que je suis content de lui, je pense lui donner un chapeau, une paire de souliers et une chemise neuve.

— C'est déjà quelque chose, Zaï, et je t'en remercie; mais tu me laisseras acheter le chapeau et les souliers dont tu me rembourseras le prix

— Comme vous voudrez, Gaspard.

— Bien, reprit le premier. Et vous, monsieur le boursier, voyons un peu ce que vous pensez.

— Moi, dit Soulte, je pense que le jeune homme doit être habillé aux frais de la bourse des pauvres: il n'y a qu'à charger le boursier d'acheter de la *tredaine*[15] bleue, qui est bonne pour l'orphelin.

— Oui da! monsieur, de la tredaine; pour que ton polisson de fils vienne la lui reprocher sur la place publique, n'est-ce pas? Tu peux garder ta tredaine. On ne vous demandera rien messieurs, sauf les trois articles offerts par Zaï, je n'accepte rien. Je voulais voir seulement si vous montreriez un peu de générosité, je dirai même un peu de justice envers un pauvre enfant abandonné, à qui les vôtres, messieurs, doivent tous les progrès qu'ils ont faits à l'école depuis le trois janvier jusqu'à hier et dont les parents n'ont jamais reçu un sou de la commune.

— Mais sur quelle herbe avez-vous marché, Gaspard objecta le boursier, en poussant son voisin du coude. Lorsqu'il fut question de ces Charnay pour la première fois, il me souvient que vous étiez peu disposé à leur accorder un secours. Vous vous fâchâtes presque contre Zaï. »

15 - Etoffe grossière, sorte de bure à grand poils.

— C'est vrai, oui, c'est vrai, monsieur Soulte. Je croyais que ces Charnay étaient des fainéants et des gourmands comme les trois quarts des pauvres que nous assistons. Dès lors, si j'ai changé d'opinion à leur égard, ça ne te regarde pas, entends-tu? et si j'ai marché sur une herbe quelconque ce n'est pas sur celle de l'envie et de la jalousie, entends-tu bien? Je suis pour qu'on dise franchement sa façon de penser devant les gens.

— Voyons, voyons, c'est bon, dit le syndic: il est entendu que la municipalité n'a pas à s'occuper de l'habillement de communion de David Charnay. Messieurs, nous avons des choses plus importantes à traiter.

— Plus importantes, c'est possible: mais je n'en sais rien, reprit Gaspard, qui tenait à avoir le dernier mot dans la discussion.

Grâce à une nouvelle avance du tuteur, David put se présenter à l'admission générale des catéchumènes, vêtu de bon drap bleu, pas fin, mais robuste, et d'un gilet à petites raies grises et noires, comme il convenait à un jeune homme en deuil. Son chapeau était garni d'un crêpe, jusqu'à mi-hauteur. Gaspard s'était donné le plaisir de peser un peu sur la bourse de Zaï, en le choisissant de bon feutre, et les souliers, en veau ciré, montaient au-dessus de la cheville. Cet habillement devait rester chez le tuteur, David le mettrait seulement les jours de fête et de communion.

Il fut convenu, à la même époque, que l'orphelin resterait chez M. Cléret comme domestique, jusqu'à la fin de l'année. Son gage fut fixé à douze écus de cinq francs de France, pour les huit mois.

Zaï Cléret et sa femme étaient donc de bonnes gens, chez lesquels David se trouvait heureux autant qu'on peut l'être quand on est sans parents et sans famille. On le traitait avec douceur, tout en le faisant bien travailler, mais ni M. Cléret ni sa femme n'auraient jamais eu l'idée le lui faire une caresse, ou de lui témoigner un peu de cette tendresse paternelle ou maternelle dont sa nature délicate eût senti tout le prix. Doués d'une sorte de générosité et de bonté instinctives, les Cléret ne comprenaient pas grand'chose de plus, dans l'ordre des affections dues au prochain et que sanctifie la foi chrétienne. Ils avaient reçu l'orphelin chez eux par bonté; mais Zaï avait vu tout de suite que David leur serait utile et ne leur occasionnerait pas une dépense considérable, dans un ménage déjà composé de quatre personnes. Maintenant, il lui convenait aussi de le prendre tout de bon à son service, ayant besoin précisément d'un jeune domestique pour l'aider dans les travaux qu'il ne pouvait faire seul, en attendant que son fils eût quelques années de plus. Julie étant trop grande fille pour *jeter* les bœufs à la charrue, David ferait cela parfaitement bien, herserait, travaillerait à la vigne, aux prés et aux champs. Mais si David était l'ami des enfants d'Ésaïe Cléret, pour ce dernier et sa femme, c'était chose bien décidée dans leur esprit, il ne devait être que leur domestique. David les aimait tendrement; il aurait voulu, dans son affection candide et respectueuse, être quelque chose de plus pour eux. Lorsqu'il entendait Julie appeler son *père* ou Louis sa *mère*, l'orphelin devait se borner aux mots secs et durs de *maître* et de *maîtresse*. De temps en temps, il comprenait qu'il était de trop dans la conversation, alors il s'échappait promptement, sans que Zaï et sa femme eussent besoin de le lui dire. «Cela doit être ainsi, pensait David, je ne suis pas leur fils, ni même leur parent le plus éloigné: s'ils ont quelque chose d'intime à se communiquer, ma présence les gêne; je dois donc m'écarter. La place d'un orphelin est la solitude. Et pourtant ils sont si bons pour moi! Sans M. Cléret, que serais-je devenu en arrivant aux Marettes? Sans lui, M. Gaspard ne serait pas mon tuteur; et quand même ce dernier me dit parfois des choses dures, je sens qu'il a, au fond du cœur, de l'affection pour moi. Non, il ne faut pas me laisser aller au découragement. Dieu est le père des orphelins. Je suis jeune, bien portant, fort pour mon âge: l'avenir peut encore être beau pour moi; il s'agit seulement de travailler et de marcher droit dans la vie. »

David se disait cela un dimanche matin, au retour du culte. Assis sur le banc, devant la maison, il se mit à considérer un couple de pinsons. La femelle cherchait des miettes de pain parmi le sable de la cour, pendant que le mâle, perché sur un grand rosier aux branches vagabondes, répétait à tout instant sa joyeuse chanson. Il vit passer aussi deux ramiers qui, de retour au pays, se rendaient à tire d'ailes dans les forêts. « Ils sont deux, se dit le jeune homme, et ils sont libres: mais ce sont des animaux et ils ne comprennent rien de plus que les instincts de leur espèce. L'orphelin sait qu'il a une âme et qu'un Dieu juste règne au ciel.

En ce moment, il entendit Mme Cléret qui demandait Julie où il était.

— Sur le banc, devant la maison, répondit la jeune fille.

— Mon enfant, reprit la mère porte-lui cet arrosoir et dis-lui d'aller chercher de l'eau à la fontaine.

— J'ai entendu, Julie, donnez-moi seulement l'arrosoir Et quand il revint avec l'eau fraîche:

— Faut-il apporter du bois?

— Oui, David, répondit Mme Cléret, et après tu porteras à manger aux cochons: leur dîner est préparé dans la *seille*. Le maître a dit qu'il fallait mélanger la paille d'avoine avec le foin pour les boeufs, et la couper court avec la faux auras bien soin de tout dans la maison, pendant que j'irai avec Julie et Louis à Savoise, chez notre cousin Duflon, qui baptise son petit garçon. Pour ton goûter, tu trouveras du lait dans ce pot, et tu le feras chauffer dans la petite *cassette* à jambes, avec ce café froid qui est ici, vois-tu?

— Oui, merci.

— Pour le soir, on ne fera pas de soupe: cela ne vaudrait pas la peine pour toi seul. Tu mangeras du pain et de la tomme.

— Oui, merci.

Vers les deux heures, Mme Cléret, bien endimanchée, et ses enfants vêtus de leurs plus beaux habits, partirent pour se rendre au goûter du baptême chez leur cousin Duflon, de Savolse. M. Cléret y allait aussi. L'orphelin resta seul, comme gardien de la maison. Le temps était ravissant. Un de ces chauds après-midi d'avril, pendant lesquels tout engage à faire une promenade sur les pentes fleuries et le long des chemins. David Charnay vit passer des enfants qui couraient dans les prés pour cueillir des violettes, il vit aussi de grands garçons comme lui, qui, bras dessus bras dessous, s'en allaient gaîment à quelque fête de village. — Orphelin, fais ton devoir et garde la maison de tes maîtres! — Mais ne se trouvera-t-il donc personne qui puisse prêter un bon livre, un joli livre à David Charnay, afin d'occuper son esprit de choses agréables, instructives, pendant que tant de gens s'en vont, à droite et à gauche, en quête de délassements et de plaisirs?

Seul, assis sur le banc, David avait encore deux heures libres avant de commencer à *gouverner* le bétail d'Ésaïe Cléret. Il se reposait bien de corps, mais son esprit courait les champs avec de jeunes compagnons. En croisant les bras machinalement, comme on le fait souvent quand on est de loisir, sa main droite vint s'appuyer contre un objet dur qui se trouvait dans la poche de son habit. C'était un Nouveau Testament, d'un petit format, qu'il avait reçu en présent, comme tous les autres catéchumènes, le jour de son admission publique à l'Église. Il le prit, et le livre s'ouvrit de lui-même au chapitre cinquième de l'évangile selon saint Matthieu. Il le lut en entier, écoutant les divines paroles comme si elles sortaient de la bouche même du Sauveur. «Soyez donc parfaits, comme votre Père qui est dans les cieux est parfait. » Il ferma le volume et se répéta à lui-même le dernier verset du chapitre.

« À qui Jésus adressait-il de telles paroles? se dit-il. À la multitude qui le suivait de la Galilée, de la Décapole, de Jérusalem, de la Judée et de delà le Jourdain. Par sa Parole sainte, il les adresse à toute personne qui la possède. Il me faut donc les recevoir et m'y attacher sincèrement. Dieu ne m'abandonnera pas si j'obéis à ses commandements. »

Le calme, peu à peu, rentra dans cette jeune âme, attirée par la voix de l'Évangile. Mais David restait là, sans occupation et sans distraction.

La maison des Cléret se trouvait placée au bord d'un des quatre chemins qui partageaient en quartiers le village tout plat des Marettes. Devant la cour s'élevait un mur de jardin, au bas duquel s'étendait un joli verger plat, comme tout le reste, mais planté d'un gazon charmant en toute saison et particulièrement en avril. S'y promener seul ne tenta pas le garçon et d'ailleurs quelqu'un eût pu venir frapper à la porte de la maison. Le silence de sa solitude fut rompu par le bruit des pas d'un homme qui, dans ce moment, passa dans le chemin. C'était Gloux. Il venait de sa propriété et se rendait seul au cabaret pour faire une visite à Jean Nantherbe et boire une couple de bouteilles. Une vieille casquette mise de travers, une blouse bleue, la cravate absente ainsi que les bas, des souliers rouges: tel était le costume de ce malheureux jeune homme, dont les pensées n'étaient pas beaucoup plus distinguées.

— Qu'est-ce que tu rumines-là tout seul, sur ce banc? dit-il à David.

— Je garde la maison.

— Où sont tes maîtres?

— Absents, répondit David, sans autre explication.

— Tu es bien fou de rester là tout seul à t'ennuyer, pendant que les autres s'amusent. Viens avec moi, je payerai une bouteille.

— Je vous remercie: je n'ai pas soif.

— Viens toujours; la soif se fera sentir en buvant.

— Non, c'est inutile.

— Tu es donc incorrigible. Eh bien, reste là, comme une bête, si cela te fait plaisir.

Gloux continua son chemin et ne tarda pas à rencontrer Gaspard Lebrun, qui sortait un moment de chez lui pour prendre l'air.

— Bonjour, lui dit l'ivrogne.

M. Gaspard ne lui rendit pas son salut. «Des gens comme ça, disait-il, ne méritent pas qu'on les salue».

Dès que David aperçut son tuteur, il se leva de son banc, ôta son chapeau et vint lui demander de ses nouvelles.

— Cela ne va pas bien fort, répondit Gaspard, le printemps m'éprouve toujours. Que fais-tu là tout seul?

— Je garde la maison.

— Allons nous asseoir un moment sur le banc. Tu dois t'ennuyer: n'as-tu point de livre, pour passer le temps?

— Je n'en ai pas d'autres que celui-ci, qui est bien le meilleur, dit David en montrant le Nouveau Testament.

— Le meilleur: je ne te dis pas le contraire, mais toute la Bible est bonne; aussi bien le Vieux Testament que le Nouveau. Il faut lire dans Moïse et dans Josué pour voir comment on châtiait le peuple, quand il ne voulait pas obéir. Mais si tu veux un livre, David, je te prêterai la *Nourriture de l'âme* et les Sermons de feu Pierre Mouchon. Je te prêterai aussi les *Eaux de Siloë, pour éteindre les feux du purgatoire.*

— Je vous serai bien obligé.

— Comment te trouves-tu chez les Cléret, depuis que tu es à gages?

— Très bien, comme toujours.

— Remplis ton devoir, David, et si quelque chose n'allait pas, viens me parler.

Un second personnage dépassa l'angle de la maison: c'était le régent qui faisait aussi une petite promenade.

— Bonjour à ces messieurs, dit-il: on doit être bien sur ce banc.

Et sans plus de façon, il vint y prendre place entre le tuteur et le pupille.

— La santé est bonne monsieur Gaspard?

— Pas trop, répondit ce dernier, en prenant un air morose.

— Ah! tant *pire*! C'est peut-être l'effet du printemps qui dérange les fonctions; le docteur Tissot conseille de boire *sur les camamiles*, quand l'herbe commence à croître.

— David, demanda Gaspard, doit-on dire *camamile* ou *camomille*?

— *Camomille* est le mot français.

— Il me semblait bien, reprit Gaspard.

— C'est possible, effectivement. *Camamile* est le mot ancien, qui tient un peu du patois: *camomille* sera le mot nouveau qu'on trouve dans les changements.

— C'est assez *camomilé*, monsieur Ambrezon: si j'en veux boire, j'en boirai.

— Buvez-en, monsieur Gaspard; buvez-en, croyez-moi. C'est une plante qui possède la vertu de chasser la bile. Eh bien, mon ami David, voilà que nous n'aurons pas le plaisir de vous revoir à l'école, nous vous regrettons beaucoup. David, monsieur Gaspard, était un écolier distingué. J'ai rarement vu un jeune homme faire de si grands progrès en si peu de temps: il est vrai qu'il s'est donné beaucoup de peine, et moi aussi. Il faudra continuer à pratiquer l'écriture, David, et *l'ecture*, tant que tu le pourras dans ta place. Ne néglige pas non plus l'arithmétique, qui est la science des nombres. Si l'on ne pratique pas, tout est bien vite oublié; je le vois par moi-même. — Voilà un superbe temps pour la campagne, monsieur Gaspard, la vigne pleure à force et les prés se garnissent promptement. Si cela continue, le printemps sera précoce. L'année de la comète 1811, les vaches montèrent le 26 de mai tandis que, il y a deux ans, elles ne purent quitter la plaine que le 10 de juin: 14 jours de plus ou de moins, c'est que cela fait une différence sur un grand troupeau! Et votre Jaillette, continue-t-elle à *forcer le seillon*[16]? Ma Pingeonne a mesuré six pots ce matin à la fruitière. Pour une petite vache, c'est beaucoup. Mais la Pingeonne a de bonnes marques à lait, de toutes bonnes véritables marques.

— Monsieur le régent, dit le tuteur, continuez seulement votre promenade. J'ai quelque chose à dire en particulier à David.

— Parfaitement, parfaitement. À la *revoyance*, messieurs. Je n'avais pas, en effet, l'intention de m'arrêter davantage.

Sur ce, M. Ambrezon se leva, offrit une prise de tabac à ses deux compagnons, qui la refusèrent, et s'en alla, à travers champs, de son pas méthodique et majestueux.

Bon homme, brave homme, honnête homme. N'oublions pas cela; et n'allons pas transformer en défauts graves une ignorance ou des singularités de caractère qui n'avaient pas leur source dans le cœur.

---

16 - Donner plus d'un seau chaque fois qu'on la trait.

SECONDE
PARTIE

CHAPITRE VIII

Nous écouterons, monsieur,
ce que vous avez à nous dire.

n terminant le chapitre par lequel finit la première partie de cette histoire, j'aurais dû avertir le lecteur d'une chose: c'est qu'il me sera impossible de continuer la narration sur le même pied. Aller ainsi pas à pas, jour après jour, avec le village des Marettes sur les bras, et dans le lointain, le vallon de la Combe-aux-Rocs, jaser souvent avec M. Ambrezon, écouter les sorties de M. Gaspard Lebrun sur tout ce qui le contrarie, ou l'approuver dans ses bons moments, voir en détail ce qui se passe chez les Cléret: nous occuper consciencieusement de l'orphelin David Charnay; il y aurait là matière à écrire, non pas un petit volume, mais un tome énorme, aussi épais que Boiste et Gattel réunis. Or, ce serait une nourriture indigeste, ennuyeuse, assommante parfois. Monsieur, comme je désire rester dans vos bonnes grâces et ne pas sortir de mon rôle de simple conteur, vous me permettrez d'aller un peu plus vite, sans cependant rien oublier de ce qui est essentiel à mon récit. — Je vais donc retourner m'asseoir sur le banc d'Ésaïe Cléret, pour écouter ce que Gaspard Lebrun veut communiquer en particulier à son pupille David Charnay.

— Puisque nous sommes seuls maintenant, David lui dit-il (et son regard suivit un instant le magister qui s'éloignait), je veux bien te montrer que je pense à ton avenir. Plus je vois ce monsieur Ambrezon, plus je l'entends parler de sa vache, et moins je comprends qu'il se soit fait régent. Il est aussi capable d'instruire la jeunesse que moi de porter un bonnet d'évêque. Il est impossible que cela puisse durer encore bien des années sur un pied pareil. Dans le village, trop de gens sont mécontents et crient contre lui, malgré les progrès de cet hiver. J'ai donc pensé à une chose, David. Si tu voulais, à la fin de ton année, ou même plus tôt, dans trois mois, par exemple, entrer dans une bonne pension pour y étudier pendant quelque temps, on tâcherait de te faire remplacer M. Ambrezon, quand ce dernier quittera forcément sa place. Voudrais-tu être régent? as-tu du goût pour cette carrière?

— Vous avez bien de la bonté, monsieur, répondit David, et je vous suis reconnaissant: mais je ne me sens pas le moindre goût pour devenir instituteur. J'aime la campagne, la vie en plein air, le travail au soleil.

— Eh bien, n'en parlons plus, et surtout n'en parle à personne: à personne, entends-tu bien?

— Vous pouvez compter sur moi.

— Je vais prendre mon café, ferme la porte de la maison, ôte la clef et viens avec moi: tu ne t'arrêteras pas. D'ailleurs, voici bientôt le moment de soigner ton bétail.

Gaspard Lebrun emmena David chez lui, où ils trouvèrent Jeannette et Jean Byrde attendant leur maître avec le café tout prêt. Gaspard fit apporter un morceau de beurre battu dans la matinée à la fromagerie par Jean Byrde, il engagea David à se servir, lui offrit du sucre blond et recommanda au jeune homme de manger sans se presser.

— Voilà pourtant du café passable, reprit-il, au bout d'un moment de silence, il n'a pas cet affreux goût de

Javard, comme le dernier que Ribelin m'a vendu. Mais le filou ne m'y rattrapera pas! du café qui empeste la maison, et rempli de pierres! ne me parlez pas de ces épiciers qui font tant les gentils: — Ah! oui, monsieur Gaspard, on est tout heureux de vous voir; que pourrait-on vous offrir? — Je m'embarrasse bien de ses offres! Si je veux boire quelque chose, je sais où aller demander ce dont j'ai besoin. Tout ce beau partage n'est que pour vous flatiboler et vous attraper quelques sous de plus sur la marchandise. Son café, qu'il m'a fait payer sept batz la livre, n'en valait pas quatre. Il fera chaud quand il me reverra dans son magasin. — Byrde, si tu as fini, va donner à manger aux bêtes, et toi, David, retourne à ton poste.

David Charnay acheva son année chez les Cléret sans qu'aucun événement important vint secouer une existence aussi tranquille que la leur. Outre ses devoirs de domestique, l'orphelin aidait souvent Julie et Louis pour leurs devoirs d'école. Il devint même en quelque sorte leur véritable instituteur. Dans la saison morte, il repassa avec eux une bonne partie de son petit bagage scientifique de la Combe-aux-Rocs et ce lui fut un excellent exercice pour lui-même. Zaï Cléret était tout glorieux de voir que sa fille tenait ferme la première place des *grandes*, et que son petit Louis devançait maint camarade plus âgé.

L'année suivante, l'engagement de David fut maintenu, et son gage porté à cent francs de Suisse, soit vingt-neuf écus de cinq francs de France, et un écu pour les arrhes[17]. Gaspard proposa ce prix à Zaï, par oui ou par non, à prendre ou à laisser. David devait pouvoir gagner cette somme, et si Zaï ne voulait pas la lui donner, on trouverait un autre maître à l'orphelin sans aller bien loin, dit-il en terminant. Zaï se décida donc, et certes il n'avait rien de mieux à faire. Julie obtint le

17 - [NdÉ] Acompte. Le Littré indique: Argent donné pour la garantie d'un marché.

premier prix de toute l'école, aux examens annuels du printemps. Le père Soulte trouva dur que sa fille Adeline ne reçût que deux batz tandis que Louis Cléret, du même âge qu'elle, en avait six.

— Décidément, dit le boursier, le régent ne s'occupe pas de ma fille autant que du garçon de Zaï. Déjà l'année dernière, l'orphelin eut le premier prix, qu'on aurait dû donner à mon fils. Pas de ces préférences, ou je me plaindrai tout de bon.

— Voyez-vous, répondait M. Ambrezon, la chose est facile à comprendre, monsieur Soulte: la Julie à M. Zaï est bien douée, ses tâches sont toujours bien faites; je n'ai qu'un mot à lui dire et elle a tout compris. Avec votre fille Adeline, je suis obligé d'expliquer longuement les choses les plus simples, elle a la tête dure; ce qu'on y fait entrer ne reste pas. Par ainsi, monsieur Soulte, prenons patience jusqu'à ce qu'elle arrive à l'âge de raison. L'arithmétique, ou science des nombres comme nous disons, exige beaucoup d'attention. Pour bien poser une *règle*, il faut que la réflexion s'en mêle; et pour faire la *preuve*, c'est difficile, surtout s'il reste un *reste* qui soit une fraction. C'est terrible avec ces fractions! on ne sait souvent pas où les mettre, ni qu'en faire. C'est alors qu'il faut agir avec prudence, monsieur Soulte. Prenons-en une nous deux.

Le lecteur comprend que M. Ambrezon terminait son explication en ouvrant sa tabatière. Soulte y plongeait deux doigts aussi gros que des saucissons, humait le tabac du régent, et répondait qu'il fallait absolument que sa fille Adeline devînt un jour la première, comme Julie Cléret.

— Prenons patience, monsieur le boursier; prenons patience. Je pensais aller toucher mon quartier chez vous ce soir; si cela ne vous dérange pas.

— Oui, venez, mais souvenez-vous de ce que je vous dis, monsieur Ambrezon.

L'année se passa comme la précédente, Zaï Cléret

toujours plus content de son jeune domestique et fort disposé à payer les nouveaux gages de trente-cinq écus, fixés par le tuteur. Zaï avait augmenté ses terrains d'une vigne et d'un pré; il était donc bien aise d'avoir assez d'ouvrage pour David, qui, de jour en jour, devenait plus robuste et plus fort. À dix-neuf ans, l'orphelin ne ressemblait guère au jeune garçon arrivant autrefois de la Combe-aux-Rocs. L'habitude du travail en plein air, une nourriture abondante et saine, jamais d'excès d'aucun genre, une vie calme, simple, — tous ces précieux avantages l'avaient singulièrement fortifié et développé corporellement. Maintenant, David Charnay était un jeune homme de taille assez élevée, dont les larges épaules, la poitrine bombée, le front uni, encadré de mèches brunes, les jambes bien plantées, faisaient un des gaillards les plus solides du village. Un visage régulier, plutôt maigre; une expression vive, avec quelque chose de doux en même temps, de concentré dans la pensée, annonçait que la matière n'était pas ici la maîtresse, mais qu'une force intelligente y prédominait.

David Charnay et Adrien Soulte, tous deux choisis comme recrues d'artillerie, pouvaient passer pour les deux plus beaux garçons de la localité. Mais le fils du boursier, quelque riche que fût son père, était de beaucoup inférieur à David sur le développement intellectuel, et surtout pour les facultés nobles de l'âme.

C'était alors l'époque où Julie Cléret devait quitter l'école. Elle avait seize ans. Elle aussi ne ressemblait plus à la jeune fillette qui s'amusait avec les morceaux de bois sculptés par David Charnay. Sa taille s'était allongée, son buste formé. Une forêt de superbes cheveux noirs ornait sa tête. Le visage avait pris cette fraîcheur colorée de la première jeunesse. Encore un an de croissance régulière, et Julie serait, sans contredit, la plus belle fille des Marettes. David Charnay le voyait depuis longtemps et ne le savait que trop. Adrien Soulte s'en doutait aussi à sa manière et ne perdait pas une occasion d'afficher sa position d'unique fils du boursier, le plus riche bourgeois de la commune.

Dans ce passage de l'adolescence à la forte jeunesse, Julie Cléret était restée simple, sans airs affectés, sans recherche vaniteuse. Elle ne pouvait faire autrement, sans doute, que de s'apercevoir que sa tournure ne ressemblait pas à celle de la grosse Pernette Lalon, ou de la dégingandée Victorine Rinfle; elle voyait bien que ses grands yeux noirs n'avaient pas le moindre rapport avec ceux de la Naneton Guilly, qui manquaient presque de paupières et ne s'ouvraient jamais qu'à moitié: mais sur toutes ces différences si fort en sa faveur, Julie ne faisait pas de réflexions malicieuses, ni de comparaisons à son avantage. — Dans sa gaieté franche et candide, on ne l'entendait point rire à propos de rien ou à grands éclats de voix; encore moins prenait-elle un air maussade, niais, maniéré, devant les étrangers. En toutes choses, Julie restait simple, naturelle, et cela donnait un charme de plus aux avantages déjà très grands de la jeune fille.

David Charnay s'était toujours montré si parfaitement convenable avec elle, si complaisant dans leurs rapports journaliers, qu'elle le considérait presque comme un frère aîné et lui témoignait beaucoup de confiance. Zaï et sa femme n'avaient pas paru s'inquiéter de cette amitié entre les jeunes gens; ils pensaient probablement que la différence de position était trop grande entre eux pour que ni l'un ni l'autre pussent avoir jamais l'idée de se rapprocher par le cœur encore plus intimement. Cependant, en voyant grandir sa fille, Mme Cléret n'était pas sans inquiétude sur ce point, et le père Zaï, depuis quelque temps, considérait parfois David avec des yeux dans lesquels l'orphelin aurait pu discerner une pensée secrète et nouvelle.

Ainsi que nous l'avons fait entrevoir le boursier Soulte possédait beaucoup de bien aux Marettes. Outre ses trente-huit morceaux de terrain, deux maisons et trois granges, on savait que son rentier contenait assez de *lignes* pour qu'il pût vivre largement des revenus de ses créances, lors même qu'il n'aurait pas eu autre chose. Comme la famille de Zaï Cléret, la sienne se composait de sa femme et de deux enfants, garçon et fille. L'âge des enfants, relativement aux sexes, était l'inverse dans les deux familles, en sorte que si les fortunes eussent été égales ou tout au moins dans une honnête proportion, Soulte n'aurait pas demandé mieux que de consentir à une double alliance avec les Cléret. Mais les affaires de ces derniers, quoique en bon état, ne pouvaient passer pour brillantes, puisque Zaï devait quelque mille francs sur ses propriétés. Au lieu de recevoir des intérêts il fallait qu'il en payât, chose bien différente. Aussi le boursier Soulte venait-il de prendre les devants auprès de son fils, en lui disant de ne pas trop aller chez Zaï Cléret vu que, pour le moment, ce n'était pas une maison qui leur convînt. Presque en même temps, Zaï et sa femme pesé sur le mot de *domestique*, en l'appliquant à David en présence de Julie, beaucoup plus qu'ils ne l'avaient fait jusqu'à ce moment. Autrefois, ils auraient dit: — «Où est David? Julie, va dire à David de faire ceci ou cela.» Maintenant ils se servaient de cette formule sèche ou dure: «Où est le domestique? Julie, va dire à ton frère d'appeler le domestique au jardin. — On n'a pas vu le tuteur de l'orphelin depuis longtemps; il s'en occupe beaucoup moins depuis que David est tout de bon domestique chez nous.»

Un tel état de choses ne pouvait que s'aggraver, avec des dispositions pareilles chez tous. David était trop intelligent, il avait trop de tact pour ne pas s'en apercevoir au premier mot qui fut dit dans ce sens. Il se tint donc sur ses gardes, comprit ce que cela voulait dire, évita de se trouver seul avec Julie et continua, devant les parents à la traiter avec une amitié pleine de déférence. Avec le jeune garçon, il fut toujours très affectueux et d'une aimable complaisance. Aussi Louis l'appelait-il toujours, «mon ami David», malgré la différence d'âge qui les séparait. — L'été se passa de cette manière pour les uns et les autres.

Quand vint l'automne, David prit avec courage le seul parti auquel un jeune homme de cœur et d'honneur pût s'arrêter dans une position si délicate. Mais il n'en parla à personne. Il continua de travailler comme à l'ordinaire, grave et silencieux plus que précédemment. Julie ne tarda pas à le remarquer: en comprit-elle la cause si honorable? vit-elle dans cet air non pas froid, mais réfléchi et sérieux, de la bouderie, une ambition mal contenue? nous ne savons. Julie ne s'expliqua pas, et, de son côté, elle parlait peu la première à David, lors même qu'elle ne pouvait faire autrement que de lui adresser la parole.

Un jour d'octobre, on semait un champ de blé. David, comme le plus fort, allait et venait sur le labourage frais, un sac de froment à l'épaule, et le répandait sur le sol par poignées égales, Zaï hersait avec les bœufs, Julie et son frère cassaient les mottes.

Les étourneaux, gloutons et hardis, s'abattaient par volées immenses dans les champs pour y prendre un repas avant de continuer leur route du côté du sud. Les bergeronnettes grises suivaient de près la herse, happant les larves que l'instrument pesant mettait à découvert. Sur les prés voisins, le bétail descendu des montagnes paissait une herbe fraîche, couverte de l'abondante rosée de la nuit; et le bruit des clochettes résonnant dans toute la contrée, se mêlait aux voix des laboureurs. Tableau de vie rustique, saine et paisible! Souffle de la nature, voix des champs, que de poésie vous révélez à celui qui vous aime! Préfère qui voudra le bruit de la rue, les rassemblements étouffants des hommes et leurs cités immenses les grandes expositions de l'industrie et le gaz perpétuel! À mes yeux, un champ, un pré, une lisière de forêt, les maisons qui se devinent dans le feuillage dont elles sont entourées, le pain que l'on récolte soi-même et le lait de son troupeau seront toujours des biens supérieurs aux raffinements de la vie artificielle. *Au commencement*, tout était bon sur la terre! L'homme cultivait son jardin, véritable paradis. Ce n'est que plus tard, quand ils eurent fait alliance avec le mal, que les enfants d'Adam construisirent Babylone, avec une tour aussi haute que le ciel.

CHAPITRE IX

Quand les richesses abondent,
n'y mettez point votre cœur.

e même jour d'octobre, Ésaïe Cléret vit s'avancer dans sa direction, sur le labourage, un homme qu'il reconnut de loin pour être le domestique de son oncle Amédée. Zaï arrêta ses bœufs.

— Qu'y a-t-il de nouveau, Tiennon? lui demanda-t-il,

— Hélas! répondit le messager, notre pauvre maître est mort. Hier, en se couchant, il paraissait aussi bien qu'à l'ordinaire il but sa goutte d'eau de cerises, mangea une bouchée et n'avait point l'air malade. Ce matin, on l'a trouvé mort dans son lit, sans qu'il ait rien dit, ni appelé pendant la nuit. C'est bien triste pour nous, mais c'est une belle mort pour lui. On est allé chercher le médecin et le juge, pendant que je suis venu vous avertir.

Ésaïe Cléret appela David, lui donna ses ordres pour le reste de la journée et partit avec le messager dès que ce dernier se fut reposé et rafraîchi. L'oncle Amédée demeurait à deux lieues des Marettes; sa mort changeait du tout au tout la position de fortune d'Ésaïe, car il lui laissait outre un petit bien de terre avec maison, environ vingt-cinq mille francs de Suisse en créances.

— Cet héritage fit grand bruit aux Marettes, il donna une importance considérable à Zaï dans toute la contrée, tant le monde est habitué à estimer les gens, non d'après ce qu'ils sont, mais d'après ce qu'ils ont. Les 50 000 francs hérités par Zaï (la campagne valait la moitié de cette somme), mirent en évidence la famille tout entière, mais surtout Julie, dont la beauté était maintenant frappante. David Charnay n'en devint que plus le domestique, le pauvre *orphelin*, comme on disait, bien que son trésor fût composé de cette richesse, qui, seule permanente, ne peut être achetée avec de l'or ou de l'argent. Sa position dans la maison ne tarda pas à éprouver le contrecoup de celle du maître. Ce dernier eut de plus en plus l'oeil ouvert et se promit, à la première occasion, de le faire sentir vivement à son ancien protégé, afin de couper court à toute pensée de ce côté-là. David fut assez sage, il eut assez de dignité pour rester à sa place encore plus que précédemment.

Les compliments, les félicitations abondent chez le paysan, quand sa fortune se trouve ainsi triplée tout à coup. C'est à qui dira les plus grosses flatteries. Mais, d'autre part aussi, la classe des envieux ne reste pas oisive. C'est ici que la langue va et vient, distillant un venin perfide. — « Il *s'en* croyait déjà bien, mais c'est maintenant qu'il va se redresser. Il faudra se lever quand il passera dans la rue, et lui dire: « Monsieur le baron. » On dit que le vieux dont il a hérité était un rapinard de première force. Or, ce qui vient par la flûte s'en va par le tambour. Bien mal acquis... Vous savez la fin du proverbe, voisin Goingue: il n'y en aura pas pour longtemps. » — Tel est le langage de l'envie.

Parmi les complimenteurs M. Ambrezon fut certainement un des plus sincères et des plus naïfs. Il arriva des premiers:

— Je viens, dit-il à M. et Mme Cléret, vous féliciter de tout mon cœur. L'oncle Amédée était un brave et digne homme, qui ne pouvait disposer mieux de sa belle

fortune. Vous vous êtes montré bon pour l'orphelin
monsieur Zaï; Dieu vous en récompense aujourd'hui.
David Charnay doit être bien content de ce qui vous
arrive. C'est un garçon distingué, qui marche dans le
chemin de l'honnêteté et du travail. Il ne restera pas
toujours domestique: vous verrez qu'il ira loin. — Par
ainsi, monsieur Zaï, vous avez maintenant deux
domaines: tiendrez-vous aussi des vaches dans la
maison de l'oncle Amédée? Non, ce serait un peu trop
éloigné. On peut nourrir, dit-on, trois bonnes vaches et
deux *mogeons* sur le bien de terre qu'il laisse. Si je
n'étais pas nécessaire ici comme régent, je vous demanderais de me remettre à ferme le bien de l'oncle Amédée.
C'est précisément ce qui me conviendrait: trois vaches,
deux mogeons, et la semature de quatre coupes.

— Eh! répondit Zaï, on pourrait voir cela plus tard,
monsieur le régent. Pour le moment, j'ai assez d'autres
choses à régler.

— C'est facile à comprendre, la fortune donne de
grandes occupations. Pour moi, je me fais vieux: j'ai
vingt-huit ans de service et une incommodité dont je ne
parle pas, mais que je pense faire valoir dans deux ans
pour obtenir ma pension de retraite. D'ici là, monsieur
et ami Zaï, on pourra causer. Prenons-en une. À votre
santé. Je désire que vous jouissiez longtemps de votre
bonheur et que mon ancien élève David soit heureux
sous votre toit.

Gaspard ne vint pas faire sa visite comme les autres;
en rencontrant Zaï dans la rue, il se borna à lui dire de
son air sérieux et amical en même temps:

— Je suis bien aise de ce qui t'arrive, Zaï je t'en fais
mon compliment. Comment David se conduit-il? je ne
l'ai pas vu depuis quelque temps.

— C'est un bon *domestique*, actif et soigneux. Mais, à
propos, il ne m'a rien dit encore: je suppose qu'il
voudras gagner des gages plus considérables l'an
prochain. En ce cas...

— En ce cas, Zaï, je pense que tu ne regarderas pas à quelques écus de plus pour conserver un bon domestique qui est en même temps un jeune homme comme il faut, de bonnes mœurs et d'une conduite exemplaire.

— C'est selon, Gaspard, on verra.

— Sans doute, on verra, et nous aussi nous verrons: parce tu as quarante ou cinquante mille francs de plus, il ne faut pas te figurer que tu puisses me mener à ta fantaisie. Adieu.

Soulte, le boursier, dit *Légrefasse,* vint chez Zaï avec sa femme, un dimanche après-midi. Mme Soulte se jeta au cou de Mme Cléret et fit claquer ses grosses lèvres sur les joues si fraîches de Julie. Le boursier entama une conversation générale sur le dernier marché au bétail, puis Julie étant sortie, il arriva peu à peu au sujet qu'il se proposait de traiter.

— Je pense depuis longtemps, ami et collègue Zaï à l'avenir de nos deux familles. Garçon et fille, fille et garçon, ça donne à réfléchir aux parents. Nous pourrions faire plus mal que de nous en occuper ensemble de temps en temps, qu'en dis-tu? Plus tard, n'est-ce pas? on pourra voir. En attendant, nous ferons bien de prendre les mesures convenables. On n'a pas besoin de rien décider, c'est clair, pourvu que nous ayons les mêmes idées. Hein! Zaï, que dis-tu de tout ça?

— On pourra voir plus tard, ami Soulte; dans ce moment j'ai trop d'affaires sur les bras pour m'occuper de cela, et les enfants sont encore bien jeunes. Je ne refuse pas ta proposition; quand on aura eu le temps d'y réfléchir et d'en causer, on verra.

— Bien dit, Zaï; c'est comme cela que je l'entends. L'orphelin restera-t-il chez toi?

— Je ne sais pas. Nous n'en avons pas encore parlé.

— Si par hasard il ne restait pas, dis-m'en un mot: je l'engagerai volontiers; c'est le meilleur *valet* de la commune; mais si tu le gardes, il va sans dire que je trouverai cela très naturel.

L'automne passa et Zaï Cléret ne fit aucune proposition à David pour l'année suivante. De son côté, ce
dernier n'entama pas non plus le sujet. Il travaillait avec
courage, devenait discret de plus en plus, et restait
avec Julie dans une réserve bien remarquable, car le
jeune homme devait chaque jour se faire violence en
maîtrisant ce qu'il gardait pour elle au fond du cœur.
Ésaïe Cléret, autrefois si cordial et si affectueux, était
devenu peu à peu concentré et défiant. Qu'il eût de
l'inquiétude au sujet des rapports de David avec sa fille,
on le comprend: mais qu'au lieu de trancher nettement
la question, qu'au lieu de faire cesser sans colère un
état de choses inadmissible à ses yeux et qui était
cependant son propre ouvrage, il fît peser sur David sa
mauvaise humeur et le traitât parfois grossièrement,
c'est ce qui était étonnant. Tant que Zaï n'avait eu dans
son bureau qu'une dizaine d'écus se courant les uns
après les autres il avait été content; il voyait avec
reconnaissance envers David, les progrès de ses
enfants. Maintenant qu'il possédait un gros sac d'argent, il montrait du souci à la pensée d'avoir laissé la
clef dans la serrure, et quand il se voyait de si beaux
enfants, bien portants et robustes, sa frayeur était qu'ils
ne fissent un mariage pauvre, oubliant que lui-même
avait épousé sa femme beaucoup plus par affection
que pour ce qu'elle possédait.

En général, lorsqu'un homme s'enrichit, soit par de
grandes capacités pour les affaires, soit par la transmis-
sion d'héritages considérables, il y a toujours en cela un
but certain de la Providence. Compris ou incompris,
connu ou inconnu, ce but existe et vient tôt ou tard en
lumière. Si celui qui, dans les vues de Dieu, devait être
chargé de l'exécuter le premier y fait défaut, un autre
viendra pour le mettre en œuvre. Dans tous les cas et
pour tous, les richesses sont un poids, un grand souci.
Pour plusieurs, elles sont un dépôt sacré dont l'administration leur est confiée ici, la part du pauvre est faite la

première; la main généreuse puise et repuise sans cesse pour les déshérités et les malheureux. Pour d'autres riches, la fortune n'est qu'un moyen de s'augmenter elle-même; je possède un million, donc je dois pouvoir en posséder deux, j'en ai gagné quatre, donc je dois en gagner huit: telle est la *raison de la progression*, pour ces êtres insensés, qui vendirent quelque jour leur âme au Mammon du siècle. — Il y a aussi des richesses *iniques*, fruit des spoliations, grandes ou petites, de l'avarice sordide, du mensonge ou de la duplicité. Malheur à qui elles tombent en partage! Un ver rongeur, un feu dévorant existent dans ces amas de biens dont la source dégoûtante ne saurait être avouée. Toi, chrétien pauvre, qui vis au jour le jour peut-être, garde ton âme de toute envie des biens du monde. Ton lot vaut mille fois mieux que celui du mauvais riche. Prends la Bible, consulte l'histoire et considère la fin de telles gens.

Ésaïe Cléret, sans se donner entièrement à sa position nouvelle, se laissa prendre cependant au souci des richesses, par le côté dont nous avons parlé, et faiblit moralement sous le fardeau. Sa femme devint presque plus économe encore et plus active dans son ménage, toute bonne qu'elle était. Ils sont rares les paysans riches qui possèdent simplement et joyeusement, avec reconnaissance: bien nombreux, au contraire sont ceux que la richesse possède et mène où elle veut. Ils deviennent, dans ce sens-la, de véritables esclaves.

Il ne restait plus qu'une semaine, et l'année n'existerait plus qu'en souvenir. Encore quelques jours, et il faudrait nécessairement une explication entre Ésaïe Cléret et David Charnay. — «Laisse-le faire, ne dis rien,», tel était le conseil donné par Gaspard à son pupille.

La veille de Noël, comme David rentrait au logis en revenant de l'ouvrage, il trouva Julie seule, assise sur le banc devant la maison.

— Bonsoir Julie, lui dit le jeune homme.

— Bonsoir David, répondit-elle sans bouger de sa

place et sans lever les yeux.

David crut remarquer un nuage de tristesse sur le visage de la jeune fille. Sans parler davantage, il s'assit à l'autre bout du banc, laissant ainsi un large intervalle entre eux deux.

— Vous ne craignez pas de prendre froid, ici, dit-il: peut-être vaudrait-il mieux ne pas y rester davantage; et pourtant, ajouta-t-il comme à part lui, on y est si bien!

En ce moment, Zaï sortit de l'écurie avec sa lanterne à la main. Il se rendait à la cuisine pour l'allumer.

— Qu'est-ce que tu fais là sur ce banc? dit-il d'une voix fâchée à sa fille, c'est bien le moment! et la place d'une fille de ton âge et de ta condition, n'est-ce pas? Se tenir là, presque de nuit, à *babioler* avec un domestique!

Ces derniers mots furent prononcés en colère dans le corridor de la maison. Julie, les joues enflammées, se leva: David en fit autant.

— Malheur aux orphelins! dit-il d'une voix grave. Julie, ayez la bonté de dire à votre mère que je vais chez M. Gaspard et qu'il ne faut pas m'attendre pour souper. Dieu vous rende heureuse, Julie. Pour moi, je le répète: Malheur aux orphelins!

Il trouva Gaspard devant un feu superbe, sur lequel Jean Byrde se préparait à faire jouer les fers à gaufres, car, à cette époque, on fêtait d'une façon quelconque la veille de Noël, dans toutes les maisons de paysans. Le tuteur et David s'enfermèrent dans la grande chambre.

— Eh bien? dit Gaspard, d'un ton interrogatif.

— Je quitterai M. Cléret déjà demain, s'il le désire, en tout cas, je ne resterai pas plus longtemps que le 31 chez lui.

— Demain! déjà demain! pourquoi demain?

— Parce que je ne veux pas être une minute de trop dans la maison de mes bienfaiteurs. Ayez la bonté de parler à M. Cléret, de régler mes affaires avec lui, afin que je n'aie pas à m'en mêler. Je suis sans place, mais cela ne fait rien: dussé-je aller à la journée un peu de tous les côtés, je ne resterai pas oisif. Grâce à Dieu, je n'ai fait aucun mal et n'ai rien à me reprocher à l'égard de la famille Cléret je les aime tous; mais, puisque je suis de trop dans la maison, je n'y resterai pas une heure de plus.

— Écoute, David, lui dit Gaspard: as-tu confiance en moi?

— Oui, monsieur.

— Raconte-moi toute l'histoire.

— L'histoire ne consiste qu'en un seul mot.

David répéta la sortie d'Ésaïe à sa fille, et la parole qui l'avait suivie à son adresse à lui.

— C'est bon: il n'y a rien d'autre, David?

— Pas autre chose.

— Il aurait pu (pu! pu! c'est un brutal!)... mais, vois-tu, David, mets-toi à sa place. Il craint que sa fille ne te trouve un peu trop à son goût. Cependant, il y avait bien une autre manière de lui dire cela, ainsi qu'à toi. La fille de Zaï n'est pas faite pour toi, ni toi pour elle. Tout cela est fort délicat, David. Il ne faut pas avoir de rancune contre eux.

— De la rancune! Dieu m'en garde. Non, je connais mon devoir, et je veux y rester fidèle.

— Il ne s'agit pas, entends-tu de faire un esclandre. C'est bien alors que tout le village en gloserait. Tu vas rentrer chez Zaï comme si de rien n'était et tu y finis la semaine. Demain, j'irai tout régler avec lui. Viens manger un *bricelet*[18] et boire un verre de vin avant de t'en aller.

Gaspard conduisit le jeune homme près du feu où ils parlèrent de diverses choses avec Jean Byrde, après quoi David quitta son vieux protecteur en le remer-

18 - [NdÉ] Le *bricelet* est une gaufre fine et croustillante, spécialité de Suisse occidentale, cuite dans un «fer à bricelets» (s'apparentant à un gaufrier), aux motifs divers. Il s'agit d'une variante de *l'oublie*.

ciant de ses conseils.

La lune était levée; la nuit splendide. Partout les foyers étaient chauds, les cœurs épanouis. Mais seuls, les vrais chrétiens sont en possession de la joie éternelle sur la terre. Leurs pensées montent vers l'Auteur de la grande nouvelle du salut.

Quant à David Charnay, sa foi au Sauveur était trop faible encore et son cœur trop plein des choses d'ici-bas pour qu'il pût s'associer au cantique des anges. Il erra seul tout autour du village pendant une heure, puis il revint furtivement se coucher dans l'écurie, qu'il n'habitait plus depuis longtemps. De toute la soirée, il ne parut pas chez les Cléret. Sa place resta vide, et Zaï fit ce qu'il put pour ne pas avoir l'air de s'en apercevoir.

CHAPITRE X

Jeune travailleur, où vas-tu?

Le 31 décembre, David Charnay fit sa malle, après avoir, selon l'usage, offert à M. Zaï Cléret de l'examiner pour voir si elle contenait autre chose que ses propres effets (ce que ce dernier refusa de faire), il la transporta chez son tuteur. Gaspard avait réglé le compte et reçu l'argent. En attendant d'avoir une place, David devait rester chez lui pour battre le reste du blé avec Jean Byrde. Quant à Zaï, il prenait, dès le même jour, Tiennon, l'ancien domestique de son oncle Amédée. Des deux côtés, l'arrangement paraissait donc assez naturel. Soulte fit des offres superbes à David, mais le jeune homme les refusa; s'éloigner du village était son but, du moment qu'il ne pouvait plus travailler chez les Cléret, et que, d'autre part, son tuteur n'avait pas besoin d'un second domestique.

Lorsque le travail de ce dernier jour de l'année fut terminé, David se rendit à la cuisine, où la famille était en ce moment réunie pour souper. Il mangea très peu, se leva de table, et remercia vivement M. et Mme Cléret de leur bonté pour lui pendant ces quatre années.

— Vous m'avez recueilli chez vous lorsque je n'étais qu'un enfant, leur dit-il vous m'avez protégé, entouré de votre affection. Que Dieu vous récompense! Si j'ai eu des torts à votre égard, ils ont été bien involontaires, et si je n'ai pas rempli mon devoir en toutes choses comme je l'aurais dû, pardonnez-le-moi.

— Nous n'avons rien à te reprocher, David, répondit Ésaïe; tu as été un bon domestique et nous as servis fidèlement. Puisque le moment est venu de nous séparer, quittons-nous bons amis. Je désire que tu trouves une bonne place et ne refuserai jamais de t'être utile dans l'occasion. Voici un certificat que je te remets avec plaisir. Donne-moi la main, et que Dieu t'accompagne.

— Conduis-toi bien, David, ajouta Mme Cléret. Tu viendras nous dire bonjour quand tu feras une visite à M. Gaspard.

— Oui, certainement. — Adieu Louis, porte-toi bien, mon cher ami. Je n'aurai plus le plaisir de travailler avec toi, mais nous penserons l'un à l'autre. — Adieu, Julie, ne m'oubliez pas tout à fait; je ne suis qu'un pauvre orphelin, seul au monde, mais je vous aime tous de tout mon cœur.

— Adieu, David, répondit Julie; et sa main courut à la rencontre de celle du jeune homme, qui, bien que fort triste, s'en alla avec ce doux souvenir.

Peu de jours après, M. Gaspard Lebrun reçut la *Feuille des Avis* à laquelle il était abonné. Parmi les annonces, il remarqua les lignes suivantes:

« *M. Sartan, à la Quercitronne, près ***, demande un bon domestique de campagne, pour tout de suite. Il faut qu'il puisse diriger des ouvriers et soit porteur d'excellentes recommandations.* »

« Voici, parbleu, une affaire pour David, se dit le tuteur. Je ne connais pas cette *Quercitronne*, mais j'en ai entendu parler comme d'une campagne assez bonne, malgré son nom biscornu. Quant à celui de M. Sarpan, c'est la première fois que je le vois. »

Gaspard s'en vint de ce pas à la grange avec sa feuille ouverte à la main. Les deux hommes achevaient une *chaude*[19] et frappaient à tour de bras sur le froment roux du paysan. Paille ferme et droite, blé moissonné à la faucille. Gaspard n'en voulait pas d'autre chez lui. On l'eût vainement prêché sur les avantages de la faux. — La faux, aurait-il répondu, la faux pour moissonner le blé! allez-vous-en au... avec votre faux. — On *fauche* le foin, mais on *coupe* le blé! Jamais, de mon vivant, la faux ne passera dans mes champs de froment. Voici du grain qui est commode à battre et rend un quart de plus que s'il était tout emmêlé par la faux. Et de la paille qui profite à l'écurie, tandis que celle de la faux s'en va de tous les côtés. Sous les Bernois, et même au temps de l'empire de Bonaparte, il n'aurait pas fallu parler de faux pour moissonner. La moisson durait alors trois grandes semaines, du matin au soir. On chantait en travaillant, ça ressemblait au moins à une fête; tandis qu'à présent on fauche le blé en quelques jours, sans dire le mot, et on se dépêche de le rentrer, vert ou sec, comme si on le volait.

Lorsque Jean Byrde et David eurent fini leur *chaude*, Gaspard montra l'annonce du journal.

— Veux-tu aller voir cette *Quercitronne* et ce M. Sarpan? dit-il à David.

— Comme vous me conseillerez, répondit ce dernier.

— Dis-moi, Jean Byrde, toi qui as un peu couru le monde, sais-tu qui est ce M. Sarpan de la Quercitronne?

— Sarpan? non, mais si fait, parbleu! attendez-voir, notre maître: mon frère Joseph, celui qui mourut à l'armée, dans la déroute de Moscou en, Russie, avait été domestique chez un Sarpan; et il me semble qu'il parlait de la Quer... comment dites-vous?

— *Quer-ci-tron-ne*, répondit Gaspard, en appuyant sur chaque syllabe du nom.

— Ça sera ça: Joseph disait que M. Sarpan était un bon homme. Mais peut-être que c'était le père de celui-ci.

---

19 - Temps que l'on met à frapper sur le blé sans s'arrêter.

— Il te faudra David, aller voir cette place demain, et t'y engager, si elle te paraît bonne. On trouvera difficilement une place dans nos environs, en ce moment-ci, vu que c'est à Noël que les valets entrent en service chez leurs maîtres.

— Eh bien, j'irai demain.

David Charnay se mit donc en route à pied (c'était encore assez loin, quatre bonnes lieues), muni du certificat d'Ésaïe Cléret et d'une lettre de son tuteur. Il s'arrêta dans un village à vingt minutes de la Quercitronne et entra au cabaret pour y manger quelque chose. On lui servit un bouillon, du pain et du vin. Pendant qu'il se restaurait, un personnage d'environ soixante ans entra aussi dans la chambre commune, où il se fit servir de la soupe et une chopine de vin. Cet homme était vêtu moitié en paysan et moitié en monsieur, il portait une grosse chaîne d'or à son gilet, mais ce dernier était d'une coupe étrange, et le chapeau, renversé sur la table, avait des bords aussi larges qu'un quarteron. L'individu ouvrait peu les yeux en parlant et avait la voix douce.

Au bout d'un moment, il adressa la parole à David.

— Où allez-vous comme ça, mon garçon? lui dit-il.

— Je vais chez M. Sarpan, à sa campagne de la Quercitronne. Le connaissez-vous peut-être, monsieur?

— Oui, répondit l'étranger. Avez-vous l'intention d'entrer chez lui comme domestique? Je sais qu'il en cherche un.

— Je viens pour lui en parler.

— En ce cas, mon ami, il est inutile que vous alliez plus loin, car je suis M. Sarpan. Avez-vous de bons certificats à me présenter?

David, tout heureux de cette rencontre, sortit de sa poche les deux papiers et les remit au propriétaire de la Quercitronne.

— C'est très bien, mon garçon, ces deux pièces sont bonnes. Vous n'avez que vingt ans, mais votre tuteur affirme qu'on peut compter sur vous, que vous êtes sobre et actif... Combien voulez-vous gagner?

— Neuf louis, monsieur, et quatre francs pour les arrhes.

— Neuf louis, c'est un fort gage; il faut bien travailler pour gagner neuf louis. Cependant, je vous les promets, si je suis content de vous. — Quant aux arrhes, je n'en donne plus, depuis que j'ai été trompé par deux coquins de valets, qui, après les avoir reçues, n'ont pas tenu leurs engagements. C'est au contraire moi qui en demande aux gens qui sont à mes gages. Si donc vous voulez entrer chez moi il faut que je puisse compter sur votre parole, et pour cela, vous allez me remettre un écu de cinq francs de France, ou un écu-neuf de quarante batz, si vous préférez. Je vous le rendrai avec l'intérêt quand vous aurez passé un mois à la maison. Si nous sommes d'accord, vous entrerez après-demain: je vais écrire notre convention dans mon carnet, après quoi vous pourrez retourner du côté des Marettes. Comme de juste, je payerai votre dépense ici, puisque je ne vous reçois pas chez moi.

David réfléchit un moment à la demande singulière de M. Sarpan. Lui, franc garçon et honnête, se dit que si ce monsieur avait été trompé, c'était assez naturel qu'il se fît donner un gage, et que s'il paraissait un peu original et bizarre, M. Gaspard, qui l'était pour le moins autant, lui avait maintes fois prouvé son bon cœur et son obligeance. Il consentit donc à la demande de l'étranger, et lui remit un bel écu de cinq francs, neuf, à l'effigie de ce malheureux roi de France, Charles X. M. Sarpan tourna et retourna l'écu, dit que c'était une agréable monnaie, le mit dans la poche de son gilet pour faire pendant à la montre, inscrivit dans son carnet ce qui venait d'être résolu; puis faisant diverses recommandations générales à son futur domestique, il lui serra la main d'une manière un peu brusque et lui souhaita un bon retour aux Marettes.

— Je garde aussi le certificat, que je vous rendrai plus tard avec les arrhes, lui dit-il.

De retour, le soir, chez son tuteur, David Charnay raconta son voyage et comment il s'était arrangé avec son nouveau maître. Gaspard branla la tête à l'ouïe de la demande des arrhes au domestique; cela lui parut de mauvais augure, et il engagea fortement David à ne prendre avec lui que ses vêtements indispensables de travail, jusqu'à ce qu'on vît ce qu'était ce monsieur Sarpan de la Quercitronne, et si réellement il, pouvait rester dans cette place.

— Quand tu verras si ça peut aller, lui dit-il, tu reviendras chercher ta malle, ou tu n'auras qu'à m'écrire de te l'envoyer. Ce particulier m'a l'air d'un homme de peu de renom, je ne sais pourquoi: cette famille n'était pas connue au temps des Bernois. Ce sera quelque étranger, peut-être un réfugié politique, ou un Américain. Ce nom de Sarpan ne me va pas. Tu verras bientôt de quel bois on se chauffe à la Quercitronne. Si c'est un brave homme, restes-y. Sinon, reviens chez moi, en attendant autre chose. Redis-moi un peu quelle mine il a.

— Assez grand et mince, la figure large, les joues creuses, les cheveux couleur croûte de pain. On ne voit pas bien les yeux, qui sont recouverts par d'énormes sourcils, mais, quand on les aperçoit, ils ont l'air de deux charbons embrasés. Avec ça, il a la parole agréable et la voix douce.

— Et de sa famille, t'en a-t-il parlé?

— Non, il m'a dit seulement qu'il me faudrait être complaisant dans la maison et conduire les ouvriers, quand j'en aurai avec moi.

— Tu seras seul domestique homme?

— Oui.

— Et la servante, sais-tu qui elle est?

— Non, je n'ai pas fait de questions.

— Je ne sais pas qu'y faire, David, mais ce monsieur Sarpan ne me plaît qu'à demi: toutefois, garde pour toi seul ce que je te dis. Conduis-toi bien, et donne-moi de tes nouvelles au bout des quinze premiers jours. Je peux me tromper, c'est clair: mais je suis étonné de n'avoir jamais entendu parler des Sarpan de la Quercitronne. Il faut que ce soit une famille arrivée depuis peu au pays, et ce fou de Jean Byrde ne sait pas ce qu'il va disant, la moitié du temps quand il affirme quelque chose. Pas plus son frère Joseph a servi là-bas que moi! Jean Byrde se figure qu'oui, et puis, au bout d'un moment il le croit: en moins de rien il vous bâtit là-dessus toute une histoire.

Lorsqu'il fut seul dans sa grande chambre, l'honnête Gaspard Lebrun ne put s'empêcher de s'adresser la parole à lui-même:

« Oui je crains d'avoir été bien imprudent en envoyant ce jeune homme là-bas. Pourquoi diantre cette *Feuille des Avis* reçoit-elle des annonces de ce genre? Si cela va mal pour David, je ne renouvelle pas mon abonnement. Cette feuille est mal dirigée: c'est une chose bien facile à voir que si la place de M. Sarpan était bonne, il n'aurait pas eu besoin de la mettre sur *les papiers*. Je ne sais pas où j'avais la tête hier, non ma foi pas! »

CHAPITRE XI

Au fond d'un antre sauvage.
LAFONTAINE.

L e surlendemain, par une bise piquante, David prit à pied le chemin qui devait le conduire à la Quercitronne. Il portait sur le dos, suspendu à un bâton, un paquet contenant un peu de linge, un habillement de travail et une paire de sabots. Pendant que le fils de famille passe tranquillement, de sa chambre, aux diverses occupations de la maison ou des terres voisines, l'orphelin s'en va au loin, gagner un pain qui peut se trouver bien dur et amer. Il marche avec courage pourtant, car il est fort et son cœur droit. Soutenu par le sentiment du devoir, animé d'intentions pures, que craindrait-il?

En passant à côté de la maison d'Ésaïe Cléret, il tourne les yeux vers les fenêtres encore fermées: à peine l'aube se montre-t-elle, d'un rouge vif, à l'orient. Plus bas que le village, la propriété de Gloux lui fait monter au cœur d'autres pensées. Là vit dans la solitude, dans la paresse et dans l'ivrognerie, un jeune homme orphelin comme lui, mais qui, au lieu d'aller en avant vers le bien, décline chaque jour du côté du mal.

— Oh! si je pouvais un jour arriver à quelque chose! se dit David en pensant à Julie Cléret. Mais non; c'est impossible: et pourtant je suis loin de lui regretter la richesse dont son père jouit maintenant. Puisse-t-elle être heureuse!

Vers le milieu du jour, David fit son entrée dans l'avenue de la Quercitronne. Triste avenue, hélas! si même on peut lui donner ce nom. Figurez-vous un chemin rempli d'ornières et garni, à droite et à gauche, de tas de terre gelée, de monceaux de pierres, de buissons épineux, ou de saules nains dont on emploie les brindilles à faire des balais d'écurie. Ce chemin tantôt tout nu et à découvert, tantôt perdu entre deux lisières d'aunes qui l'étreignaient de leurs branches envahissantes, finissait par atteindre l'habitation de M. Sarpan. La maison, située dans un endroit plat, était entourée d'arbres qui la cachaient en grande partie, même en hiver. C'étaient des noyers, dont les hautes branches traînant sur le toit, humide en toute saison, y entretenaient une teinte verte; des cerisiers sauvages, fort élancés, deux peupliers d'une hauteur prodigieuse, montrant des nids de corbeaux ou de pies à leur sommet. Seul, à quelque distance, un vieux chêne branchu avait encore ses feuilles persistantes d'un rouge de brique, dans lesquelles la bise soufflait en les agitant.

Dans le pré, les vieux poiriers n'avaient plus que de maigres bras clairsemés; — des pommiers au tronc blanchâtre, inclinés et courbés dès leur plus tendre jeunesse, se voyaient çà et là, à des intervalles fort éloignés.

Autour des bâtiments régnait un désordre constamment entretenu par mille dépôts de bois, de pierrailles et autres objets sales, remplis en été de grandes herbes noires à odeur âcre, ou d'orties vénéneuses.

Devant la maison, pour tout ornement, la *chèvre* d'une pompe avec son haut balancier de fer, et l'auge en bois dans laquelle on faisait boire le bétail, soir et matin. Les terrains de la campagne étaient presque tous sans pente et avaient un caractère d'abandon et de tristesse qui frappa David de tout loin. Si l'on voyait la main des ouvriers quelque part c'était pour remarquer, tout à côté la négligence ou le désordre. Aucune suite, aucun plan régulier de culture. Comme il n'y avait pas de fontaine coulante, pas de ruisseau dans le voisinage, les vergers ne pouvaient être arrosés que par l'eau du ciel, mais à une portée de fusil de la maison, du côté du nord, existait une assez large et profonde dépression du sol, dans laquelle il y avait toujours quelques pieds d'eau bourbeuse. En hiver, elle gelait, laissant voir, au-dessus de sa croûte grise, beaucoup de roseaux blanchâtres et de joncs mutilés. En été, les grenouilles y coassaient vingt-quatre heures par jour, en compagnie de grandes couleuvres tachetées. Le bétail de M. Sarpan venait alors y boire et piétiner dans la vase, tout autour. Tel était l'aspect général de la Quercitronne.

David en croyait à peine ses yeux. S'il n'eût pas été un garçon d'honneur et de conscience, il serait reparti avant même d'avoir mis le pied dans le dernier bout de l'avenue. Mais au point où il se trouvait, retourner en arrière n'était guère possible, lors même qu'il l'eût voulu. À l'instant où il fut en vue de la maison, c'est-à-dire à cinquante pas de l'entrée, il fut suivi par un dogue énorme qui, laissant un os dans le pré, vint mettre le nez tout près des jambes de David et l'accompagna ainsi sans aboyer jusqu'à la porte, pendant qu'une grande chienne fauve poussait des hurlements féroces autour de la niche où elle était attachée. Au même instant, un homme vêtu quasi en mendiant sortit de cette sombre demeure.

— Qu'est-ce que c'est? dit-il d'une voix formidable *Vipar*! va te coucher.

La chienne obéit. Puis, s'adressant à David:

— Qui êtes-vous et que voulez-vous? Ah! c'est toi, mon garçon, à la bonne heure. N'aie pas peur du chien; celui-là ne mord pas. Tu arrives à pied; et ton coffre, où est-il?

— On me l'enverra prochainement.

— Ha! ha! bien. Entre par ici.

M. Sarpan, car c'était bien lui dans cette transformation inattendue, conduisit David à la cuisine et le présenta à la domestique, occupée à préparer le dîner du maître. Cette femme était fort grande, une sorte de géant femelle, qui regarda David avec des yeux de brigand.

— C'est le garçon que j'ai engagé, Meraude dépêche-toi de finir le dîner, afin qu'il puisse manger et aller à l'ouvrage avant de soigner le bétail. — Toi, dit-il à David, viens avec moi, je te montrerai ton logement.

David prit son paquet et suivit son maître à la grange au fond de laquelle était appuyée une échelle contre le mur. À sept ou huit pieds de hauteur, on apercevait un semblant de porte dans une paroi.

— Voilà ta chambre, là-haut, David. Tu seras bien au chaud, car dessous est l'écurie, dessus et des deux côtés le foin.

Par cette porte, David pénétra, en se baissant, dans un ancien pigeonnier, dont M. Sarpan faisait la chambre de son domestique. Un lit de planches, un vieux bahut, et une fenêtre en forme de trou carré, c'était tout ce qu'on y trouvait. La vue donnait en plein sur le fumier, placé droit devant, et par une échappée entre les arbres, on voyait aussi la mare aux grenouilles.

David s'assit tristement sur le bahut et se prit à réfléchir. Que faire? Il était tombé entre les mains d'un fou ou d'un brigand. Jamais il ne pourrait s'accoutumer à la vie qu'on devait mener dans cet antre sauvage, et, d'autre part, il s'y sentait pris comme dans une trappe. Le mieux était donc d'attendre jusqu'à ce qu'une occasion honnête de s'en sortir se présentât.

Il dîna avec la cuisinière Meraude, qui le servit elle-même à table, comme s'il eût été un enfant de dix ans, après quoi, quelque fatigué qu'il fût on lui dit de fendre du bois jusqu'à l'heure où le bétail réclamerait ses soins.

On portait le lait à la fromagerie de Sistoles, village situé à vingt minutes plus haut, et il fallait en revenir de nuit. David prit la sage précaution d'avoir un morceau de pain dans sa poche, pour le donner aux chiens, dans le cas où ils ne le reconnaîtraient pas en entrant. En le voyant à la fromagerie, les gens de Sistoles le regardèrent avec un intérêt marqué, comme s'ils avaient envisagé une victime, mais nul ne lui fit de questions, et le nom même de M. Sarpan ne fut pas prononcé devant lui. *Il*, disait-on en parlant du maître de la Quercitronne.

Excessivement fatigué d'une première journée si pénible en travaux du corps et en impressions morales l'orphelin dormit très bien dans son pigeonnier. Le matin, il fut à son poste de bonne heure, et quand le maître de la maison vit que son valet n'était pas un paresseux, il lui dit avec une ironie vraiment satanique:

— Si tu continues de cette manière, on pourra te dire à fin de l'année: Cela va bien, bon et fidèle serviteur.

David, qui détestait la parole des profanes, ne lui répondit rien, mais demanda ce qu'il devait faire dans la matinée.

— Parbleu! ce que tu voudras, pourvu que tu travailles d'une manière utile. Je n'ai pas l'habitude de commander en détail à mon domestique, il faut qu'il comprenne de lui-même tout son service chez moi. Il y a de la vigne, des champs et des prés. L'ouvrage ne manque jamais. Va où tu voudras.

Tout cela était dit d'une voix et d'un ton si différents de ce qu'il avait entendu à l'auberge lors de leur première entrevue, que David en était à moitié pétrifié. Cet homme, ce M. Sarpan, était donc à double face; doux comme un agneau hors de chez lui, quand il voulait arriver à ses fins; et rude, grossier à faire peur, dès qu'il commandait autour de lui. En un caractère pareil, l'âme devait être d'une bassesse peu commune.

Au bout de huit jours, David fut tout à fait convaincu qu'il était tombé dans le plus triste endroit du monde, en entrant dans cette maison; cependant, il continuait à travailler avec ardeur. Le travail finit par tuer l'ennui, comme il tue le temps. Parfois aussi il tue le corps et abrutit l'intelligence.

Un matin, le jeune domestique entreprit le déblaiement vraiment affreux des dépôts existant devant la maison. Des musiciens allemands, à moitié gelés de misère et de froid, s'avancèrent d'un air gauche et se préparaient à jouer le *Chant de l'Empereur*, lorsque M. Sarpan, qui venait de les apercevoir, leur cria d'une voix de tonnerre qu'ils eussent à partir au plus vite.

— La chienne mord, leur dit-il: je ne réponds de personne, si elle entend jouer.

Les pauvres enfants de la Germanie le remercièrent au moyen de quelques gros jurons allemands; mais David leur donna un batz de sa bourse, quand ils passèrent prés de lui en s'en allant. M. Sarpan s'approcha immédiatement.

— Monsieur mon domestique, lui dit-il d'un air courroucé et narquois en même temps, vous êtes plus riche que moi à ce qu'il paraît. C'est bon à savoir. Ah! tu donnes ton argent à ces rôdeurs d'Autrichiens! je t'en fais mon compliment, mais sache que tu n'es qu'une bête!

David ne répondit rien, quoique la langue lui brûlât dans la bouche et que le manche de son outil tremblât dans sa main, comme si l'instrument inerte avait pu avoir la pensée d'assommer le misérable qui se jouait ainsi de la pauvreté des uns et de la bonté de l'autre. À midi, tout de suite après le dîner David monta dans sa chambre et refit son paquet de linge, afin d'être toujours prêt à partir, cas échéant. Mais rien de nouveau ne survint dans sa position. Le lendemain, comme il continuait son travail d'Hercule, un inconnu vint parler à M. Sarpan. Ce dernier le reçut sur le seuil de sa maison, où l'autre lui remit un papier. Les deux personnages parlaient à haute voix, en sorte que David ne pouvait faire autrement que d'entendre une partie de leur discours. Il comprit que l'étranger faisait une réclamation quelconque, le mot d'argent étant prononcé maintes fois de part et d'autre. Enfin, M. Sarpan congédia son visiteur en le menaçant de sa canne, s'il ne voulait pas déguerpir à l'instant. Celui-ci partit bien vite, effrayé d'une menace pareille, dont l'effet n'aurait pas manqué de suivre immédiatement.

Quand ce fut fini, le maître rentra en jurant, mais il ne tarda pas à revenir d'un autre côté, après avoir fait le tour de la grange. Sa canne à la main (c'était une forte gaule de noisetier), il vint se placer en face de David, qui remuait toujours les pierres et les immondices. Au bout d'un moment, le maître ouvrit la conversation.

— J'avais une fois pour domestique, dit-il, un jeune homme qui n'était chez moi que depuis peu de jours. Sans aucune raison convenable et, en tout cas, sans aucun droit, il se permit d'avoir son paquet de guenilles tout fait dans sa chambre, comme s'il avait l'intention de me quitter clandestinement. Je lui administrai une correction qui le remit à l'ordre et dont il se souvint toute sa vie.

— Et que lui fîtes-vous, monsieur? répondit David dont la lèvre était frémissante.

En lui adressant cette question, David leva ses yeux sur ceux de M. Sarpan, qui brillèrent comme les yeux d'un tigre.

— Ce que je lui fis? Je lui ordonnai d'aller défaire son paquet en ma présence, et comme il faisait mine de refuser, je lui appliquai sur le dos une volée de coups de bâton. — Vas-tu défaire ton paquet, oui ou non, coquin!

— Non, monsieur, répondit fermement David.

— Le coup vola sur les épaules de l'orphelin. C'en était dix fois trop pour la patience d'un jeune homme et pour la colère qui grondait dans son cœur irrité. Oubliant à qui il avait affaire, malgré la douceur bien connue de son caractère, mais tenant pour certain qu'un homme pareil n'était qu'un monstre à face humaine, il saisit M. Sarpan à la gorge, d'une main, et tordit sa cravate, tandis que de l'autre, il lui arrachait son bâton.

— Misérable! lui cria-t-il à son tour d'une voix terrible, rendez-moi mes arrhes, ou je vous étrangle net, et par-dessus le marché je vous casse la tête. Mon écu de cinq francs: vite, ou vous êtes mort!

Jusqu'à ce moment-là, M. Sarpan n'avait jamais trouvé à qui parler chez lui. Ses domestiques s'échappaient quand ils le pouvaient, mais sans oser lui résister en face. Aussi fut pris complètement au dépourvu par David, qui d'ailleurs était deux fois plus fort que lui. Épouvanté et tout tremblant, sentant la main de fer qui le serrait à la gorge, voyant l'autre levée sur sa tête, il fouilla dans sa poche de gilet jeta l'écu à terre.

— Mon certificat, et vite! où qu'il soit, reprit David.

Le papier sortit d'une autre poche et tomba à côté de la pièce d'argent.

— Allez maintenant, bête féroce, lui dit-il. Et lui donnant une forte secousse, il l'envoya tomber à genoux cinq ou six pas plus loin. Il cassa en deux la gaule et en jeta les tronçons sur le tas d'immondices. — Ce n'est pas un domestique qu'il vous faut, ajouta-t-il, mais un esclave, que vous puissiez insulter à votre guise et frapper sans qu'il vous résiste. Aujourd'hui, vous avez trouvé votre homme; portez-vous bien.

— Mon fusil! mon fusil! se mit à crier M. Sarpan: que je lui tire un coup de fusil, à ce coquin.

— Allez seulement le chercher, votre fusil: je passerai ici dans deux minutes.

Là-dessus, David ne fit qu'un saut jusqu'à sa chambre, son paquet d'une main, de l'autre un fort bâton, il vint repasser à la même place. Un coup de fusil partit en effet d'une des fenêtres de la maison, mais l'arme n'était sans doute chargée qu'à poudre, car David n'entendit pas le moindre sifflement de projectile autour de lui.

Un quart d'heure après il sifflait lui-même comme un oiseau libre, malgré la trace que le noisetier avait marqué sur ses épaules, et qui lui causait parfois une vive douleur.

Ainsi passèrent et finirent les dix jours de service David Charnay, chez M. Sarpan, à la Quercitronne.

CHAPITRE XII

*Ne rendez à personne le mal pour le mal.
Recherchez les choses honnêtes
devant tous les hommes.*

avid sifflait en marchant du côté des Marettes, disions-nous tout à l'heure. C'est une bonne chose de savoir siffler dans certaines occasions, par exemple, lorsqu'un chien s'est sauvé et qu'on peut, sans quitter la place où l'on est, le faire revenir à sa niche, au moyen d'un bon coup de sifflet. Cela est utile dans les temps, toujours plus nombreux, où les pauvres chiens sont assujettis à un triste séquestre. C'est bien alors que, dans ce monde-là? les bons paient pour les mauvais. Mais, après tout, pour un homme, savoir siffler en mettant deux doigts sur sa langue, c'est un mince talent, qui ne mène jamais bien loin celui qui le possède. J'en ai souvent fait l'expérience pour mon propre compte, et David Charnay ne manquerait pas de la faire pour lui-même au bout de peu d'instants.

Lorsque le premier moment de joie bien naturelle fut passé, le jeune homme ne put s'empêcher de considérer la condition misérable dans laquelle il se trouvait. Sauf le bon et pourtant très emporté M. Gaspard il ne pouvait compter sur personne, car la maison des Cléret lui était fermée, s'il voulait que Julie n'eût pas à supporter quelque parole dure de son père. Seul, sans place, au milieu de l'hiver: attendre chez son tuteur qu'une occasion de travail se présentât — et que serait-elle? — certes, il n'y avait pas en tout cela de quoi le réjouir. Mais ce qui l'attristait le plus, c'était la manière dont il sortait de l'affreuse maison de M. Sarpan. Emporter ce qu'il sentait aux épaules lui était un sentiment insupportable. Par moments il se reprochait de ne pas avoir assommé sur place l'homme odieux qui lui avait imprimé un tel stigmate non mérité. Il s'arrêta même, une fois ou deux, avec la pensée de retourner sur ses pas et de rouer de coups M. Sarpan, jusqu'à ce qu'il criât miséricorde. Les bouillonnements de la colère, joints au sentiment de sa force corporelle, le faisaient frapper du pied et se dire qu'il n'avait rendu qu'à moitié, ou même pas du tout ce qu'il avait reçu. Alors il s'accusait d'être un lâche.

Mais bientôt la pensée si douce d'une bonne position morale lui revint. Sans savoir pourquoi précisément, il lui sembla qu'il voyait sa mère à côté de lui et qu'il lui racontait ce qui venait de se passer à la Quercitronne. Sa mère l'approuvait de n'avoir pas frappé M. Sarpan lorsque cela lui eût été si facile. Puis, dans sa conduite vis-à-vis de la famille Cléret, elle lui assurait qu'il n'avait rien à se reprocher. Était-ce donc un crime d'aimer Julie? Avait-il cherché à détourner la jeune fille de ses parents? Non, il l'aimait parce qu'il l'aimait, sans rien demander de plus. Enfin, toujours causant avec sa mère, il se souvint de ses précieux enseignements religieux. Des passages de la Bible se présentèrent à son esprit et le fortifièrent, le poussèrent du côté de Celui qui est amour et qui interdit à l'homme tout esprit de vengeance. Une courte prière sortit de son cœur: «Pardonne, ô Dieu! les mauvais sentiments que je viens d'avoir. Éteins mes derniers restes de colère. Conduis l'orphelin dans le chemin de la vraie sagesse.»

Il en était là, lorsque le bruit d'un char qui le suivait

l'engagea à se mettre de côté pour le laisser passer. C'était un char à bancs, garni d'une capote en cuir, pouvant se lever ou se baisser à volonté. Un seul homme, entouré d'un chaud manteau, occupait la moitié de la place. En passant, il jeta les yeux sur le piéton, et, modérant l'allure de son cheval, il offrit à David de monter à côté de lui, s'il avait encore un long chemin à faire. David accepta avec une reconnaissance qu'il sut exprimer en bon français. Cela engagea le propriétaire du char à lui adresser quelques questions. Ce dernier était un homme entre deux âges, aux cheveux déjà grisonnants: une expression de bonté élevée, quelque chose de supérieur dans le ton et les manières furent tout de suite remarqués par David, qui, du reste était bien placé pour observer une telle différence entré son voisin actuel et le maître qu'il venait de quitter.

— Puis-je vous demander où vous allez ainsi, emportant vos habits jeune homme? lui demanda l'inconnu.

— Monsieur, je me rends chez mon tuteur, aux Marettes.

— Avez-vous un état?

— Je suis domestique de campagne.

— Sans place, peut-être?

— Oui, monsieur.

L'inconnu parut réfléchir un moment, puis il reprit:

— Chez qui avez-vous servi?

Pour toute réponse, David présenta le certificat, encore tout chiffonné dans sa poche. Après l'avoir lu, le conducteur le rendit à David en lui disant:

— Vous avez là une très bonne recommandation, mon ami; mais vous devriez soigner ce papier mieux que vous ne le faites: il faut le mettre dans un portefeuille; vous pourriez le perdre en le gardant ainsi dans la poche de votre gilet, et, en tout cas, vous le froissez inutilement.

— Oui, monsieur, vous avez raison, mais si je vous

racontais de quelle manière et par qui mon certificat a été froissé, vous seriez bien étonné. Le conseil que vous me donnez et votre bonté pour moi m'engagent à vous montrer de la confiance.

— Voyons donc, je vous écouterai avec plaisir. M. de Tresmes, le propriétaire du char, fut stupéfait à l'ouïe du récit que lui fit David. Ce dernier n'omit rien de ce qui s'était passé à la Quercitronne, depuis le jour où il y était entré, jusqu'à l'heure où il avait quitté ce triste lieu. Il y ajouta même, fort ingénument, une partie des réflexions auxquelles il venait de se livrer en chemin.

À cette dernière partie du récit, M. de Tresmes donna les guides à David, pendant qu'il se tournait de côté pour arranger le col de son manteau et tousser. En réalité, le brave monsieur, qui d'abord avait été tenté de sourire, sentit ses yeux prêts à laisser échapper une larme d'attendrissement. Il passa ensuite la main sur l'épaule de David, et constata lui-même, au travers du vêtement, l'existence du bourrelet causé par le noisetier de M. Sarpan.

— Voilà qui est infâme! dit-il avec indignation. Au reste, rien n'étonne quand on sait qui est l'individu et quel était autrefois son métier. Qu'allez-vous faire maintenant?

— Je ne sais pas, monsieur; travailler chez mon tuteur ou à la journée, jusqu'à ce que nous trouvions une place. Mais j'avoue qu'après ce qui vient de m'arriver, je prendrai mieux mes mesures et m'informerai du caractère des personnes chez lesquelles je devrai servir. L'expérience que je viens de faire est trop dure.

— Vous avez raison. Mais je vais vous proposer une chose: j'ai besoin d'un domestique de confiance pour le vingt-cinq mars, d'ici là, je vous offre de venir travailler chez moi comme ouvrier. Si je suis content de vous, et que vous vous trouviez bien dans ma maison, je vous engagerai à l'époque en question pour le reste de l'année. Je demeure à la

Fustaie, près Mosserens, et voici mon nom.

M. de Tresmes arrêta son cheval, prit un carré de papier dans son portefeuille et écrivit au crayon:

« Je recevrai chez moi comme ouvrier, jusqu'au vingt-cinq mars, David Charnay, des Marettes; à cette époque, je l'engagerai comme domestique si je suis content de lui. Il recevra le prix ordinaire des journées, et ses gages seront fixés à neuf louis, plus les arrhes. Le tout, sous la condition expresse que ce qu'il m'a raconté soit conforme à la vérité. Je serai bien aise de recevoir quelques lignes de son tuteur, M. Gaspard Lebrun.

» Ch. DE TRESMES,

» à la Fustaie, près Mosserens. »

— Merci de votre bonté, monsieur, dit David en recevant le papier. Si mon tuteur est d'accord avec moi, je viendrai chez vous dès demain au soir. Il n'y a que trois lieues, si je ne me trompe, des Marettes à Mosserens?

— Oui, trois bonnes lieues. Mais ne venez que dans deux ou trois jours si votre dos vous fait encore souffrir. Vous allez descendre ici pour suivre votre route; et puisqu'il y en a deux ici-bas, la route étroite du salut, et la route large de la perdition, suivez le Seigneur Jésus-Christ dans la première, où, grâce à lui, vous avez déjà fait quelques pas. Au revoir, David, s'il plaît à Dieu.

C'est ainsi que, bien souvent, sur la route où nous cheminons en aveugles, en vrais mendiants de l'avenir, Dieu nous ouvre une perspective rassurante et pourvoit libéralement à nos besoins. Dans sa querelle avec M. Sarpan, si David eût cédé au désir de la vengeance, il serait peut-être en prison, sous le poids de quelque accusation grave, au lieu de s'approcher de la maison de son tuteur d'un pas ferme, la conscience tranquille. La journée était déjà passablement avancée lorsqu'il arriva chez M. Gaspard. Ce dernier ramenait ses deux vaches de la fontaine à l'écurie, pendant que Jean

Byrde arrangeait la litière. M. Ambrezon, resté seul avec sa Pingeonne vers le bassin, continuait à siffler son air favori du *fleuve de la vie*; en effet, grâce au caractère sans aigreur et sans rancune du vieux régent, grâce à sa manière heureuse de tout accommoder en ce monde, la vie coulait pour lui des eaux paisibles. Le lit du fleuve ne paraissait pas des plus profonds; l'eau n'avait sans doute jamais la transparence azurée du Léman; mais elle descendait, d'un jour à l'autre, sans brusques cascades bouillonnantes et sans chenal rapide qui la jetât brusquement dans quelque précipice inconnu. Cependant, il faudra que le fleuve arrive dans l'océan de l'éternité: quand l'heure en sera venue, M. Ambrezon aura-t-il trouvé le port, le port assuré de l'âme? nous voulons espérer qu'oui.

Et aussi pour le vieux Gaspard, qui, malgré son impétuosité, malgré ses écarts de paroles, avait un fond si honorable de bonté et de conscience. La bonté et l'honnêteté de la conscience ne sauvent pas, sans doute: elles sont même parfois un obstacle qui repousse l'offre du salut de Dieu, une sorte d'ouvrage défensif de la justice propre. Mais parfois aussi le cœur honnête et bon écoute la parole de la grâce et en reçoit la semence dans une terre bien préparée. C'est alors, comme il est dit, qu'un grain en rapporte vingt, un autre trente et un autre soixante.

— Et puis, et puis? dit M. Gaspard à David, te voilà déjà revenu, tu rapportes ton paquet?

— Oui, j'ai bien des choses à vous dire quand vous pourrez m'entendre.

— Allons voir à la maison. — Jean Byrde, tu feras assez boire les bœufs tout seul, voilà David qui est déjà revenu. Tu nous en auras conté de belles, je pense, avec ton frère Joseph et M. Sarpan.

— Ce n'est pas *Sarpan*, notre maître: c'est *Tardant*. Je me suis souvenu du nom hier soir.

— Te voilà bien toujours le même, avec ta chienne de

mémoire! pourquoi ne t'es-tu pas souvenu de ce nom tout de suite? Est-il possible que tu sois aussi bête et aussi borné!

— Ah! ma foi! tant pis, notre maître. Je suis déjà un peu vieux. Quand la mémoire est partie, on ne sait pas toujours si elle reviendra.

— Allons donc à la maison, David t'enlève pour un Sarpan! il me semble déjà connaître tout ce qui s'est passé à cette peste de Quercitronne.

Gaspard Lebrun commença par faire prendre quelque nourriture à David, qui lui fit son récit tout en dévorant le pain et la *tomme* de son tuteur: le pauvre garçon avait faim, car on se souvient qu'il était parti avant le dîner et ne s'était pas arrêté en chemin. À mesure que David avançait dans l'histoire de ses dix journées, les yeux du vieux Gaspard s'animaient d'un intérêt fébrile et croissant.

— Bois, disait-il au jeune homme. Alors?... t'enlève pour un Sarpan!

Cette exclamation soulageait sa colère; elle servait de soupape à une explosion. Et quand David arriva à la dernière scène du drame, Gaspard eut peine à se tenir sur sa chaise. Il gesticulait au coin du feu avec un fourgon de fer à la main, et poussa enfin une sorte de cri de joie, quand il put se représenter M. Sarpan fouillant dans ses poches pour y trouver l'écu et le papier, et surtout quand il le vit faire sa génuflexion à la suite de la rude tirée que David lui donna pour terminer le débat.

— Ah, ah! dit Gaspard, interrompant le narrateur: pense que tu as choisi ce moment pour lui mesurer quinze aunes de son noisetier sur la croupe, à ce coquin?

— Non, je m'en serais bien gardé: j'ai brisé la gaule et l'ai jetée loin de moi. Si je l'avais conservée et que j'eu été de nouveau provoqué, je n'aurais plus pu m'empêcher de m'en servir.

— Moi, je l'aurais bel et bien gardée, ... t'enlève pour un Sarpan! A-t-on jamais vu un homme pareil! et puis?

David finit l'histoire par le récit de sa rencontre avec M. de Tresmes. Ceci rendit toute gravité à Gaspard. Il écouta avec une attention réfléchie et soutenue, et lut trois ou quatre fois de suite le billet du dit monsieur.

— Eh bien! dit-il d'un air satisfait, voilà au moins un homme! voilà un brave et digne homme. Je serais bien aise que tu entres chez lui. Quant à l'autre, c'est un vrai démon, un diable tout pur. Maintenant, ce n'est pas le tout, David, il s'agirait pourtant de mettre quelque chose à ce dos malade: veux-tu que je te frotte avec du sel et du beurre bien chaud?

— Merci, merci; cela passera tout seul.

— Si fait, David; laisse-moi arranger ça: il faut que ça se guérisse promptement.

— Merci encore: je vais le laver moi-même avec de l'eau fraîche.

— Eh bien, va dans ma chambre et fais comme tu voudras. Cependant je veux voir la marque... t'enlève seulement pour un Sarpan avec ta Quercitronne!

— Bah! n'en parlons plus, reprit David. Je ne me trouverai que mieux chez M. de Tresmes. Et, après tout, je dois rendre grâce à Celui qui ne m'a pas abandonné!

CHAPITRE XIII

Heureux ceux qui procurent la paix.

près son aventure du jour précédent, David se souciait peu de faire des visites dans le village. Il n'alla même pas chez les Cléret, malgré son grand désir de voir Julie. Le repos de la nuit et la bonne chaleur diminuèrent l'inflammation de sa blessure. Il resta au lit jusqu'à l'heure, toujours assez matinale, du déjeuner. Gaspard le lui avait en quelque sorte ordonné. Quand il parut pour prendre une tasse de café avec son tuteur, ce dernier lui demanda ce qu'il avait résolu relativement à son départ.

— Je pense me remettre en chemin dans une demi-heure, répondit-il.

— Et le dos?

— Il ne vaut pas la peine d'en parler.

— Alors, écoute: Nantherbe te conduira en char avec ta malle. Ce n'est pas une chose convenable qu'un domestique arrive dans une bonne maison sans ses effets. J'ai donc demandé à Nantherbe de te conduire, il m'a dit oui. — Jean Byrde, va-t'en dire à Nantherbe qu'il soit ici à neuf heures, prêt à partir.

— Oui, notre maître, répondit le valet qui venait d'entrer à la cuisine.

Gaspard Lebrun remit ensuite à David, quand ils furent seuls, le billet qu'il venait d'écrire à M. de Tresmes.

— Donnes-y un coup d'œil, dit-il, pour voir si je n'ai pas laissé quelque grosse faute d'orthographe.

Gaspard avait écrit:

« Je prends la liberté de recommander à l'honorable monsieur de Tresmes mon pupille David Charnay. Ce que ce dernier lui a raconté est vrai, je connais David depuis quatre ans et je sais qu'on peut compter sur sa parole. Du reste, j'ai vu de mes yeux la preuve des mauvais traitements qu'il a *reçu* et *enduré* chez une personne que je ne veux pas nommer, de peur de salir ma plume. J'espère que monsieur de Tresmes sera content de David Charnay et qu'il consentira à l'engager pour un an, dès le 25 mars, comme il le dit sur le billet au crayon.

» Mes salutations respectueuses.

Gaspard LEBRUN.

« Aux Marettes, le 10 janvier 182.. »

— Je vous remercie beaucoup, dit David, en pliant le papier, pour le mettre dans son carnet.

— Est-ce qu'il n'y a rien à corriger?

— Presque rien: seulement un *s* à ajouter à deux participes: il faudrait aussi mettre le mot dans à la place du mot *sur*, mais ce n'est pas nécessaire.

— Attends donc un petit moment.

Gaspard alla chercher sa plume et la bouteille d'encre puis il se fit indiquer les deux mots qui, d'après la grammaire devaient être écrits au pluriel il les corrigea lui-même d'une main encore très ferme. Quant au mot *sur*, il le laissa pour ne pas faire de rature désagréable à l'œil. L'écriture de Gaspard Lebrun ressemblait d'une manière frappante à son caractère; brusque, hardie, un peu brutale dans les majuscules et dans la dernière syllabe des mots allongés, elle se faisait remarquer ailleurs par des lettres calmes, bien formées et se suivant toutes de bon cœur. Aucun point d'*i* n'était oublié; les traces des *t*, véritables barres, se faisaient en tournant la plume de travers et en pesant fortement dessus.

Vers midi, l'aubergiste et David arrivèrent à la Fustaie, chez M. de Tresmes. C'était un joli endroit, situé dans le voisinage des bois de montagne, mais bien assez chaud pour que le raisin mûrit dans les pentes expo-sées au midi. Maison confortable, simple et de bon goût. L'ordre et la propreté régnaient autour, comme partout, au reste, sur les terres de ce petit domaine. Ici, contraste parfait avec ce que David avait pu voir à la Quercitronne. — Des terrains accidentés, un ruisseau limpide à source fumante en hiver et toujours vigou-reuse. De jolis sentiers, contournant les petites collines, ou se promenant sous les arbres au bord de l'eau; quelque chose de frais, de rustique, d'élégant et d'at-trayant à la fois, quoique fort simple: telle parut à David la campagne de la Fustaie. M. et Mme de Tresmes, leurs trois enfants et la bonne, un jardinier-cocher, une cuisi-nière, une femme de chambre et le domestique de campagne composaient le personnel des habitants de cette jolie propriété. Le dernier indiqué, quittant au 25 mars, devait être remplacé par David, qui, jusqu'à cette époque, allait travailler comme aide, soit aux champs, soit au jardin. Il fallait aussi, soir et matin, porter le lait des quatre vaches à la fromagerie de Mosserens, et soigner ce beau bétail M. de Tresmes fit un bon accueil aux deux arrivants, qui dînèrent avec les autres domes-tiques. La malle de David fut portée dans une jolie mansarde, puis Jean Nantherbe repartit, fort content de ce qu'il avait vu et entendu.

Chez M. Sarpan, il n'était pas encore question d'instal-ler un domestique dans le pigeonnier, au fond de la grange. Le propriétaire de la Quercitronne ne trouverait pas un nouveau valet du jour au lendemain, comme cela s'était rencontré pour David Charnay. En attendant que son annonce de journal lui amenât quelqu'un, M. Sarpan avait eu recours, pour soigner son bétail et porter le lait à Sistoles, à un vieux pauvre de ce village, qui consentait à lui rendre service dans un cas pareil et qui acceptait toutes ses avanies. Il le fit chercher par Meraude, car il n'osait vraiment pas se montrer, après ce qui venait d'avoir lieu entre David et lui, devant sa propre maison. Une rage concentrée lui dévorait les entrailles; il ne se reconnaissait pas lui-même. Comment, en effet, s'était-il laissé traiter d'une pareille manière par un garçon de vingt ans? Lui, à qui jusqu'alors aucun domestique de campagne n'avait osé résister en face, il s'était vu à la merci d'un jeune homme dont il lui semblait sentir encore l'étreinte victorieuse. On l'avait appelé misérable et bête féroce, et menacé de lui rompre les os s'il ne restituait, à l'instant même, les arrhes et le certificat. Un autre homme en serait mort de chagrin et de honte; mais M. Eléazar Sarpan n'en mourrait nullement. C'est qu'au fond il n'était qu'un impudent, criant fort, menaçant chacun et ayant peur de tous, comme font les lâches. — On disait que dans le temps de sa forte jeunesse, il avait été argousin en Amérique, dirigeant les esclaves d'une plantation avec le bambou infiniment plus qu'au moyen de la douceur et de la persuasion. Plus tard, lancé dans les petites affaires d'une grande ville, il s'était livré à la rapine et au gain déshonnête dans ces sphères cachées où la loi, dit-on, ne pénètre que rarement. Ayant ainsi amassé une certaine fortune il avait fui le cercle de ses ténébreuses relations, pour devenir acquéreur de la Quercitronne et y passer dans la solitude le reste d'une vie qui certes n'était pas belle. On pensait qu'il n'avait ni parents, ni amis, du moins pas en ce pays, et les gens des environs n'en savaient pas davantage sur son compte. Quelques-uns prétendaient que, de son propre aveu il avait fait la contrebande à main armée sur certains rivages inconnus; mais cela n'était sans doute qu'une supposition vantarde, car un tel métier, si infâme soit-il, exige plus de courage que n'en avait M. Eléazar Sarpan.

Sachant que David Charnay était orphelin, le voyant actif au travail, et si jeune encore, il pensa qu'il pourrait le terroriser au moyen d'une simple menace. Le refus ferme et net de lui obéir l'exaspéra, et c'est alors qu'il lâcha le coup dont il avait tant lieu maintenant de se repentir. Chaque jour, en cachette, il montait une fois au pigeonnier, pour voir si rien n'y révélait des dispositions hostiles. Le Nouveau Testament qu'il y trouva lui donna l'idée qu'il pourrait impunément frapper David. On a vu que non, et le lecteur connaît aujourd'hui la vie qu'avait précédemment menée M. Eléazar Sarpan. Il n'aimait qu'une chose, l'argent. Et encore l'aimait-il d'une manière grossière, conforme au milieu dans lequel il avait vécu. Blasphémateur et profane, diseur de mots à double sens, rusé, méprisant la nature humaine, qu'il n'élevait pas au-dessus de son propre niveau; sorti lui-même d'une origine commune et ayant été élevé sans principes, sans conscience, tel était l'homme que David Charnay nous a fait connaître, et dont nous aurons désormais à nous occuper une seule fois dans la suite de ce récit.

M. Charles de Tresmes vivait à mille lieues d'une pareille atmosphère morale. Beaucoup plus jeune du reste (il n'avait guère au-delà de quarante-cinq ans, tandis que l'autre en comptait bien soixante), le propriétaire de la Fustaie avait reçu une éducation distinguée. Il possédait une instruction solide et variée, ayant aussi voyagé, mais non pour rapporter dans son pays les vices et les travers des nations étrangères. Sincèrement pieux, point formaliste, aimant et pratiquant la liberté religieuse; ami de la démocratie, quoique descendant d'anciennes familles nobles, M. Charles de Tresmes répandait autour de lui la bienfaisance chrétienne et la lumière de l'Évangile. *Mettez en pratique la Parole et ne vous contentez pas de l'écouter*, telle était sa divise. Il parlait peu, en général, avec les paysans, et savait garder sa place avec eux, seul bon moyen pour que ceux-ci gardassent la leur avec lui. Il comprenait très bien le patois du pays, mais il ne se servait jamais de cet idiome avec les gens de Mosserens, qu'il voyait tous les jours. Leur parler en bon français, avec tact et convenance, sans jamais se familiariser, lui paraissait de beaucoup préférable à l'emploi du patois, qui, dans sa bouche, eût été une affectation, un faux air de camaraderie dont les autres ne sont jamais dupes. Et avec cela, M. de Tresmes était vraiment populaire, ami de toutes les libertés propres à développer l'homme dans un bon sens. Dans sa maison, une aisance large en toutes choses, sans adjonction de luxe, et rien qui fît sentir à l'extérieur sa supériorité de position ou de fortune. Chaque jour, il lisait une courte portion de la Bible et l'expliquait d'une manière claire et simple, comme il la comprenait lui-même. Ce culte de famille avait lieu le matin, tout de suite après le déjeuner. Il n'exigeait pas de ses domestiques qu'ils y assistassent, mais tous étaient prévenus qu'ils y trouveraient place toujours et qu'ils pouvaient quitter leur ouvrage pour une demi-heure dans ce moment-là. Aussi était-il rare que ces gens n'en profitassent pas. Si M. de Tresmes leur eût fait une obligation, peut-être que plusieurs s'y seraient opposés. — *Où est l'esprit de Christ, là est la liberté*, disait-il. Dieu offre le salut à tous, mais il ne force personne à l'accepter. Je ne veux replacer qui que ce soit sous le joug. *Que celui qui a soif, vienne.* J'invite à entrer. — Il y a des maîtres qui croient nécessaire d'exiger de leurs domestiques qu'ils entendent lire la Parole: ce n'est pas ma manière de voir. Peut-être ces chrétiens-là font-ils mieux que moi: c'est leur affaire et non la mienne. — Mais je n'éprouve aucun doute, lorsque, par exemple, je rencontre sur mon chemin un homme à pied, ayant l'air fatigué. Je lui offre alors une place dans mon char: s'il refuse, je passe outre.

Combien de maîtres qui, chez eux, forcent leurs gens à écouter une lecture de la Bible, et qui n'ont jamais adressé la moindre invitation bienveillante aux voyageurs fatigués. Mettez en pratique la parole, pourrait-on leur dire, et ne vous contentez pas de l'écouter.

C'est donc chez un excellent homme que David Charnay est entré comme ouvrier. Il s'y trouvera heureux, nous n'en doutons pas, comme aussi M. de Tresmes sera satisfait du caractère et du travail de l'orphelin.

De retour aux Marettes, Jean Nantherbe raconta à M. Gaspard comment ils avaient été bien reçus à la Fustaie où tout était si parfaitement soigné.

— J'étais sûr de ça, répondit le vieux partisan de l'ancien ordre de choses, qui jugeait tout sur un mot ou sur une première impression: — Ça se voit rien qu'aux deux lignes que ce monsieur avait remises à David. Voilà un homme comme il nous en faudrait beaucoup pour *remonter* le pays et donner le bon exemple au peuple. Sous les Bernois, les de Tresmes étaient seigneurs de Mosserens et de Filière; parbleu! je m'en souviens assez. Voilà des gens instruits, capables d'être utiles. Malheureusement, il y en a peu qui leur ressemblent. La plupart sont bien comme nous autres paysans, qui ne valons pas grand'chose. Quant à ce Sarpan, je pense qu'il est seul de son espèce: t'enlève seulement pour un coquin!

CHAPITRE XIV

Je pense à toi!
Je pense à toi!

uelques mois se passèrent; le printemps revint, puis l'été, ce bel été de 1830, qui donna à l'Europe étonnée et frémissante le spectacle de la révolution de juillet.

Dans le petit récit champêtre que nous déroulons, quelques faits, bons à consigner, s'étaient produits de part et d'autre. Nous allons les présenter au lecteur avant de nous lancer dans ce qui devint plus tard la carrière véritable de notre rustique héros.

David se trouvait heureux chez M. de Tresmes et y remplissait son devoir à l'entière satisfaction de ce dernier. Bon camarade avec les autres domestiques, ceux-ci apprirent aussi à l'aimer. Voyant que David possédait une instruction de beaucoup supérieure à la leur, ils lui témoignèrent, à cause de cela et de sa modestie, une déférence qu'il n'eut pas obtenue s'il se fût vanté, à leurs dépens, d'avoir été à une meilleure école qu'eux. M. de Tresmes écrivit une lettre détaillée à Gaspard pour lui dire qu'il engageait son pupille et que son désir était qu'il pût et voulût rester longtemps chez lui. Il entra dans les détails du caractère de David, assurant que ce jeune homme était reconnaissant de ce qu'on faisait pour lui et méritait bien l'affection qu'on lui témoignait généralement à la Fustaie. — De temps en temps, le dimanche, M. de Tresmes avait un entretien particulier avec David, sur des sujets religieux, et il était frappé de son intelligence droite, pratique, ainsi que de la délicatesse de sa conscience.

Cette lettre plut singulièrement à M. Gaspard, qui en fit part à Zaï Cléret en lui disant:

— Tiens, voilà une lettre qui ne fait pas honte à l'orphelin et à ceux qui lui ont montré de l'intérêt. Puisque David ne pouvait pas rester chez toi, — c'est-à-dire que tu n'as pas voulu qu'il y restât, — il est au moins heureux pour lui qu'il ait trouvé une place pareille, où il est apprécié et aimé.

— Oui, j'en suis bien aise pour lui et pour vous, Gaspard. Faites-lui mes amitiés quand vous lui écrirez.

— Tu les lui feras bien toi-même, si tu y tiens, car il viendra, de dimanche en huit, passer ici le jour de Pâques.

Julie, qui était là dans ce moment, devint toute rouge, et se leva immédiatement pour arranger le bois du foyer.

— Mais il y a assez de feu sous cette marmite, lui dit sa mère; Julie, n'avance donc pas ce bois.

La jeune fille obéit et passa à une autre occupation.

En rentrant chez lui, sa lettre dans une main et l'autre bras enfoncé jusqu'au coude dans une poche de sa grande veste marron, Gaspard rencontra M. Ambrezon, qui venait chercher de l'eau à la fontaine dans un arrosoir.

— Salut à monsieur Gaspard, dit-il, la santé est bonne? Je me proposais d'aller chez vous un de ces jours, pour vous demander des nouvelles de notre ami David Charnay.

— Je peux vous en donner tout de suite, répondit Gaspard, qui ne sut résister au nouveau plaisir de montrer la lettre à M. Ambrezon: lisez cela.

— Ah! fort bien. C'est une lettre *sur* David, qui se trouve placé chez un M. de Tresmes. Voilà qui doit vous causer de la satisfaction, monsieur Lebrun, car vous avez certainement pris beaucoup de peine pour bien diriger l'orphelin. C'est comme ce que j'ai fait pour lui pendant qu'il a fréquenté mon école. Voyez-vous, monsieur Gaspard, on ne perd jamais son temps avec des écoliers pareils. Je vous félicite de tout mon cœur. Ce M. de Tresmes est de famille *nobiliaire*, n'est-ce pas? je vois qu'il y a un petit *d* au mot *de*, qui est une particule. — Et d'après ce qu'il dit de la manière dont David soigne le bétail, il paraîtrait que ce M. de Tresmes *tient* plusieurs vaches. Sans doute que ce sont de belles vaches. Dans la localité de Mosserens, le foin doit être de bonne qualité; il ne s'y trouve pas de cette petite plante qui ressemble à une queue de cheval; elle croît dans les endroits humides, où l'eau séjourne trop long-temps. Cette herbe fatigue beaucoup ma Pingeonne; depuis quelques jours, je remarque...

— Votre serviteur, monsieur Ambrezon, je n'ai pas le temps de m'occuper des vaches de M. de Tresmes, ni de la vôtre.

— Merci beaucoup, monsieur Gaspard; voici la lettre. L'écriture est bien lisible pour quelqu'un qui a l'habitude de lire couramment. Il me semble que nous allons avoir du temps *changé*... Au revoir, monsieur Gaspard.

David passa donc le jour de Pâques aux Marettes. Il dîna chez son tuteur, qui lui fit manger du boeuf gras, dont il était allé lui-même chercher deux morceaux à la ville. Gaspard prenait ordinairement une *tranche* desti-née à être rôtie, et quelques livres de cette viande peu épaisse, mais délicate, bien entrelardée de graisse, que les bouchers nomment le *prin*: ceci était pour le pot-au-feu. — Au sortir de l'église, David salua Mme Cléret et sa fille, ainsi que son ancien protecteur Zaï. Mme Cléret, sans prendre l'avis de son mari, invita David pour le café de l'après-midi. Ce dernier accepta, en sorte qu'il passa une bonne heure avec la famille réunie. On lui adressa force questions sur la campagne d'abord, sur la famille de M. de Tresmes ensuite, et enfin sur les autres domestiques. David Charnay s'était encore bien développé au contact d'un monde si différent il parlait avec facilité disait du bien de tous et ne se vantait point lui-même. Zaï lui conseilla de continuer, puisqu'il avait si bien commencé.

— En restant quinze à vingt ans chez ce monsieur, lui dit-il, tu pourras certainement mettre en réserve une jolie somme, avec laquelle il te sera facile d'acheter quelque part une petite maison et un peu de terrain. Mais il faut y rester quinze à vingt ans.

— Je ne fais pas de projets à si long terme, répondit David. Content de la vie que Dieu me donne, je tâche de ne pas voir plus loin que le jour présent. L'avenir n'appartient qu'à Dieu. Un jour comme celui-ci, dit-il en regardant Julie, est déjà une grande faveur. — Le jardinier m'a donné quelques graines de fleurs pour vous, Mlle Julie, si vous voulez les semer dans votre jardin; j'espère qu'elles seront jolies et vous feront plaisir. J'ai aussi apporté un échantillon d'avoine nouvelle, que M. de Tresmes a reçue de l'étranger et qui est fort belle. Peut-être serez-vous curieux d'en faire l'essai, M. Cléret. Voilà, pour Louis, quatre sarments de chasselas royal, qu'il pourrait planter vers le mur du rucher. Enfin, pour vous, Mme Cléret, voici des haricots dont on fait grand cas à la Fustaie. Vous me direz plus tard s'ils ont réussi.

Ces divers petits présents sans valeur, mais où le cœur avait parlé, furent acceptés avec reconnaissance. Les yeux de Julie Cléret dirent à David que ces graines de fleurs seraient bien soignées; on se serra la main, puis on se dit adieu, pour longtemps sans doute.

Lorsque David fut parti, Zaï dit à sa femme qu'une autre fois il ne faudrait pas l'inviter, parce qu'il voyait bien que sa vue donnait de l'émotion à Julie et que David avait du plaisir à la regarder.

— Or, ajouta-t-il, ça ne peut que leur faire du mal à l'un et à l'autre, et empêcher peut-être Julie de faire un bon mariage, un mariage convenable tout au moins. Je n'ai pas renvoyé David de chez moi par une porte pour l'y faire rentrer par une autre. Julie n'est pas pour lui, quelque brave garçon qu'il soit. Il faut donc que cela finisse. Lorsque Adrien Soulte vient s'asseoir sur le banc, Julie n'y reste pas longtemps; et quand elle va à la fontaine, si Adrien passe et s'y arrête pour se laver les mains elle en part tout de suite. Je n'entends pas qu'elle le traite ainsi, parce que Soulte aimerait à voir Julie chez eux et que la chose nous convient aussi. Dis-lui donc un peu qu'elle cesse toutes ces manières.

— Je lui en parlerai: mais, vois-tu, Zaï, je ne te conseille pas de vouloir forcer Julie à s'attacher à Adrien Soulte. Cela ne ferait que la pousser d'un autre côté. Julie est une fille sage et raisonnable, qui a du caractère: elle ne demande qu'à être bien dirigée. Si elle voit que tu te fais du souci pour cela, si tu la brusques, sois assuré que tu n'avanceras pas dans ton projet. Je sais bien que David Charnay n'est pas le garçon qu'il lui faut; mais qui te dit qu'elle y pense sérieusement? David ne lui a jamais dit un mot qui puisse lui faire venir cette idée en tête. Que feraient-ils, d'ailleurs? où et comment s'établiraient-ils, n'ayant rien, ni l'un, ni l'autre? Crois-moi, ne t'inquiète pas de cela et laissons les choses comme elles sont. Nous n'avons rien à reprocher à David sur le sujet en question.

— Eh! bien, eh! bien, tu verras quand le moment de prendre une décision sera venu! tu verras si je n'ai pas agi avec imprudence et sans jugement, en introduisant ce David dans ma maison, quoique je l'aie fait par pure compassion pour lui.

Vers le milieu de l'été, deux paysans d'un village voisin de celui où était le petit domaine que Zaï avait hérité de son oncle, arrivèrent un dimanche après-midi chez les Cléret. Bénédict Charente, père, faisait avec son fils, grand garçon d'environ vingt-quatre ans, une tournée dans le but d'acheter une paire de bœufs. On lui avait parlé de ceux d'Ésaïe Cléret, en passant Bénédict Charente était bien aise de dire bonjour à l'ami Zaï, et, par la même occasion il verrait ses *jaillets*[20].

— Bonjour, bonjour, la maison, toute la famille, salut! dit-il en entrant. Excusez si je vous dérange, ami Zaï, mais on m'a dit que vous vendriez vos bœufs: s'ils pouvaient me convenir, je les achèterais volontiers et serais bien aise de les tenir de votre main.

— On peut les aller voir, répondit Cléret: c'est votre garçon qui est avec vous?

— Oui, répondit le jeune homme: vous vous portez bien monsieur Cléret?

— Très bien; je suis bien aise de faire votre connaissance: voilà un beau grenadier.

— Non, je suis brigadier de cavalerie.

— C'est encore mieux: allons voir les bœufs.

On se rendit à l'étable, mais Bénédict Charente fils, ne suivit pas son père et Zaï sans avoir jeté un coup d'œil de biais sur Julie, qui n'y fit pas même attention.

Les bœufs, suffisamment palpés et examinés dans l'écurie, furent sortis à la rue, pour qu'on les vit marcher. Bénédict Charente père, allait et venait autour, prenait Zaï par le bras, lui faisait un fin compliment sur son bétail et sur sa famille, puis finit par demander le nom des animaux: le *nom*, c'est-à-dire le prix. Zaï le prononça; et ce nom redoutable de trente-trois louis et deux pièces de cinq francs, fit faire un bond remarquable à Bénédict Charente. Il tourna son chapeau le devant derrière se croisa les bras d'un air méditatif, se dit à lui-même quelques mots à voix basse et, prenant de nouveau le bras de Zaï, il mena ce dernier un peu à l'écart.

— Trente-trois louis et deux pièces, ami Zaï, c'est quatre gros écus de trop.

20 - Boeufs blancs tachés de roux.

— Non, non, Bénédict: c'est tout au plus si j'ôterais une pièce.

— Eh bien! écoute: je te donnerai ce prix (de 33 et une pièce), mais à une petite condition bien facile à remplir: tu sais que je ne suis pas allié avec la misère; on a, grâce au bon Dieu qui nous éclaire, quelques petits sous avec deux ou trois morceaux de terrain, quatre bœufs et huit vaches: et le bidet, qui ne compte pas, et par-dessus encore une santé qui ne sonne pas le carcan: bref! ami Zaï, j'achète tes bœufs au prix de trente-trois louis et une pièce, mais tu me promets de garder ta fille pour mon garçon Bénédict, dans deux ans, hein? Est-ce convenu? c'est du sérieux, du pur sérieux, Zaï.

— Pour les bœufs, oui, Bénédict, c'est convenu, pour la fille, on ne décide pas une si grosse affaire du jour au lendemain; on pourra en reparler.

— Là! c'est ça! on en reparlera. Les bœufs sont vendus. Allons prendre un verre. — Bénédict viendra les chercher après-demain. Voici des arrhes.

Bénédict Charente, père, sortit sa bourse et remit à Zaï une pièce de quarante francs. Tous rentrèrent: les bœufs à leurs places et les gens dans la maison. Zaï descendit à sa cave; Bénédict Charente, père, fit l'aimable auprès de Mme Cléret, et Bénédict Charente, fils, roucoula tant et plus autour de Julie, qui, par quelques bonnes reparties, le désarçonna deux ou trois fois complètement, tout brigadier de cavalerie qu'il était. En partant, Bénédict Charente, père, dit à Zaï, d'un air joyeux:

— Ma foi, je te fais mon compliment, ami Zaï: ta fille est charmante, jolie comme un cœur et pleine d'esprit. C'est une délicieuse créature. J'en avais entendu parler, mais elle est bien au-dessus de tout ce qu'on m'en a dit à la dernière foire de Cossonay.

À dix-huit ans donc, et parce qu'elle était belle et riche Julie Cléret se voyait déjà recherchée par deux des plus *solides* paysans de la contrée. Mais ni l'un ni l'autre ne

l'aimait de cet amour franc et désintéressé qu'elle avait
très bien su reconnaître pour elle dans le cœur de David,
quoique ce dernier ne lui en eût jamais parlé.

Il nous faudrait, cher lecteur, aller voir un peu ce qui
se passe chez M. de Tresmes, à la Fustaie, près
Mosserens.

CHAPITRE XV

Rodrigue: À moi, comte, deux mots.
Le comte: Parle.
Rodrigue: Ôte-moi d'un doute.
CORNEILLE.

e même dimanche-là, il pleuvait à la Fustaie, pendant qu'un beau soleil brillait au ciel des Marettes. Mais c'était une pluie tiède, tombant par ondées, sans souffle froid venant des montagnes, ou sans vent violent du sud. Dans ces moments-là, on ouvre portes et fenêtres. Un air doux, plein des parfums des champs et des bois, pénètre partout dans les maisons, les rafraîchit et en renouvelle l'atmosphère trop chaude. Par un temps pareil, les chemins deviennent boueux en moins d'une heure, grâce à la poussière dont ils étaient couverts. Alors, peu de personnes se rendent au culte public, si le temple ou la chapelle n'est pas située dans le village. On est fatigué des six jours qui viennent de s'écouler; il faut mettre en ordre plusieurs choses, en préparer d'autres, se raser soi-même ou attendre le barbier: l'entrain manque, le devoir parle peu.... On reste chez soi. Si le chef de famille prenait au moins la Bible et réunissait tout son monde autour de la Parole sainte! La simple lecture d'un chapitre du Nouveau Testament serait une grande bénédiction; et si l'on connaît la prière, si la foi vit dans le cœur, il n'en faut pas davantage pour que l'Éternel soit adoré en esprit et en vérité, comme il le demande. Là où deux ou trois sont assemblés au nom de Jésus, là est le culte collectif, et là aussi se trouve le Seigneur. Heureuse la famille où il est honoré de cette manière! Heureux les enfants qui sont ainsi nourris du lait spirituel et pur de la Parole! Plus tard, dans le tourbillon du monde et des affaires, ils se souviendront de ces doux moments paisibles et recueillis, passés en présence de Dieu: il en restera toujours quelque chose, un germe, une racine, un simple ressouvenir, qui, bénis d'en haut, pourront les amener au Sauveur.

Chez M. de Tresmes, lorsque le mauvais temps empêchait les domestiques de se rendre au culte public, on les réunissait à dix heures du matin, avec la famille. Le chef de la maison ouvrait le culte par une courte prière d'adoration. Il lisait ensuite une page ou deux dans la Bible en y ajoutait quelques réflexions particulières très simples à la portée de tous. Parfois, au lieu d'exposer ses propres pensées, il lisait un morceau tiré de la *Feuille religieuse* ou de quelque autre ouvrage d'édification. Il terminait ce culte par la prière, et chacun s'en retournait à ses devoirs de la journée.

Le dimanche en question, il avait lu le dernier chapitre de l'épître aux Philippiens et s'était attaché à montrer combien la douceur, la bonté et la bienveillance envers tous sont recommandées aux disciples de Jésus-Christ. Ils ont d'abord l'exemple divin du Maître, qui fut *doux et humble de coeur*; ils ont ensuite l'exemple de tous ceux qui, pour rester fidèles à la foi, ont enduré toutes sortes de persécutions et de souffrances, sans jamais résister, ni même adresser de reproches aux incrédules qui les tourmentaient. Enfin, ils ont les enseignements directs de l'Écriture sainte: *Que votre douceur soit connue de tous les hommes*, etc.

David écouta tout cela avec une attention marquée.

Avant de quitter la chambre, il demanda à M. de Tresmes de lui accorder un moment d'entretien particulier dans la journée ce à quoi ce dernier consentit avec plaisir, offrant de le recevoir tout de suite dans son cabinet. David s'y rendit donc, et là, il demanda à son maître ce qu'il pensait de sa conduite avec M. Sarpan, lorsqu'il fut frappé si injustement. Souvent, ajouta-t-il, il me vient à la pensée que j'aurais pu, que j'aurais dû m'y prendre d'une autre manière.

— Je suis bien aise de vous entendre parler ainsi, mon cher David, lui répondit M. de Tresmes, cela montre que votre conscience devient plus délicate à mesure que vous comprenez mieux l'Évangile. En effet, le chrétien doit s'expliquer et se défendre par la parole, mais rester toujours dans les termes de la douceur et de la persuasion. Il péche s'il s'abandonne à la colère. L'homme du monde, au contraire, se croit obligé de se venger lui-même, et d'une manière éclatante. Dans le cas très particulier où vous vous êtes trouvé agissant d'après la mesure de foi et de connaissance pratique que vous aviez reçue, je ne pense pas que votre acte doive être blâmé. En quelque façon, vous défendiez votre vie et résistiez à une attaque inqualifiable. Là où serait votre tort, c'est d'avoir menacé M. Sarpan de l'étrangler s'il ne vous rendait pas ce qu'il retenait injustement dans sa poche. En partant de chez lui sans lui rien répondre, votre cause eût été plus belle, pure de tout alliage de colère humaine avec ce que vous prescrivait le devoir chrétien. Vous connaissez peut-être le mot attribué à un païen battu injustement: « Frappe, mais écoute. »[21] Et toutefois, ce qui s'est passé entre vous et M. Sarpan a été si prompt, si instantané, que, pour ma part, je ne saurais vous condamner. Aujourd'hui, mieux éclairé et plus retenu, vous vous y prendriez autrement.

— Oui, monsieur; ce serait au moins mon sincère

---

21 - [NdÉ] Possiblement tiré du philosophe grec Plutarque : *Vie des hommes illustres/Thémistocle*.

désir. Mais vous comprenez combien ma position était difficile. Surpris d'une manière violente et indigne, je ne pensai qu'à une chose: faire sentir ma force à l'oppresseur et l'effrayer suffisamment pour qu'il me rendît mon argent et mon papier. Si je l'avais frappé, je ne me le serais jamais pardonné, quoique, aux yeux du monde, j'en eusse en ce moment-là tous les droits.

— Oui, mon cher David, Dieu vous a retenu dans votre colère: il faut lui en rendre grâce. La vraie douceur est une puissance morale bien supérieure à la force corporelle, elle brise parfois les coeurs les plus durs, tandis qu'un bras vainqueur ne fait qu'humilier celui qu'il domine et assujettit. Vous, qui êtes jeune et vigoureux, David, il faut vous souvenir de cela, si jamais vous vous retrouviez dans un cas pareil, à l'égard de qui que ce soit. Et quant à la leçon donnée à M. Sarpan, espérons qu'elle n'aura pas été inutile et que vos successeurs seront traités avec moins de malveillance et de cruauté.

David Charnay remercia M. de Tresmes de ses bons avis, et le maître n'en apprécia que mieux le caractère de son domestique.

Pendant l'hiver, David sut se montrer actif et intelligent. Lorsqu'il devenait impossible de travailler dehors, il raccommodait les instruments de campagne, les fourches, les râteaux, mettait des manches neufs aux outils du jardinier et aux siens propres. Il fit même un assez grand nombre de bancs à dossier, en planches, pour les endroits arrangés d'avance par le jardinier. David était adroit, maniait avec aisance la scie et le rabot. À la campagne, c'est un précieux avantage d'avoir dans sa maison quelqu'un qui se trouve tout à coup transformé, de simple valet, en menuisier, charpentier, maçon ou couvreur. Il faut absolument, loin de la ville, savoir faire soi-même une multitude de choses sans recourir à tout instant à des maîtres d'état, qui sont souvent éloignés, absents peut-être, et en tous cas fort chers.

Mais le printemps revint de nouveau et les prés fleuris avec lui. David n'était pas retourné aux Marettes depuis un an; il s'agissait de savoir s'il devait demander un congé ou persister à se tenir éloigné du village vers lequel volaient chaque jour ses plus secrètes pensées. Le grand désir de revoir Julie, son bon et rude tuteur, ses autres amis, le poussaient d'un côté; et, d'un autre, il était retenu par le sentiment que son amour pour la fille de son ancien protecteur était absolument sans espoir. Peut-être même craignait-il d'attirer sur elle, par sa présence, quelque fâcheuse parole d'Ésaïe Cléret, car il savait que Julie avait refusé les assiduités de Bénédict Charente fils, et continuait à faire la sourde oreille aux propos aimables d'Adrien Soulte. Cela lui avait été raconté par Jean Byrde, dans une visite que ce dernier lui fit entre Noël et le Nouvel An dernier. Que faire donc? Il se trouvait très combattu.

Monsieur de Tresmes vint fort à propos le tirer de son indécision en lui proposant d'écrire à son tuteur pour l'inviter de sa part, à venir passer un jour ou deux à la Fustaie. En même temps, on lui payerait le gage échu et on fixerait le nouveau, car M. de Tresmes entendait bien garder David chez lui. — À la Saint-Jean, lui dit-il (et nous y sommes bientôt), je vous laisserai aller deux jours aux Marettes, si cela vous fait plaisir.

David accepta la proposition et écrivit en conséquence. — Monsieur Gaspard irait prendre le bateau à ***; il descendrait à ***, où le cocher se trouverait avec le char à bancs, pour l'amener à la Fustaie, éloignée du lac d'environ deux lieues.

Gaspard répondit qu'il viendrait le samedi suivant, avec d'autant plus de plaisir que lui-même pensait de son propre chef à visiter son pupille, ayant une communication importante à lui faire, ainsi qu'à M. de Tresmes, auquel il présentait ses humbles respects.

Quand il arriva à la Fustaie, ce fut à qui lui ferait le meilleur accueil. Il s'était fait beau, le brave M. Gaspard.

Un chapeau noir de feutre doux, épais et à larges bords, couvrait sa tête carrée.

— Un tel chapeau valait au moins la peine d'être acheté, disait-il, tandis qu'il n'aurait pas donné demi-batz de ces monstres de chapeaux de soie, de Lyon et de Paris, dont la carcasse n'est qu'en papier mâché. — Son grand habit noir de communion lui donnait un air respectable, et le pantalon gris-brun, le gilet croisé, à grosses côtes rouille et bleu rendaient sa physionomie encore plus originale et caractéristique.

M. de Tresmes vint le saluer.

— Pour aujourd'hui, monsieur Lebrun, lui dit-il, on portera votre souper dans la chambre de David, afin que vous puissiez causer un peu avec lui, tout à votre aise, mais pour demain, je vous retiens à dîner avec ma famille.

— Monsieur a bien de la bonté, répondit Gaspard, mais je ne voudrais causer aucun dérangement dans votre maison.

— Vous ne nous gênerez pas, au contraire. Nous parlerons d'agriculture et vous me ferez part de vos expériences.

— Mes expériences! expériences de quoi? de rien du tout! Voyez-vous, monsieur, je ne fais pas tant d'expériences. J'en reviens toujours à la même chanson, les gens d'à présent ne valent pas les anciens, tant s'en faut. Sous les Bernois, et jusqu'à la chute de Napoléon, c'est-à-dire jusque vers 1815, on trouvait encore de la bonne foi dans les campagnes. Maintenant, il n'en reste que bien peu, et dans les villes, c'est encore pis. Les marchands ne sont que des attrape-sous; le café est mélangé de pierres: les étoffes sont, la plupart du temps, brûlées ou de mauvaise couleur, elles se retirent de moitié dès qu'on les mouille; les chapeaux de feutre deviennent semblables à des poires sèches: il n'y a bientôt plus que des trompeurs, et parmi nous autres paysans, il faut bien savoir à qui l'on donne sa confiance.

Nos propres domestiques sont des ingrats, chose qui n'arrivait certainement pas au temps des Bernois.

— C'est possible, reprit M. de Tresmes, que cette sortie amusa beaucoup; c'est possible: les Bernois se sentaient forts et avaient la parole un peu trop rude, à mon avis; ceux qui leur ont succédé, jusqu'à l'époque dont vous parlez ont eu pour eux la fraîcheur de vie d'un État nouveau, d'un jeune peuple heureux, satisfait de sa liberté et reconnaissant de la posséder. Aujourd'hui, beaucoup de choses sont nouvelles: seront-elles meilleures? espérons-le. Mais il faudra voir. Quant à votre opinion sur les domestiques, elle peut être vraie, en général, il y a de très honorables exceptions: celle de votre neveu, je veux dire de votre pupille David, en est une et je suis heureux de vous l'affirmer.

— Tant mieux monsieur, j'en suis bien aise pour lui et pour vous. Il faudra que je vous en parle un peu au long avant de repartir. Pour ce soir, je me sens fatigué; si vous le permettez, je me coucherai de bonne heure.

— Parfaitement, monsieur Lebrun, comme si vous étiez dans votre propre maison.

Là-dessus, M. de Tresmes l'engagea à aller souper. David, ayant terminé son travail, put rester avec M. Gaspard jusqu'au moment où le vieillard s'endormit dans la chambre qu'on lui avait préparée. Gaspard lui raconta ce qu'on faisait aux Marettes, l'opposition croissante qui se manifestait contre l'enseignement de M. Ambrezon, et l'obligation où le maître d'école serait prochainement de renoncer à sa place. Il lui parla de Soulte père, fort ennuyé de voir que son fils Adrien avançait si peu dans les bonnes grâces de Julie.

— Et pourtant, c'est un beau garçon, qui sera riche, ajouta le vieillard, on ne sait ce que Julie peut avoir contre lui, mais le fait est qu'il ne lui a pas encore donné dans l'œil. Ah! bah! il n'y a rien de plus capricieux qu'une jeune fille. De notre temps, ça ne se passait pas de cette manière.

Gaspard lui dit aussi que Jean Nantherbe engraissait à vue d'oeil, que le syndic *Schéta-vo* était menacé d'hydropisie générale, et il termina son récit par ces mots:

— Jean Byrde aussi m'a bien tracassé depuis quelque temps, je t'en parlerai demain. Va te coucher; tu dois être fatigué. Quelle différence entre les gens qu'on voit ici et le misérable qui demeure à la Quercitronne!

CHAPITRE XVI

Voulez-vous venir avec moi garçon?
— Restons-en là.

e lendemain, au lever du soleil, Gaspard se promena déjà devant la maison, entrait dans l'écurie et remarquait avec plaisir que David s'acquittait de son travail vite et bien.

— Voilà au moins des vaches propres! dit-il en passant derrière chaque bête. Fais-tu boire ce veau avec le *brochet*[22] ou s'il tette sa mère?

— Il boit. On voit mieux ce qu'on lui donne.

— Vous voulez le *nourrir*?

— Oui, M. de Tresmes tient à faire des élèves.

— S'il avait voulu le vendre, je l'aurais acheté.

— Je lui en parlerai, si vous le désirez.

— Non, parbleu pas: garde-t'en bien.

Gaspard fit le tour des bâtiments et se promena un peu dans les environs, approuvant ici, blâmant là, mais trouvant que, après tout la Fustaie était une jolie campagne d'agrément.

— Pour commode à cultiver, non dit-il: ces terrains en pente ne me conviendraient pas. Je n'en voudrais, pour mon compte, à aucun prix je préfère nos champs plats des Marettes. Par hasard, ici c'est frais et tout y pousse

---

22 - Seau en bois.

bien: chez nous, ce misérable vent du midi dessèche parfois nos récoltes d'une manière diabolique. On ne peut avoir tout à la fois, et encore, quand on croit tenir quelque chose, voilà que cela disparaît sans qu'on sache comment.

À l'heure accoutumée, M. de Tresmes réunit son monde pour le culte du dimanche matin. M. Gaspard y assista. Cette manière simple, affectueuse et toute patriarcale de prier Dieu lui plut, quoiqu'il préférât sans doute la prédication faite dans le temple.

— Défunt mon père nous lisait aussi la Bible, dit-il, quand nous étions jeunes, ma sœur et moi: je m'en souviens très bien. Il ne s'agissait pas de bouger pendant la lecture, et après qu'il avait dit *Notre Père*, il nous faisait réciter le symbole des apôtres. À présent, allez parler de cela dans les maisons: on vous rira au nez. On vous dira que c'était bon pour les vieux de notre temps. Or, je crois que les vieux du temps de défunt mon père valaient mieux que les jeunes du temps actuel. — Si vous aviez une petite demi-heure à me donner, monsieur, je voudrais vous parler de quelque chose.

— Très volontiers, monsieur Lebrun, répondit le maître de la maison. Nous pouvons rester ici, où nous sommes seuls maintenant.

— Je voudrais donc, monsieur, vous parler de mon pupille David. Il m'a écrit que vous êtes disposé à lui donner dix louis de gages outre les arrhes et quelques petits avantages. Je suis bien reconnaissant de ce que vous avez l'intention de faire pour lui, et je crois qu'il sent aussi tout ce qu'il vous doit.

— David, répondit M. de Tresmes, remplit ses devoirs à mon entière satisfaction.

— C'est très bien: or, voici ce qui m'arrive, monsieur. Mon domestique, Jean Byrde, me quitte prochainement. Il se sent vieux et rentre chez lui. Voilà vingt ans qu'il est à mon service et je lui ai payé de beaux gages. Mais il prétend qu'il est vieux et que le travail de ma maison le fatigue trop. Quoi qu'il y ait de l'ingratitude dans son fait, je ne peux ni ne veux le forcer à rester chez moi. Je vais donc me trouver sans domestique, dans quinze jours. Pour le remplacer, je n'en connais qu'un seul qui me convienne: c'est David. Et cependant, monsieur, je ne me sens pas libre de vous demander de me le laisser quoique j'aime beaucoup cet orphelin et que je sois disposé à le protéger. Il est bien chez vous, il y est mieux que chez moi; toutefois, voici ma position: je suis vieux, son tuteur depuis six ans, et n'ai pas de famille. Mes deux nièces sont mariées avec des marchands. Je suis donc seul, avec une vieille servante. Décidez vous-même; monsieur, si David doit rester chez vous ou venir chez moi. Je ne lui ai pas encore parlé de tout cela et il n'en saura rien, si vous le gardez.

À l'ouïe de ce discours, M. de Tresmes parut d'abord contrarié; un nuage passa sur sa figure, mais cette contraction nerveuse ne dura qu'un instant. La sérénité reprit bientôt sa place sur ses traits vraiment nobles et distingués.

— Monsieur Lebrun, dit-il après un petit moment de silence, vous vous conduisez en vrai gentilhomme, et même mieux que cela. Je suivrai un exemple de générosité trop rare dans notre époque d'égoïsme. — Du jour où j'aurai trouvé un remplaçant convenable pour David, votre pupille se rendra chez vous. C'est son devoir, et dans son intérêt comme dans le vôtre. Nous sommes d'accord: restons-en là. Vous pouvez lui annoncer la chose. C'est un véritable regret pour moi, mais c'est aussi un devoir. Je prendrai la liberté de vous recommander la question du gage: l'an prochain, je l'aurais porté à douze louis.

— Je pense les lui donner déjà cette année, monsieur.

— C'est encore mieux. Je vous en remercie pour lui. Cela me fait un vrai plaisir.

— Je peux donc aller lui parler de notre arrangement?

M. de Tresmes répondit par une inclination de tête qui pouvait se traduire de cette manière: «Monsieur Gaspard Lebrun, vous êtes un très digne et très honnête homme, tuteur modèle. Comme vos amis, les anciens Bernois, vous savez fort bien conduire une affaire délicate et la mener à bonne fin. Je vous en fait mon compliment. Oui, sans doute, allez tout apprendre à David Charnay. »

Ce dernier eut d'abord assez de peine à comprendre ce que son tuteur voulait lui dire car, selon son habitude, Gaspard commença par s'emporter contre Jean Byrde et l'ingratitude des domestiques. Enfin, quand il en vint à la proposition formelle de prendre David à sa place, celui-ci l'interrompit en disant:

— Je suis tout à votre service, mais je ne fais rien sans le consentement de M. de Tresmes.

— Ne t'inquiète pas de ça. Le consentement est donné, les gages fixés; tout est arrangé: restons-en là.

Alors il lui raconta une partie de la conversation que nous avons rapportée .

— Il y a encore une chose, continua-t-il, dont je ne lui ai pas parlé, et dont il faut que je te dise un mot. Tu me donnes ta parole d'honneur que tu ne feras rien qui puisse me mettre mal avec Zaï et sa famille. Vois-tu, David, mets-toi bien dans l'esprit que Julie Cléret n'est pas pour toi, que jamais son père ne te la donnera, et que même elle ne te convient pas du tout. Une fille de sa position doit rester à sa place et épouser un homme qui possède au moins deux fois ce que Zaï peut donner à Julie. Toi tu n'as rien, quelques cents francs, voilà tout, tu n'es malheureusement qu'un orphelin, trop pauvre pour songer à t'établir. Il faut donc couper au vif toute cette affaire et qu'on n'en parle plus. Si tu rencontres quelqu'un de la famille, tu es poli et tu passes. Ce n'est qu'à cette condition que tu peux espérer d'être bien vu d'eux, de rester en paix avec tous. Peux-tu me promettre cela?

— Je vous promets deux choses, cher et bon tuteur:

la première, que je n'ai jamais dit à personne qu'à vous, c'est que j'aimerai Julie Cléret tant qu'elle sera libre: la seconde, c'est que je n'en parlerai point et ne demanderai jamais rien pour moi. Je sais, et le sens mieux que personne tout ce que ma position de jeune homme pauvre me commande: s'il plaît à Dieu, je serai fidèle à mon devoir d'honnête garçon et de chrétien. Vous assurer d'autre chose ne m'est pas possible.

— Cela suffit, répondit Gaspard: restons-en là. Si tu y peux quelque chose, tâche que M. de Tresmes te remplace prochainement, et dès que tu es libre, tu viens avec tes effets. Il faudra bien que Jean Byrde attende ton arrivée, quand même il prétend que sa vigne — une belle vigne de rave! — restera à cultiver s'il n'est pas chez lui à la fin d'avril. Tout de même, ce Byrde m'a trompé, je croyais qu'il avait un peu d'affection pour moi. Celui qui compte sur l'attachement d'un domestique compte sur une planche pourrie. Il n'y a plus de domestiques reconnaissants.

Pardonnez-moi monsieur Gaspard; il en existe encore. En disant cela, vous me faites tort et me jugez bien certainement.

— Est-ce que je parle de toi? Je parle de Jean Byrde et d'un tas d'autres individus avec lesquels tu n'as rien à faire.

— À la bonne heure. Et pour moissonner, comment ferons-nous? M. de Tresmes, qui s'y entend et ne jette pas son argent par les fenêtres, fait couper le blé avec la faux. Je vous assure qu'en prenant le temps nécessaire pour mettre le blé en javelles, nous l'arrangeons très bien ici.

— Nous verrons tout ça: il faudra bien faire encore ce sacrifice, avec tant d'autres! Le pays est complètement bouleversé. Mais je n'entends pas qu'on batte mon froment à ces *animaux de mécaniques*, d'où la paille ressort comme du son haché. Mon blé se battra à la grange: tu prendre des ouvriers avec toi, pendant tout le mois de décembre, si tu veux. Pour l'avoine, mène-la au battoir, cela m'est égal; mais non le froment. — A propos, ce gueux de Glou-glou sera exproprié l'année prochaine, il doit plusieurs intérêts à son créancier. Jamais il ne sera capable de les payer et personne ne voudra lui prêter la somme. Il faudra donc qu'il vende sa grenouillère. Je lui ai prédit la chose depuis longtemps. Dans dix ans, voilà un estafier à la charge de la commune. — Dis-moi un peu: à quelle heure dîne-t-on chez ton monsieur?

— Le dimanche, à midi, les autres jours, à une heure.

— À midi, ça peut encore aller; mais je prendrais volontiers un demi-verre de vin.

— Rien de plus facile, répondit David.

Et il ouvrit son armoire, d'où il tira une bouteille de vin blanc et un verre.

— Qu'est-ce que c'est que ce vin, et d'où l'as-tu?

— C'est une bouteille qu'on nous donne chaque dimanche et que nous pouvons emporter dans notre chambre, pour le cas où il nous viendrait un ami. Le vin que nous recevons les autres jours est bu à table. Vous voyez que je n'ai pas souvent des visites, car voilà une trentaine de ces bouteilles pleines dans le fond de cette armoire. Ce vin est assez bon, et, comme il a trois ans, Il peut se conserver bouché. Voulez-vous me faire le grand plaisir d'accepter ces bouteilles? Je serai heureux de vous les offrir: elles sont bien à moi. Il sera facile de les mettre dans une petite caisse quand je partirai.

— Je les prendrai si tu veux: merci. Il faudra payer le verre à ton monsieur.

— N'en faites rien: cela lui serait désagréable. Nous lui rendrons des bouteilles de même forme et de même couleur et tout sera dit.

M. Gaspard fut de bonne humeur pendant le dîner; il mangea très modérément, avec une lenteur désespé-rante. Il pensait, avec raison, que, lorsqu'on est invité à dîner, ce n'est pas uniquement pour se remplir l'estomac; mais il aurait pu voir qu'il faisait attendre ses hôtes, dont la maxime sur ce point, le dimanche surtout, n'était pas la même que celle de beaucoup de gens qui disent: *la table n'est pas louée.* Il raconta diverses histoires amusantes, parla des anciens Bernois à tort et à travers, et finit par un récit dont il garantit l'exactitude. Il s'agissait de deux individus qui, s'étant grisés dans un cabaret et s'en retournant chez eux de nuit, se trompèrent de chemin et entrèrent sous la voûte d'un pont jeté sur un ruisseau. L'eau était peu profonde, d'un pied seulement. Comme l'un de ces deux hommes habitait une maison traversée par une arcade, dans laquelle se trouvait la porte d'entrée, il se crut arrivé chez lui.

— Femme, femme! criait-il à tue-tête là-bas dessous. Apporte une chandelle; j'ai peine à trouver la porte.

Pendant qu'il cherchait inutilement l'entrée de la maison, l'autre se tenait sans bouger, appuyé au mur de la voûte. C'est dans cette agréable situation que des passants les découvrirent et eurent assez de peine à leur prouver qu'ils étaient dans l'eau jusqu'aux genoux, et dans le vin par-dessus la tête.

— Ne sont-ce pas là des gens qui mériteraient d'être fusillés? s'écria le vieux Gaspard, dans son indignation d'une pareille conduite et sans peser les mots dont il se servait.

— Sous les anciens seigneurs de Berne, peut-être, répondit M. de Tresmes. Aujourd'hui, on aurait pu se borner à leur faire prendre un bain complet pour leur rafraîchir le cerveau.

Vers les quatre heures, M. Gaspard Lebrun fut reconduit au bateau, d'où il descendit cinq lieues plus loin, pour faire, de là, à pied, le reste du chemin qui conduisait aux Marettes. Il y arriva en bonne santé, content de son voyage et pas trop fatigué. Nous souhaitons que le lecteur puisse en dire autant ici de lui-même.

TROISIÈME PARTIE

CHAPITRE XVII

— Où allons-nous?
— À la recherche de l'inconnu.

ans la seconde semaine qui suivit le retour de M. Gaspard Lebrun, David lui écrivit la lettre suivante:

« À Monsieur Gaspard Lebrun, aux Marettes.

« Monsieur et cher tuteur,

» Aujourd'hui même, M. de Tresmes m'a dit que je pourrais quitter son service le 25, soit jeudi prochain. Je m'empresse de vous l'annoncer. Ce jour-là donc j'arriverai par le bateau à ***, à six heures du soir, avec mes effets et la caisse de bouteilles. Veuillez avoir l'obligeance d'envoyer à *** M. Nantherbe avec son char, pour l'heure fixée, afin que je n'attende pas en ville inutilement. Je suis heureux à la pensée de me trouver bientôt chez vous, et je prie Dieu de vous récompenser de vos bontés pour moi. M. de Tresmes vous présente ses compliments.

» Je suis, avec respect, votre dévoué pupille et serviteur.

» DAVID CHARNAY. »

Dans la matinée du jour fixé, Gaspard Lebrun se rendit l'auberge, sa lettre à la main.

— Jean, dit-il à l'hôtelier, pourriez-vous aller au bateau soir, pour chercher David Charnay avec ses effets?

— Haulah! tout de même: pourquoi pas! David revient donc au village? A-t-il perdu sa place, par hasard? ma foi, tant pis, si c'est vrai, car ce monsieur de la Fustaie avait l'air d'un homme comme il faut.

— Vous n'avez pas besoin de vous inquiéter de David. Jean Byrde me quitte et je prends l'orphelin à sa place. Vous ferez seulement attention de ne pas aller trop fort sur le pavé des rues, parce que vous pourriez endommager une petite caisse que David apporte avec ses autres effets.

— Fort bien; on aura l'œil à tout et la main sûre. Dans l'après-midi du même jour, Gaspard prit le chemin de la maison Cléret. Il entra sans façon dans le corridor, entr'ouvrit la porte, et voyant toute la famille dans la cuisine avec Adrien Soulte, il demanda s'il pouvait aller plus avant.

— Entrez, entrez donc, Gaspard, lui dit Zaï de son air affable. Est-ce qu'il faut se gêner ainsi avec d'anciens amis? Je suis bien aise de vous voir chez nous; pourquoi n'y venez-vous pas plus souvent?

— Un homme seul, comme je le suis, répondit Gaspard, ne peut quitter sa maison ni souvent, ni pour bien longtemps.

— Voilà une chaise, monsieur Gaspard, dit Julie, qui s'empressa de la lui offrir.

— Merci, Julie: il ne vaut presque pas la peine de m'asseoir.

— Avez-vous des nouvelles de l'orphelin? demanda Zaï qui pesa un peu sur le mot. On dit qu'il a un bon maître et qu'on est content de lui. Cela me fait plaisir, car ce pauvre garçon a grand besoin de gagner quelques sous pour, avoir un endroit où il puisse se réfugier quand il sera vieux. Pour moi, je suis bien aise d'avoir pu lui rendre service, il y a quelques années.

— Si tu lui as rendu service en le recevant dans ta maison, je pense qu'il t'en est reconnaissant, reprit Gaspard, d'un ton sérieux et vraiment senti; du reste, il t'a servi fidèlement comme domestique pendant quatre ans: tu dois le reconnaître. Quant à moi, je suis son tuteur jusqu'au premier janvier, époque où David sera majeur. Depuis que — grâce à toi, Zaï, car je n'oublie pas les vieilles affaires — je me suis occupé de ce jeune homme, je n'ai eu que des rapports agréables avec lui; et l'autre dimanche, j'ai été frappé de voir combien il est aimé et estimé chez M. de Tresmes.

En écoutant ces paroles, Julie Cléret tenait ses grands yeux noirs fixés sur M. Gaspard, avec une reconnaissance peu dissimulée, mais à laquelle personne ne fit attention. Gaspard parlait en baissant la tête, excepté lorsqu'il se fâchait ou donnait simplement essor à ses boutades.

— Ma foi, tant mieux, dit Ésaïe.

— David, ajouta Adrien Soulte, est un bon enfant; c'est grand dommage que son père et sa mère ne lui aient laissé pour tout héritage que les quatre membres, et qu'ainsi il doive rester domestique jusqu'à ce qu'il ne puisse plus travailler.

«Jaloux et mauvais cœur,» pensa Julie, sans rien prononcer à haute voix.

— Oui, c'est bien dommage, reprit Gaspard. *Effectivement*, comme dit le citoyen Ambrezon à tout propos, c'est grand dommage que David n'ait pas un père qui puisse disposer de soixante mille francs en sa faveur. Je commence à croire qu'il saurait en faire un bon usage. Mais enfin, ami Zaï et toute la famille, je venais vous dire que le dit David entre à mon service dès demain, en remplacement de Jean Byrde, qui me quitte. J'ai voulu vous en faire part, puisque David est votre ancien protégé; et vous saurez aussi que son maître actuel n'a consenti à le laisser partir qu'en sachant qu'il entrait chez moi. Je me fais vieux; j'ai besoin d'un valet de toute confiance. Puisque mes nièces ont préféré épouser des négociants, il faut bien me contenter d'avoir un étranger chez moi, au lieu d'un parent. Naturellement, je désire qu'il y reste jusqu'à ma mort, et je voulais te demander, ami Zaï, de lui donner un bon conseil dans l'occasion.

— Sans doute, sans doute, ami Gaspard, mais, à votre place, je n'aurais pas engagé un si jeune domestique. Un homme marié vous convenait mieux, me semble-t-il, quoique je n'aie pas de conseil à vous donner.

— Un homme marié! ce n'est pas facile à trouver sans qu'il ait encore sa femme. Et alors, ces hommes mariés, ça ne vaut rien. La femme vient lui apporter ses chemises et savoir de ses nouvelles, et ça cause comme des pies pendant des heures à l'écurie, à la grange, au coin du feu, partout. Puis, ne faut-il pas que le mari aille aussi voir un peu ce que fait sa femme? ça n'en finit pas d'allées et de venues. Lorsque la vieille à Jean Byrde était vivante, c'était bien la plus terrible *jaravate*[23] qu'on ait jamais vue. Ça n'est bien allé pour moi avec son mari Jean Byrde que depuis sa mort. David ne songe pas à se marier; il m'a dit lui-même qu'il ne le pourrait jamais; aussi j'espère le garder longtemps.

— Tant mieux, tant mieux, ami Gaspard. Les gens qui n'ont rien doivent laisser continuer le monde à ceux qui possèdent quelque chose: je crois que c'est aussi votre avis?

Au lieu de répondre, le tuteur présenta la lettre à Zaï, en disant qu'il pouvait bien la lire à haute voix, ce que ce dernier fit avec assurance, mais d'un air pourtant un peu vexé. Louis Cléret demanda la permission de voir l'écriture, pour s'assurer qu'elle était toujours belle et qu'il n'y avait ni faute ni rature.

— Je me réjouis de voir David, dit-il, en regardant le papier: il a toujours été si bon pour moi.

Depuis cette visite, Gaspard Lebrun prit certainement

23 - Babillarde.

une place toute nouvelle dans le cœur de Julie Cléret. Ce vieillard encore si droit, à la parole rude et parfois brutale, presque offensante, il aimait David. Oui, au fond, il l'aimait: elle en était sûre. Mais si la jeune fille l'eût entendu à la Fustaie quand il recommandait à David de *couper dans le vif* et de ne plus penser à elle, son âme élevée, droite et aimante eût frémi d'indignation. Que d'inconséquences dans la vie! que de trouble dans la volonté, même chez ceux qui paraissent ou prétendent l'avoir la plus forte! — Voilà M. Gaspard Lebrun qui, à la Fustaie, recommande à David de ne plus penser à Julie Cléret, de la bannir à tout jamais de la place qu'elle occupe dans ses affections, et lui-même, sans s'en douter, vient ici renforcer cette même affection dans le cœur de la jeune fille. Après avoir tempêté autrefois contre l'idée de protéger l'orphelin d'une manière directe, il vient aujourd'hui le chercher et l'amène dans sa maison. — Et Zaï Cléret, qui fut le premier protecteur de David Charnay, qui, lorsque personne ne songeait à lui témoigner un peu de sympathie, plaida sa cause, lui ouvrit sa demeure, lui fit nommer un tuteur, le voici maintenant qui retourne en arrière et regrette son premier bon mouvement. Selon la maxime inique et odieuse d'un politique célèbre, il aurait donc dû s'en défier! Il ne faudrait en rien tremper dans une bonne action, de peur qu'elle n'amenât plus tard des embarras, de pénibles conséquences! Ô sagesse humaine! sagesse des égoïstes, te voilà bien!

Mais Zaï Cléret, très honnête homme au fond, serviable et bon naturellement, manquait du seul principe qui donne à l'âme sa force et sa vie. Il ne renonçait pas à lui-même pour faire la volonté de Dieu. Il agissait spontanément, sans réfléchir. De là, rien de fixe, de permanent, dans le mobile de ses actions. La bonté naturelle et la légèreté chez lui se tenaient par la main. Par moments, il avait des éclairs de conscience, suivis bientôt du grondement sourd des intérêts humains. Avant qu'il fût

riche, la gaieté, une sorte de jovialité sereine accompa-
gnait sa parole; aujourd'hui il parlait moins, gardant une
dignité dont personne ne lui savait gré. — Sa femme
était meilleure; elle avait plus de cœur, quoique son
caractère fût, sous d'autres rapports, tout à fait semblable
à celui de son mari. Leur fille Julie, nous l'avons déjà
laissé entrevoir, était douée de sentiments profonds et
délicats. Elle ne calculait qu'une seule chose: l'intensité
de l'affection. Et avec cela, vive, enjouée, ayant de
l'esprit, parlant avec facilité, même avec une grâce
aimable et en quelque sorte native, qu'on peut remarquer souvent chez les jeunes personnes dont l'éducation
n'a pas reçu les soins prodigués à d'autres. Quant à
David, si je ne l'ai pas encore suffisamment dépeint, je
dirai ici que son caractère était remarquable par l'ac-
ceptation franche d'une position si humble, et en même
temps par le sentiment très vif et très net de sa supériorité intellectuelle sur les jeunes hommes de sa classe,
quelle que fût leur fortune. Heureusement que ses
convictions religieuses étaient devenues assez fortes
pour tenir en bride un orgueil naturel qui se montre vite,
dès qu'on lui permet de s'émanciper.

Lorsque Ésaïe Cléret se trouva seul avec sa femme et
Julie, après le départ de M. Gaspard et d'Adrien Soulte,
il leur parla tout de suite de David.

— Le voilà donc revenu au village, leur dit-il. Je ne
vous demande pas de lui faire des affronts devant le
public, cela va sans dire; mais je crois que nous
devons lui fermer notre maison. — Julie, je pense que
tu as maintenant assez de raison pour comprendre ton
devoir à l'égard de toi-même et de tes parents. Si tu
tiens à nous, si tu veux faire un bon et honorable
mariage, tu recevras mieux que tu ne l'as fait jusqu'ici
le fils du boursier. Adrien, tu en conviendras, est tout
aussi beau garçon que David; il n'est ni un sot, ni un
avare; ses parents sont riches, plus que nous. Les uns
et les autres désirent que tout soit arrangé au plus vite.

À mon tour, je te demande de ne plus mettre d'opposition à nos plans.

— Mon père, répondit Julie, je n'ai, que je sache, fait aucun mauvais compliment à Adrien Soulte: il viendrait nous voir dix ans de suite, chaque dimanche, que je le recevrais toujours amicalement, mais aussi toujours de la même manière. Je n'ai rien contre lui. Si je pouvais lui donner ce qu'il me demande, je le ferais. Pour le moment, c'est impossible. Je désire de tout mon cœur qu'il le comprenne, sans me forcer à le lui dire.

— Ma chère, reprit M. Cléret, il faudra que cela se décide promptement, je t'en avertis, si je vois qu'il existe la moindre intelligence entre toi et l'orphelin.

— Mon père, sachez bien une chose, puisque vous manquez de confiance en moi: jamais celui que vous appelez l'orphelin ne m'a dit un mot de l'affection que vous lui supposez, et jamais une parole d'encouragement n'est sortie de ma bouche. J'ai pour lui un autre sentiment que pour Adrien Soulte, cela est vrai; mais ce sentiment, je l'ai toujours eu. Personne ne me l'a imposé. Quand vous avez amené David chez nous, il y a six ans, j'ai vu tout de suite que nous serions amis. Il nous a quittés de lui-même dès que vous avez désiré son éloignement: ai-je cherché à le retenir au village? ai-je dit un mot, dirigé le moindre regard dans ce sens? Non, vous le savez bien. Dès lors a-t-il enfreint vos ordres? a-t-il cherché à me voir? Par simple politesse, il nous a fait une visite. Pense-t-il à moi? je n'en sais rien: sans doute pas. David Charnay est pour moi un ami d'enfance, qui, pour vous faire plaisir et me rendre service, m'a donné des leçons, que vous étiez alors fort loin de lui reprocher. Il ne sera il ne peut être, puisque vous le dites, jamais autre chose: et d'ailleurs, pourquoi voulez-vous qu'il y pense? Croyez-vous que j'irais, contre votre gré, épouser de gaieté de cœur le domestique de M. Gaspard Lebrun? Vous pouvez là-dessus mon cher et bon père, vous tranquilliser; je suis votre fille, et je le sens là, dit-elle en mettant la main sur son cœur. Mais ne me demandez pas de promettre à Adrien Soulte ce qu'il ne m'est pas possible de lui donner.

— Et alors, que comptes-tu faire?

— Vous embrasser, mon père, et rester avec vous et ma mère.

Julie Cléret passa ses bras autour du cou de ses parents, et les embrassa avec une vraie tendresse: la mère pleurait. Ésaïe paraissait touché.

— Voilà, reprit tout à coup ce dernier, si Gaspard voulait... je ne dis pas...

— Ne dites rien, mon père pas un mot de plus, je vous en supplie. M. Gaspard ne veut rien et ne peut rien pour personne. Où est Louis?

— Au jardin, dit la mère: il plante des laitues.

— Je vais les arroser.

— Écoute-moi, Julie, avant de t'en aller, dit Ésaïe: je veux faire savoir à David qu'il ne doit pas venir chez nous.

— Comme vous voudrez, mon père: je vous obéirai.;

CHAPITRE XVIII

Heureux qui, d'un toit champêtre,
Sait comprendre la beauté!
Il se sent vivre, renaître,
Au vallon qu'il a chanté.

 e lecteur se souvient peut-être que devant la maison d'Ésaïe Cléret, située au bord d'un des principaux chemins des Marettes, se trouvait une cour. Le jardin suivait, puis le verger.

Peu après la conversation qu'il venait d'avoir avec sa fille, Ésaïe sortit à la rue. Le bruit des grelots d'un cheval qui marchait au pas et secouait la tête à droite et à gauche vint *sonnailler* à ses oreilles. Ésaïe arriva au bord du chemin pour voir qui passait sur le char en question. C'était Jean Nantherbe ramenant David et les effets de ce dernier. Ils étaient encore à cent pas de la maison. Zaï entra au jardin, arracha un échalas qui servait de tuteur au principal rosier de Julie, et vint de nouveau se placer près de la route. Quelle était donc son intention? Y avait-il quelque chose d'agressif dans son attitude? Non; Zaï attendait, semblait-il, tout bonnement, l'arrivée du char. Comme ce dernier venait lentement, Zaï se mit à marquer une trace avec l'échalas entre la cour et le chemin, de l'angle de la maison à celui du mur du jardin. Il était au milieu de ce travail, lorsque l'équipage s'arrêta. Depuis un moment, David n'avait d'yeux que pour le paradis perdu des cinq années si vite passées dans ces doux lieux. Les arbres avaient grandi en son absence, le buis du jardin s'était épaissi et élargi. Zaï comme c'est l'ordinaire quand on fait un héritage, avait employé quelque argent en réparations extérieures de son bâtiment. Un chéneau[24] neuf, en fer-blanc, brillait au bord du toit, et toute la façade était *rustiquée* en gris bleu avec des contrevents verts. L'ancien banc fait par David avait aussi changé sa teinte naturelle, brunie au soleil, contre une couche de peinture à l'huile, semblable à celle des contrevents.

Le jeune homme s'élança du char et vint, le chapeau à la main, saluer M. Cléret. Il demanda des nouvelles de toute la famille, et comme il avait bien vu Julie avec son frère au jardin, il s'y rendit en courant.

— Bonjour, Mlle Julie; bonjour, mon cher Louis: vous êtes en bonne santé, j'espère. Comme je suis heureux de me retrouver ici. Et Mme Cléret?

— Elle est dans la maison, répondit Julie, je vais l'appeler.

— Non, laissez-moi vite aller la saluer. Au revoir Julie, adieu Louis.

Et David ne fit qu'un saut jusqu'à la cuisine, d'où il revint à l'instant même auprès du char.

— Qu'est-ce que vous voulez faire de cette raie? disait Nantherbe à Ésaïe, pendant que ce dernier continuait à la tracer.

— C'est, répondit celui-ci en regardant David, pour une barrière que j'ai l'intention de placer entre le chemin public et la cour de ma maison.

— L'idée n'est pas mauvaise, reprit Nantherbe. Les bœufs et les vaches ne pourront pas y entrer.

— Ce que je fais n'est pas précisément pour empê-

---

24 - [NdÉ] Dict. de l'Académie français: Conduit de plomb, ou de bois, qui recueille les eaux du toit et les porte de la gouttière dans le tuyau de descente.

cher les animaux d'entrer dans ma cour, ajouta Zaï sans regarder personne.

David ne parut pas faire attention à ce singulier langage, mais il était trop clairvoyant pour ne pas l'avoir compris.

Son installation chez M. Gaspard fut des plus faciles, David connaissant la maison et, jusqu'à un certain point, le bétail de son tuteur. Il demanda seulement de pouvoir blanchir à la chaux la chambre de Jean Byrde, devenue la sienne. Pendant qu'elle séchait, il se casa ailleurs. Habitué, chez M. de Tresmes, à une grande propreté d'appartement, il aurait eu de la peine à accepter sa nouvelle chambre en mauvais état. Il fit la réparation lui-même, sans autre dépense que celle de la colle et d'un pinceau. Le propriétaire campagnard qui tient à ne pas être pris au dépourvu, a toujours, près de sa maison, un dépôt de chaux grasse dans la terre, pour les petites réparations des bâtiments.

Au bout de huit jours, David était au courant des travaux dont la direction lui appartenait, et M. Gaspard trouvait que les choses marchaient convenablement. Son jeune maître-valet ne cherchait pas à faire prévaloir les idées nouvelles en agriculture, mais il n'entendait pas manquer l'occasion de les appliquer dès qu'il en verrait la possibilité.

Jean Byrde, quoique bon travailleur et ami de l'ordre, était un vrai routinier. Sur ce point, il s'entendait bien avec le maître, dont il entretenait l'esprit traditionnel en agriculture; mais il manquait de goût dans les petits arrangements qui donnent un si grand charme aux habitations rustiques. Jamais la moindre rose, le plus simple œillet n'avaient fleuri devant la demeure du vieux paysan. La présence d'un lierre, d'une plante grimpante quelconque, d'une plate-bande de fleurs, annuelles ou vivaces, était chose incompréhensible à l'esprit de Jean Byrde, encore plus peut-être à celui de son patron. Le chou, le vieux *chou-blanc* à choucroûte de Berne, et le *marcelin* pour manger avec les châtaignes; les *patenailles*[25]; la laitue romaine aux feuilles raides et lancéolées, on ne trouvait guère que cela dans le *parterre* de M. Gaspard. Quelques poiriers greffés sur cognassier jetaient leurs branches épaisses dans tous les sens et avaient pris des proportions que la serpette n'amoindrissait plus depuis des années. Un grand laurier de cuisine croissait naturellement dans une encoignore de mur; on employait ses feuilles à épicer les potées de pommes de terre que la vieille Jeannette confectionnait trois jours par semaine.

David fit comprendre à M. Gaspard qu'il mettrait ordre à tout cela, s'il voulait lui donner carte blanche pour l'arrangement du potager. À la Fustaie, il avait appris beaucoup de choses auprès du jardinier et pourrait avoir des graines de plantes qu'on lui donnerait avec plaisir.

— Fais, lui dit Gaspard, fais ce que tu voudras au jardin. Mais pour qui le feras-tu? Pour moi? Je n'y tiens pas; je suis trop vieux pour y prendre plaisir; la servante ne s'en soucie pas plus que d'aller se baigner à l'eau froide, mes nièces et leurs maris ne tiennent à moi que pour mon héritage: quand je serai mort, ils vendront tout: tes peines seront perdues. Qui en profitera? oui, qui en profitera? Ah! bah! laisse-moi tout ça. Soignons bien les champs; détruisons les fourmilières et ces scélérates de taupes qui bouleversent les gazons. Après ça et la vigne, que le jardin se tire d'affaire comme il pourra. Et puis, tu verras si cette mauvaise race d'enfants qu'on a aujourd'hui ne viendra pas tout ravager par là, dès que tu auras des fleurs ou des plantes curieuses. Casse-leur seulement les jambes, s'ils viennent voler nos fruits. C'est comme avec ces misérables poules: vous n'avez pas plutôt fossoyé un carreau qu'elles arrivent dix à la fois et le coq en tête pour gratter et tirer la terre de tous côtés. Des gens qui n'ont rien, ni froment, ni avoine, ça se donne les airs d'élever des

25 - Carotte jaune.

poulets. A-t-on jamais vu pareille chose! Et si vous entrez chez eux, en hiver, que voyez-vous? trois chats sous le fourneau, pendant qu'il faut donner des assistances à leurs propriétaires. Il leur faut pourtant de la soupe et du lait, à ces chats, ou bien les laisser périr de misère. À présent, les chats ne valent plus rien: ils ne sont bons que pour voler la viande. Autrefois, nous avions une chatte qui passait toute l'année à la maison, de la grange à l'écurie et de la cave au grenier. Le matou partait au printemps, pour prendre les souris des champs; en automne, il revenait au logis, bien gras et luisant comme une fouine. Il fut tué par un chasseur, m'a-t-on assuré: si j'avais vu faire le coup, l'individu bien connu aurait mal passé son temps. Pour en revenir au jardin, fais ce que tu voudras, pour toi, mais non pour personne d'autre.

Ce n'était pas le moment d'entreprendre les ouvrages en question. Les foins allaient être bientôt mûrs, après les foins viendrait la moisson; ensuite les regains, puis les semailles. C'était en automne que David voulait se mettre à l'œuvre. La chose importante était acquise, savoir l'autorisation. Dès maintenant, il pouvait travailler, en esprit du moins, à l'exécution de son projet.

Peu d'agriculteurs ont le goût de tels arrangements, et c'est vraiment grand dommage! Qu'on se représente ce que pourraient devenir nos villages, quand chaque maisonnette serait entourée de verdure et de fleurs, quand l'ordre et la propreté régneraient tout autour. Il n'y aurait pas de pays si beau sur la terre. Et les habitants s'en porteraient mieux; leurs enfants s'habitueraient de bonne heure soigner quelques plantes, à entretenir ce qu'ils auraient toujours vu et admiré. Toutes ces demeures prendraient une physionomie joyeuse, quelque chose de frais et de poétique, qui ferait du bien. Mais non; il vaut mieux, sans doute mettre le pied dans la boue, avoir des murs brûlés par le soleil, le fumier des écuries devant les portes des maisons et le bourdonne-

ment des grosses mouches sur toutes les fenêtres. Il
vaut mieux que les toiles d'araignées pendent de tous
les côtés, lorsque les rosiers, les jasmins et les plantes
grimpantes ne demanderaient qu'à les remplacer pour
récréer l'oeil et embaumer l'air de leurs parfums. Il vaut
mieux que le mari fume sa pipe ou se croise les bras; au
soleil, pendant que la femme, sale et souvent en
guenilles, cause avec une voisine sur les degrés cras-
seux d'un escalier. Il vaut mieux dépenser son argent au
cabaret, crier, jurer, se battre, que d'employer quelques
francs à l'embellissement d'une maison.

Les chambres des domestiques de campagne, et
généralement celles des fils de paysans, sont de véritables taudis. En été, si celles des premiers sont
balayées une fois par semaine et les lits faits chaque
dimanche matin pour les sept jours suivants, c'est déjà
beaucoup. Celles des fils sont visitées plus souvent,
sans doute, mais il est bien rare qu'elles soient habituel-
lement propres et soignées. On dirait que l'ordre est
banni d'un tel lieu: souliers dans un coin; bottes sur une
chaise, habits froissés, jetés sur le lit, table où les taches
d'huile et la boîte à cirage se disputent la place; plancher noir et boueux: voilà ce qui frappe les regards à
chaque instant.

Lorsque David Charnay eut arrangé lui-même sa
chambre, il n'y en avait peut-être pas deux pareilles
dans tout le village des Marettes. La table de sapin,
peinte en brun, portait quelques livres dans une petite
étagère, une écritoire et un portefeuille buvard, des
plumes, une règle et un crayon. Une carte de la Suisse
et une autre du canton de Vaud étaient suspendues
aux murs, ainsi qu'un petit miroir à cadre de cerisier.
Tout cela était propre, placé avec goût. Les chaussures se mettaient dans une caisse, à l'abri de
l'humidité et de la poussière. Certainement, la chambre
d'Adrien Soulte n'avait pas si bonne façon, malgré la
richesse de sa famille.

De retour depuis un mois, David n'était pas rentré chez les parents de Julie. Quelques propos d'Ésaïe Cléret lui furent rapportés par des gens qui, sans être chargés d'un soin-pareil, ne manquèrent pas l'occasion de s'en acquitter. Il se considéra comme banni de la maison, et, pour ne point exposer Julie à des reproches, il n'essaya même pas une simple visite. M. Gaspard lui sut gré d'un tel renoncement et l'encouragea à persister dans sa réserve:

— Que si Zaï te voit de mauvais œil, lui dit-il, tant pis pour lui; tout ça vient de sa faute. Tu n'as pas demandé sa fille en mariage, tu ne lui parles pas quand tu la rencontres dans la rue: voudrait-il peut-être t'empêcher de la saluer? ce serait un peu fort. Et voilà un homme qui t'a montré de l'amitié dans les commencements, qui t'a protégé envers et contre tous! Fiez-vous donc aux gens: vous pouvez être sûrs d'être trompés ou abandonnés. Mais ne t'inquiète pas de tout ça: continue à te bien conduire. Dans une dizaine d'années, si tu veux te marier tu trouveras bien quelque autre fille de même condition que toi.

Ces encouragements et ces conseils ne guérissaient pas le mal du pauvre David, dont l'amour pour Julie Cléret allait croissant de jour en jour. Ils se rencontraient parfois à la fontaine, où David s'empressait de remplir l'arrosoir de Julie et de le retirer de dessous le goulot; en le lui rendant, leurs mains se touchaient: c'était une consolation assez mince, mais c'en était une pourtant. — Bonjour, Julie. — Adieu, David; — et les jeunes gens se séparaient.

Un jour, M. Ambrezon se trouva là, en troisième, avec sa Pingeonne: David conduisait à l'abreuvoir les boeufs de M. Gaspard. Le brave régent se mit à siffler l'air du *fleuve de la vie*, au moment où David regarda Julie en lui donnant son arrosoir. C'était une amère dérision pour les jeunes gens, dans leur position si délicate, et Julie le comprit bien. M. Ambrezon suspendit sa ritournelle pour leur adresser la parole:

— Bonjour, mademoiselle Julie; bonjour, voisin David. La santé est bonne? M. Zaï est-il content de son fermier du domaine de l'oncle?

— Je crois qu'oui, monsieur.

— C'est un bon petit domaine. Au reste, M. Zaï est bien partagé en ce monde: créances, terrains, maisons et belle famille pas trop nombreuse. Au revoir, Mlle Julie.
— N'est-ce pas, voisin David, que cette Julie a bonne façon? On lui accorde un bon caractère. Je me suis donné de la peine pour la former aux bonnes manières, quand elle venait à mon école. Elle n'était pas une *rizolette* comme les autres, et son écriture rivalisait avec celle d'Adrien Soulte. Elle fera sans doute un bon établissement. — Quand vous étiez chez M. de Tresmes, faisiez-vous boire les vaches à la fontaine pendant les frimas de l'hiver?

— Non; il y avait un petit bassin et un robinet dans l'écurie.

— Voilà qui est agréable et commode! je suis sûr que les vaches de monsieur ne *calaient* pas par la bise?

— Non; je n'ai pas remarqué qu'elles eussent moins de lait.

— Ah! c'est une belle chose que la richesse, voisin David! Si j'en avais le pouvoir, je ferais bien placer un petit tuyau et un robinet dans l'étable de la commune. Avec de l'argent, on fait ce qu'on veut, on obtient ce qu'on veut. Ceux qui sont pauvres comme nous deux, voisin David, doivent se contenter de leur position.

— Oui, répondit le jeune homme, mais ils doivent aussi chercher à l'améliorer.

Les bœufs, ayant pris leur provision d'eau pour douze heures, levèrent la tête et restèrent un instant immobiles pendant que leurs muffles laissaient retomber des centaines de gouttelettes dans le bassin; puis ils retournèrent du côté de leur écurie.

— Allons, ma fille, viens! dit M. Ambrezon à sa

Pingeonne, qui s'était fait un ventre comme un tonneau de trois cents pots: allons-nous-en.

La Pingeonne n'était plus jeune. Les anneaux de ses cornes indiquaient douze printemps, depuis les deux premiers: qui ne comptent guère à cette place, en sorte qu'elle avait pu donner à son maître un nombre presque égal de nourrissons, qui tous avaient été menés à la tuerie. Et le vieux régent ne lui sifflait pas moins, deux fois par jour:

> *C'est ainsi qu'l'on descend gaîment*
> *Le fleuve de la vie.*

CHAPITRE XIX

On s'approche, on sourit, la main touche la main,
Et nous nous souvenons que nous marchions ensemble,
Que l'âme est immortelle, et qu'hier c'est demain.
A. DE MUSSET.

Un dimanche après-midi, Louis Cléret vint faire une visite à son ancien ami David. Le premier touchait aux seize ans; le second allait en avoir vingt-deux et demi. Louis trouva David dans sa chambre, occupé à lire. Il pleuvait. Peu de gens étaient allés à l'église le matin. C'est par un temps pareil que les jeunes gens des villages se visitent. On ne travaille pas; il n'y a pas de danse dans les environs; on s'ennuie chez soi; donc, allons voir un peu ce que font Armand, Jules ou Alphonse.

— Tu as une bien jolie chambre, David, lui dit le jeune garçon en entrant: je ne te savais pas si bien logé. Quand est-ce que M. Lebrun l'a fait blanchir?

— C'est moi qui l'ai arrangée, lorsque je suis venu chez lui.

— Est-ce que tu sais aussi le métier de *gypier*[26]?

— Pourquoi pas, quand il ne s'agit que de si peu de chose? De la colle forte, de la chaux et un pinceau, c'est tout ce qu'il m'a fallu. Mets-toi là, Louis, sur cette

26 - [NdÉ] Ou plâtrier.

chaise. Tu es bien aimable de venir me faire une visite.

— J'avais grand besoin de te voir, David, car tu as toujours été bon pour moi. Je me demandais seulement si je t'avais fait quelque peine, puisque tu ne viens jamais chez nous. Voilà bientôt trois mois que tu es de retour aux Marettes, et je ne t'ai vu à la maison qu'en passant, le jour de ton arrivée. Si tu as quelque chose à me reprocher, dis-le-moi.

— Non, rien absolument, mon cher Louis.

— Alors, pourquoi ne viens-tu pas chez nous?

— Personne ne t'en a-t-il parlé?

— Non.

— En ce cas, il vaut mieux que je ne t'en parle pas moi-même.

— Adrien Soulte et Bénédict Charente viennent bien chez nous presque tous les dimanches; pourquoi n'en ferais-tu pas autant, David? Je crois que ma sœur aurait beaucoup plus de plaisir à causer avec toi qu'avec ces deux garçons, qui paraissent l'ennuyer joliment, lorsque leurs visites durent une soirée entière. Puisqu'elle ne se soucie pas d'eux, je ne vois pas pourquoi elle ne le leur dirait pas tout net.

— Es-tu bien sûr qu'elle ne les voit pas avec plaisir?

— Si j'en suis sûr? aussi sûr que je le suis du contraire pour toi, si tu venais.

— Et tes parents, Louis, que diraient-ils à ta sœur s'ils la voyaient parler avec moi?

— Ils lui diraient... je n'en sais rien. Que voudrais-tu qu'ils lui disent? Quand tu étais chez nous, tu lui parlais bien!

— Merci, mon cher Louis, de ta bonne amitié: quand tu auras deux ans de plus, je t'en dirai davantage. Aime seulement bien ta sœur, obéis à ton père et à ta mère, remercie Dieu de n'être pas un pauvre orphelin comme moi.

— Eh bien, c'est justement pour cela que je voudrais te voir chez nous. Ma sœur et toi vous pourriez vous marier, nous travaillerions tous ensemble, et j'aurais au moins quelqu'un avec qui causer, tandis que Tiennon grogne du matin au soir. Nous serions tous heureux, tu ne serais plus le domestique de M. Gaspard; ma sœur ne serait plus triste, et les visites de ces deux amoureux finiraient. Si j'étais à ta place, j'essaierais.

— C'est impossible pour le moment, mon cher ami, et je dois penser que jamais un tel bonheur ne me sera accordé. Tu ne peux savoir ce qu'est la position d'un orphelin pauvre, comme moi. Dieu te fasse la grâce de ne jamais l'apprendre!

— Je ne pouvais plus rester ainsi sans t'en parler, David, parce que je vois bien que ça finira mal avec les autres, ou que si on forçait les sentiments de ma sœur, elle serait toujours malheureuse. Maintenant je voulais aussi te demander si tu voudrais, de temps en temps, *repasser* avec moi mes *tâches* de catéchumène et me faire faire un peu d'arithmétique. Tu me rendrais un véritable service.

— Sans doute, mon cher Louis, avec le plus grand plaisir: tous les dimanches, si tu le veux, et quelquefois, le soir dans la semaine. Mais il faut que ton père et ta mère le sachent et te le permettent.

— À quoi bon? tu ne m'apprends rien de mauvais.

— C'est égal, Louis: mets-moi d'abord en règle de ce côté-là, et viens ensuite quand tu voudras. Tu dois une obéissance complète à tes parents.

Lorsque Louis fit la demande en question, son père répondit d'abord que non, que si Louis avait besoin de leçons, rien n'était plus facile que de l'envoyer l'hiver prochain à la ville, dans une pension.

— David ne doit pas venir ici, dit-il, je ne veux pas qu'aucun de nous lui ait la moindre obligation.

Louis répliqua qu'il n'irait pas à la pension de la ville, puisqu'on ne voulait pas que David lui donnât des leçons.

— Il n'y a qu'à le payer comme il faut, ajouta-t-il, il est

pauvre et a besoin de gagner. Pourquoi ne lui ferait-on pas gagner cinquante francs, au lieu d'en aller dépenser quatre fois plus à la ville?

Le père fut inflexible, il fallut se résigner. Cela se passait en présence de Julie, qui n'ouvrit pas la bouche, tant que Louis fut là; mais, dès qu'il eut quitté la chambre, elle dit à son père que si c'était à cause d'elle qu'il n'accordait pas la permission, il fallait seulement la donner.

— Cela ne changera rien à la position, ajouta-t-elle; vous avez ma parole que je n'épouserai jamais un domestique; je la tiendrai.

— C'est très bien, ma chère Julie, mais si ce refus t'empêche aussi de dire oui à l'autre?

— Cela ne peut avoir aucune influence sur ma détermination, mon père.

— Dans ce cas, que Louis aille chez David: je ne m'oppose plus. Je te montrerai aussi de la confiance, Julie puisque tu en as envers moi. Jamais je ne donnerais mon consentement s'il s'agissait d'un autre individu aussi pauvre que lui. Si tu ne veux absolument ni d'Adrien, ni de Bénédict, qu'il se fasse une position honorable, et alors nous verrons! Jusque-là, rien, non rien, pas même l'épaisseur d'un cheveu en sa faveur. Je sais ce que je me dois à moi-même et à mes enfants. Puis, que Louis fasse attention à sa langue si par hasard il se doute de quelque chose, et enfin qu'il n'y ait aucune conversation, aucun échange de lettres aucun rapport quelconque. Je pense vouloir ton bien et y travailler en te conseillant d'accepter l'une ou l'autre des deux familles qui désirent s'allier à la nôtre. Souviens-toi, Julie, de ce que je te dis là une fois pour toutes.

— Merci, mon père: je serai votre fille; ne craignez aucune faiblesse, aucune trahison de ma part.

On permit donc à Louis Cléret de voir souvent David Charnay, dans la chambre de ce dernier. Ils faisaient de l'arithmétique ensemble, le soir, pendant que les autres jeunes gens jouaient aux cartes dans les écuries. David lui enseigna ce qu'il connaissait du toisé et de la géométrie, ils lisaient ensemble l'*Histoire de la révolution française* de Thiers et maint autre ouvrage solide, entretenant ainsi leur petite instruction et développant leur intelligence. Le dimanche, ils étudiaient les portions de la Bible sur lesquelles les catéchumènes avaient à se préparer, ils en vinrent ainsi à se considérer de plus en plus comme en présence de Dieu, et plusieurs fois, avant de se séparer, ils fléchirent les genoux en secret dans cette chambre solitaire. Louis était un aimable garçon, très affectueux. Il se sentait heureux d'avoir pour ami ce David Charnay, si délaissé par beaucoup de personnes; et quoique l'orphelin eût presque sept ans de plus que lui, il le tutoyait avec bonheur, avec la confiance la plus entière. Ésaïe Cléret avait beau regretter d'avoir été imprudent autrefois en protégeant David et en l'amenant chez lui, il ne se pouvait faire qu'il n'en reçût une bénédiction. Il la refusait pour lui-même: elle retombait sur son fils.

Dans la rue, lorsque les deux jeunes gens marchaient à côté l'un de l'autre, on voyait parfois Louis appuyer sa main sur l'épaule de David, et ce dernier le laisser faire avec lui comme son propre frère. Ainsi le jeune arbre confiant s'attache au fort tuteur que le jardinier lui donne.

Un jour, deux femmes du village s'arrêtèrent près de la fontaine, comme ils passaient:

— Ils s'aiment vraiment comme deux frères, dit l'une de ces femmes. Peut-on voir rien de plus joli que cette affection! — Ne pensez-vous pas comme nous, monsieur Gaspard?

M. Lebrun, qui traversait la rue, se fit répéter la question:

— Nous disions, monsieur Gaspard, qu'on ne peut rien voir de plus intéressant que l'amitié de ces deux jeunes gens: ils s'aiment comme des frères; et nous vous demandions si vous n'étiez pas de notre avis.

— Je ne m'occupe pas tant des autres ni de leurs amitiés, répondit le vieillard, facilement irritable en cette minute; et je trouve que des femmes de ménage ont bien autre chose à faire qu'à rester dans la rue à regarder deux garçons. S'ils s'aiment comme des frères, tant mieux pour eux! *Comme des frères!* il faudrait dire au moins: comme des frères *devraient s'aimer*, car aujourd'hui les frères n'ont plus entre eux la même amitié qu'autrefois. Chacun ne pense qu'à tirer de son côté tout ce qu'il peut de la maison paternelle.

— Mon pauvre monsieur Gaspard, ne vous fâchez donc pas, reprit la femme qui avait porté la parole: nous ne disons que du bien de votre domestique. C'est un gentil garçon et un bon travailleur comme il y en a peu. Ça ne perd jamais un moment et fait marcher les ouvriers! ah! certes, vous avez bien du bonheur d'avoir David chez vous; mais aussi rien de plus juste; vous avez été le protecteur de l'orphelin et vous en êtes récompensé dans vos vieux jours.

— Voyez-vous, madame Hortense, je ne tiens pas du tout à ce qu'on s'occupe de moi et de mes affaires, de ce que je fais ou ne fais pas. Ça ne regarde personne que moi. Si mon domestique se conduit bien et travaille, c'est pour moi et aussi pour lui. Chacun sait ce qui cuit dans sa marmite. Je ne vais pas voir ce qu'il y a dans celle de mon voisin. Votre serviteur.

Les deux femmes se regardèrent en souriant d'un air malicieux, puis, quand Gaspard fut loin, elles reprirent à voix plus basse:

— Avez-vous entendu ce qu'il a dit? «Il travaille pour moi et aussi pour lui,» *et pour lui, et pour lui!* Aurait-il bien l'idée de lui donner son héritage?

— Pour lui donner le tout, je ne le crois pas: ces vieux hommes de l'ancien régime tiennent trop à leur famille. Quand même il grogne souvent contre ses nièces et leurs maris, vous verrez bien qu'il ne les oubliera pas au dernier moment. Le sang parle toujours.

— Croyez-vous qu'il sache pourquoi David ne va plus chez Zaï Cléret?

— Il est assez fin pour se douter de l'affaire, et c'est peut-être pour cela qu'il n'aime pas qu'on lui parle de son domestique.

— C'est possible; mais soyez sûre, Hortense, qu'il n'est pas fâché sérieusement quand il paraît ainsi en colère. Au fond, il est bon, ce vieux *Sturler*: l'autre soir, je le vis entrer chez le pauvre *Mâtolon* avec un panier de châtaignes et une bouteille de vin. On m'a assuré qu'une autre fois il lui avait porté lui-même deux livres de café et une livre de sucre. On peut bien lui pardonner ses accès de mauvaise humeur.

— C'est ce que je dis souvent à nos hommes, Françoise. Voilà un pauvre vieux (je dis *pauvre*, parce qu'il m'intéresse, car on sait bien qu'il est riche), voilà donc un pauvre vieux, sans femme ni enfants: il est tout seul avec cette *môme* de Jeannette qui n'ouvre pas la bouche de tout le jour; ça doit le rendre triste. *Mal dommage* s'il prend de l'humeur quand on le contrarie. Moi, je trouve qu'il est à plaindre. S'ils étaient à sa place, ceux qui le blâment ne le vaudraient pas. — Alors donc, ce David pense toujours à la Julie. Quoiqu'il n'en dise rien, cela se voit assez. C'est bien fâcheux pour lui d'être si pauvre! Si Gaspard lui donnait seulement la moitié ou le quart de son bien, peut-être que Zaï consentirait; mais vous verrez qu'il n'en fera rien; et d'ailleurs il peut vivre encore quinze ans, s'il devient aussi vieux que son grand-père Moïse; et la Julie n'attendra certainement pas d'avoir trente-cinq ans avant de se marier. Adrien Soulte est un bon garçon! et riche, allez seulement!

— Moi, je préférerais Bénédict Charente: il me semble qu'il a, comme ça, quelque chose de plus gaillard dans le caractère, et il se tient plus droit. Quand il marche sur le pavé, il fait craquer les talons de ses bottes comme un vrai cavalier. Mais voilà que j'oublie ma soupe, tout en causant. Bonjour, Hortense. Je suis sûre que nos hommes vont crier comme des aigles, si la soupe n'est pas prête à leur arrivée. Ainsi, au revoir!

CHAPITRE XX

Le ciel, couvert de nuées blanches et sans consistance,
s'éclaircissait subitement sur quelques points, et en
s'ouvrant ainsi pour peu d'instants, les nuages laissaient à
découvert un ciel bleu et limpide, semblable à
un œil doux et intelligent.
IVAN TOURGUENEFF.

ers la fin de l'année, la situation générale, à l'extérieur du moins, était la même pour tous. David conduisait très bien les cultures des terrains de M. Gaspard, et celui-ci, de plus en plus, le laissait faire. Chez les Cléret, Julie et son frère se témoignaient une franche amitié; le père gardait un sac de deux mille francs pour le trousseau prochain de sa fille, comme si Julie eût déjà promis sa main à l'un de ses deux prétendants acceptés par lui. — M. Ambrezon prévoyait le cas, très prochain, de sa retraite définitive, et du remplacement de sa vieille Pingeonne par une jeune vache ayant de bonnes marques à lait que lui seul connaissait. Ces deux événements auraient lieu en même temps que la visite annuelle de l'école, un peu avant Pâques. L'ivrogne Gloux réduit *à la dernière*, par suite de son ivrognerie, de sa paresse et d'une mauvaise administration, devait mettre sa petite campagne en vente à la même époque, s'il ne voulait en être exproprié par son créancier. Jean

Nantherbe pesait 240 livres; la vie oisive qu'il menait au cabaret, la nécessité de boire avec une quantité de personnes, l'avaient engraissé à la longue sans qu'il y prit garde dans les commencements. Maintenant il regrettait le temps où, fort et agile il pouvait travailler au soleil sans risquer de se fondre en eau[27]. Il n'osait presque plus manger; et, continuant à boire, il allait devenir sans doute toujours plus énorme.

Le 25 mars de l'année suivante, Louis Cléret fut admis à la sainte cène et quitta les écoles. M. Ambrezon fut remplacé, comme régent, par un jeune instituteur tout frais arrivé d'une école normale et porteur d'un brevet de capacité. Le vieux routinier lui donna maint conseil sur la manière de sonner la cloche de se tenir raide et droit en marchant dans le village, de saluer les gens par leur nom en entamant tout de suite une conversation avec eux. Le nouveau venu remercia son prédécesseur et n'en fit que mieux à sa tête, selon sa méthode, déjà toute classée dans son esprit.

Depuis un mois, David Charnay était majeur. M. Gaspard se disposait à lui rendre ses comptes de tutelle au premier jour. Adrien Soulte touchait aux vingt-quatre ans; Bénédict Charente en avait deux de plus, et Julie vingt en tout, bien comptés.

De temps immémorial, les campagnards ont l'habitude de choisir le jour de la fête dite de *l'Incarnation* ou vulgairement de la *Dame*, pour greffer en fente les arbres sauvages. On les voit, la terre glaise d'une main et les branchettes de l'autre, enter les poiriers, les pommiers, les cerisiers, dans les vergers et le long des chemins. Ce même jour, le boursier Soulte vint en personne chez les Cléret demander Julie en mariage pour son fils. Le moment était venu de l'établir; il lui donnerait une maison et vingt poses de terre en avancement d'hoirie. Ésaïe ferait ce qu'il voudrait pour sa fille, mais Soulte pensait pourtant, qu'outre le trous-

27 - [NdÉ] C'est-à-dire suer en abondance...

seau, il pourrait bien lui remettre cinq à dix mille francs, qu'Adrien assurerait à sa femme sur sa future propriété. Une fois décidé, le mariage pourrait avoir lieu, ou tout de suite après la moisson, en août; ou bien en octobre, aussitôt qu'on aurait du vin nouveau; mais, en tout cas, pas plus tard que le dernier terme.

À cette proposition, Ésaïe répondit que le plus difficile était d'obtenir le consentement de sa fille.

— Je me charge de lui en parler tout de suite, reprit le boursier: appelez-la.

On fit venir Julie.

— Vois-tu, ma chère Julie, lui dit-il, nous sommes là, ton père et moi, occupés du sort de nos enfants. Ta mère et ma femme sont d'accord avec nous, Adrien serait venu lui-même, mais j'ai tenu à lui porter la bonne nouvelle qu'il attend, après quoi il sera bientôt ici. Tu sais qu'il n'a pas d'autre idée depuis un an et davantage. Vous serez chez vous, dans votre maison, et rien ne vous manquera. N'est-ce pas, chère Julie, nous sommes bien tous d'accord?

Julie, excessivement étonnée, regarda son père et sa mère, qui ne disaient rien. Et comme ils continuaient à garder le silence, elle prononça lentement ces paroles:

— Monsieur Soulte, je n'ai jamais fait la moindre promesse à votre fils; et moins que jamais je ne pourrais lui en faire une aujourd'hui. Je croyais qu'il l'avait suffisamment compris.

— Vous le refusez donc?

— Oui, monsieur.

— Qu'avez-vous contre lui?

— Rien absolument.

— Peut-être, dit Soulte, en mettant son chapeau sur l'oreille d'un air grossier, peut-être que vous l'accepteriez s'il n'était qu'un pauvre domestique?

— Pas davantage, répondit Julie en le regardant fixement.

Puis elle sortit.

Ésaïe Cléret et Soulte restaient muets.

— Je vous avais prévenu que c'était inutile de lui parler de cette manière, dit Mme Cléret, maintenant, comme je la connais, c'est fini.

— Tout à fait fini, reprit Soulte. On n'en parlera plus. Adrien trouvera bien une autre fille. Mais c'est dommage que tout ceci ait manqué, car l'arrangement que je vous offrais convenait à tous. — Tu ne pensais guère, ami Zaï, lorsque tu amenais l'orphelin chez toi, il y a sept ans, qu'il te jouerait un tour pareil, hein? Tu n'as pas eu la main heureuse en t'occupant de ce garçon, contre lequel, du reste, je n'ai rien à dire. Mais voilà pourtant ce que c'est que d'être trop *bon-enfant*.

Ayant dit cela, Soulte s'en alla chez lui. À peine y arrivait-il, que Bénédict Charente entrait chez les Cléret. Lui aussi venait faire sa demande, mais en son propre nom. Plus habile, pensait-il, que son compétiteur Adrien, il voulut parler lui-même à Julie, pensant que ce lui serait chose facile. Mais le pauvre garçon s'embarrassa dans son discours; il balbutia, et, ne sachant plus où il en était, il fini par dire que son père viendrait tout expliquer lui-même un autre jour.

Julie, déjà bien émue par ce qui venait d'avoir lieu avec M. Soulte le remercia et lui dit qu'il n'y avait pas d'explication à donner, que le mieux était de rester bons amis sans plus jamais parler de mariage.

— Est-ce que vous avez donné votre parole à Adrien? lui demanda Bénédict.

— Je n'ai donné ma parole à personne, répondit-elle, et ne la donnerai probablement jamais.

Bénédict Charente, fils, dut se contenter de cette réponse qu'il porta telle quelle à son père. Et quand la journée fût finie, Zaï, triste et découragé, ne put s'empêcher de dire à Julie:

— Oui, quand je vois comme tu prends les choses, la vie m'est à charge; je n'aurai que du chagrin avec toi. Après tes deux refus d'aujourd'hui, aucun parti convenable ne se présentera: tu resteras vieille fille. Et voilà ton frère qui n'a de goût et d'amitié que pour ce misérable orphelin dont je n'aurais jamais dû m'occuper, puisqu'il me rend le mal pour le bien que je lui ai fait.

— Mon cher père, dit Julie, quel mal David vous a-t-il fait?

— Quel mal? il m'a pris l'affection de mes enfants, il empêche, par sa présence au village, le bonheur de ma fille; il nous rendra tous malheureux. À quoi sert-il d'avoir la fortune, s'il faut se voir à la merci d'un chétif domestique?

— Mais, mon père, David nous a-t-il jamais rien demandé? avant d'avoir l'héritage de l'oncle Amédée, vous le traitiez avec tant d'amitié, comme votre propre enfant! Vous a-t-il désobéi dès lors? avez-vous eu besoin de lui parler pour lui donner les ordres auxquels il s'est de lui-même soumis? Soyez juste, cher père, envers un orphelin qui, j'en suis sûre, vous aime beaucoup et voudrait pouvoir vous prouver sa reconnaissance si cela lui était possible.

— Ah! qu'il nous aime, — qu'il t'aime, toi, ce n'est malheureusement que trop certain, et que tu... Mais ça suffit Julie; la vie m'est amère, et je regrette le temps où nous avions tout juste de quoi vivre, où ton frère et toi n'étiez que des enfants. Maintenant, nous sommes malheureux et tout cela vient de mon trop de bonté, de mon impardonnable faiblesse.

Julie, en ce moment, était seule avec son père elle se jeta à son cou, mais sans rien dire, et couvrit ses joues de larmes et de baisers.

— Laisse-moi, laisse-moi, répétait-il. Je suis malheureux, nous sommes malheureux, nous serons toujours malheureux.

— Non, mon père, vous ne serez pas malheureux. Chacun de nous fera son devoir, et Dieu dirige toutes choses. Si nous pensions davantage à la vie éternelle, nos pauvres cœurs ne seraient pas si facilement agités et tremblants. Peut-être cette vie est-elle plus près de nous, beaucoup plus près de moi, que vous ne le pensez.

— Oui, je te conseille de me faire entrevoir un pareil malheur. Ne suis-je pas déjà assez écrasé par le poids de la vie présente? Il ne manquerait plus que cela pour me faire mourir de chagrin.

Julie ne répondit pas: les bras toujours passés autour du cou de son père, elle leva les yeux au ciel pour implorer le divin secours de Dieu.

Ô vie éternelle! vie des anges et des esprits bienheureux! la pensée de l'homme naturel ne peut s'élever jusqu'à toi. Elle se traîne ici-bas sur les choses de la terre. Pour te comprendre, pour te désirer, il faut avoir senti le fardeau du péché et fait sa paix avec Dieu, par Jésus-Christ. Il faut que cette déclaration du Sauveur soit devenue vivante dans l'âme régénérée: *le monde passe avec sa convoitise, mais la Parole de Dieu demeure éternellement.* Et que servirait-il à un homme de gagner le monde entier s'il fait la perte de son âme?

Être bon, être honnête, juste, aimable, d'après les maximes des hommes, c'est déjà beaucoup: c'est, pour ce monde, ce qui constitue la vertu. Aux yeux du Saint des saints, il faut autre chose pour avoir droit à la vie éternelle. Il faut se reconnaître pécheur devant lui, saisir par la foi le moyen de salut qu'il nous offre, et montrer, par une conduite vraiment sainte, que le chrétien aspire au glorieux titre d'enfant de Dieu. Alors, la vie éternelle commence déjà ici-bas, et elle va se perfectionnant de jour en jour, jusqu'à ce que le racheté de Jésus-Christ reçoive la pleine possession de la félicité céleste.

Heureux quiconque est entré par la porte étroite, dans le chemin nouveau tracé par le Seigneur! Plus il ira en avant, plus il comprendra ces deux grandes vérités inconnues à l'homme naturel: Dieu est saint; — Dieu est amour.

CHAPITRE XXI

— Pensez-vous qu'il y ait un moyen de sortir de là?
— Je l'ignore; on peut essayer.

O n sut bientôt dans le village des Marettes et à Remosse que Julie Cléret avait refusé deux des plus riches partis de ces localités. Lors même que les murs ne parlent pas, on peut être sûr que les langues font leur office. D'ailleurs, le fait que les deux jeunes gens avaient cessé leurs assiduités était par lui-même assez significatif. Cela rendit David Charnay très heureux, sans doute, mais en même temps fort soucieux de son avenir. — Son tuteur lui remit le compte qu'il lui devait: en sept ans, les épargnes de David, grâce au cumul d'intérêts, s'étaient élevées à la somme de douze cents francs de Suisse, en y comprenant les 160 francs produits par la vente du mobilier de la Combe-aux-Rocs. Douze cents francs! hélas! c'est bien peu de chose à offrir à Julie: et pourtant cette somme est considérable, vu le point de départ de l'orphelin. Mais ce dernier aura sans doute un meilleur trésor à mettre aux pieds de sa bien-aimée. Nous allons le voir à l'œuvre prochainement.

Ces jours-ci, David est occupé à creuser un fossé profond, dans un pré humide que M. Gaspard possède tout à côté de la propriété de Gloux. Par parenthèse, la vente de celle-ci est affichée au pilier public des Marettes, pour le 30 avril, soit dans trois semaines. David fait là-bas un ouvrage pénible, avec deux ouvriers. Ils percent un banc de terre glaise, qui retient les eaux supérieures et fait ainsi du pré M. Gaspard un demi-marais, de nature froide, comme tout le bas des terrains de Prosper Gloux. La tranchée une fois ouverte, ils y feront une *coulisse* et rempliront le dessus de cailloutis, pour absorber les eaux stagnantes des environs. Le drainage tout moderne a simplifié ces travaux; mais je ne sais si, plus tard il les vaudra. Quoi qu'il en soit, David, au fond de ce fossé pensait à toutes sortes de choses. Un soir, en rentrant à la maison, M. Gaspard lui dit qu'il faudrait aller le lendemain à la tuilerie de *Ravandes*, pour y chercher un char de *carrons*, qui serviraient à établir le canal au fond du fossé. — En même temps, lui dit-il, tu t'informeras s'il y a des tuiles et quand on peut en aller chercher. N'est-ce pas une infamie qu'il n'y ait pas une seule tuilerie dans nos environs, et qu'il faille aller avec des boeufs, à deux grandes lieues pour trouver un misérable char de tuiles? Et encore, de la tuile qui ne vaut rien, qui est remplie de pierres à chaux, grossière, mal cuite, toute de travers, de la tuile qui se fuse en hiver et qui coûte le lard du chat. David, tu partiras donc de grand matin: le char est prêt. Tu prendras 500 *plots* et tu retiendras 700 tuiles. Tâche d'avoir au moins ce qu'il y a de mieux.

David fit ses préparatifs, se coucha de bonne heure et ne ferma pas les yeux de toute la nuit. Une idée venait de germer dans sa tête, et cette idée, forte, puissante, il la devait aux quelques mots sortis de la bouche de son tuteur. Celui-ci ne se doutait guère de l'enfantement qu'il avait provoqué en se livrant à la fantaisie de son humeur bizarre. Dans la vie d'un jeune homme (et je vous l'affirme avec sérieux), il suffit parfois d'un seul mot, pour imprimer une direction d'une importance capitale, en bien ou en mal. Longtemps avant le jour,

David s'assit dans le char, sur une botte de foin, et partit avec les bœufs pour la tuilerie de Ravandes. En passant près du fossé en question, il s'arrêta et se rendit à la place où il savait que la glaise était rejetée sur le bord. Il en pétrit une boule assez grosse, de glaise bleue d'abord, puis ensuite une autre blanchâtre, et les porta sur le char. Arrivé à Ravandes, il trouva comme maître mouleur un de ses anciens camarades de la Combe-aux-Rocs, avec lequel il refit bonne connaissance. Quand son chargement fut fait, il le prit à part lui demanda s'il voudrait lui faire quatre ou cinq tuiles avec les deux boules de glaise qu'il avait apportées. L'autre répondit qu'il allait les faire tout de suite, afin qu'elles eussent le temps de sécher, pour être mises au four à la prochaine cuite, dans huit jours. David les trouverait prêtes lorsqu'il viendrait chercher les sept cents arrê-tées; et pour qu'il n'y eût pas d'erreur possible, il les marquerait de son propre nom, *David Charnay*. Le mouleur pétrit la terre, le mélange comme il jugea convenable, ajouta la quantité de sable fin voulue, et bientôt quatre tuiles fraîches furent déposées sur des planchettes, au séchoir général. Quinze jours après, quand David revint, il les trouva cuites.

— Ta terre est excellente, David, lui dit le mouleur, plus maigre que la nôtre elle donne une tuile légère et jaunâtre, qu'on estime beaucoup. Vois-tu, quand la *circonstance* rend un son clair et net, comme celle-ci, on ne peut rien trouver de meilleur. Tu m'en donneras des nouvelles.

David cacha les quatre tuiles dans sa chambre. Le lendemain, il eut avec M. Gaspard la conversation suivante.

— Tu me demandes de venir causer un moment avec toi dans ta chambre, dit M. Gaspard, pendant que les ouvriers se reposent: il me semble que tu aurais bien pu te reposer aussi comme eux. Si tu as quelque chose à me dire, ce ne doit pas être si pressant qu'on ne puisse attendre à dimanche.

— Pardonnez-moi si je vous dérange, mais je tiens à vous parler le plus tôt possible d'un projet qui est très sérieux. Il faut que nous y pensions promptement, vous et moi, et que nous prenions une résolution importante.

— Voyons donc ce que c'est, David; mais je te déclare que je n'écoute rien si tu as l'intention de te marier à présent.

— Non, bien cher tuteur, non, je ne pense point à me marier maintenant; j'ai bien autre chose à faire. Je devrais commencer par vous rappeler tout ce que vous avez été pour moi, et fait pour moi, depuis plus de sept ans. Je ne dirai qu'un seul mot: vous m'avez servi de père.

— Explique-toi, David; il ne s'agit pas de cela.

— Voici donc ce que je veux vous communiquer. Je suis dans ma vingt-quatrième année; grâce à Dieu, j'ai une bonne santé, suffisamment d'intelligence pour ce que je fais, et le désir de remplir mon devoir ici-bas.

— Personne ne te fait de reproches sur cela; explique-toi.

— Si mon devoir ne consistait qu'à continuer tranquillement ce que je fais chez vous, Dieu m'est témoin que je ne penserais point à autre chose. Vous êtes bon pour moi; je me trouve heureux sous votre toit, et je ne désirerais rien de plus que d'y rester, tant que le voudriez. Mais la vie ne peut être pour moi ni aussi simple ni aussi facile. Elle prend chaque jour un caractère plus sérieux, par suite de ce que j'ai là, dit-il en mettant la main sur sa poitrine. Ce que je porte là, partout avec moi, je ne puis l'ôter et maintenant il en résulte un devoir si positif, si impérieux, que je dois tout faire pour l'accomplir. Vous aurez appris peut-être que Julie Cléret vient de refuser les deux plus riches parties de la contrée: vous savez depuis longtemps que son père m'a en quelque sorte *barré* l'entrée de sa maison, quoique je n'aie pas eu une seule conversation avec Julie depuis deux ans.

Je ne puis connaître les sentiments de Julie, mais celui que j'ai pour elle m'impose l'obligation de faire tout ce qui dépend de moi pour acquérir, par mon travail, une position indépendante qui me permette quelque jour, dans dix ans s'il le faut, de lui offrir de la partager. Vous avez un caractère trop noble et trop désintéressé pour ne pas m'encourager vous-même dans un tel dessein.

— Noble! noble! un beau noble, ma foi!, mais dépêche-toi de t'expliquer.

— C'est à vous, mon cher tuteur, que je dois la première idée de ce que je veux entreprendre, et sans vous, je ne puis rien, ou bien peu de chose. La vente de la propriété de Glou aura lieu dans trois jours. Or, en creusant le fossé de votre pré qui la touche, je me suis assuré que toute la partie basse de son terrain se compose d'un banc de terre glaise d'une épaisseur considérable et d'une qualité parfaite. Si vous voulez m'aider à acheter cette propriété, j'établirai là une tuile-rie excellente, dont les produits se vendront sans difficulté. Vous avez dit vous-même que c'était une honte pour la contrée de n'avoir pas une tuilerie. La plus rapprochée est à deux lieues de nous, et, vous le savez, sa marchandise n'est pas de première qualité. Je n'ai en ma possession qu'une petite somme de douze cents francs, tout à fait insuffisante: voulez-vous acheter la maison et le terrain de Gloux pour moi? je vous hypo-théquerai le tout: il me semble que vous pouvez avoir confiance, soit dans ce que je puis faire, soit dans la droiture de mes intentions. Si vous me refusez, je vous demanderai la permission d'aller en parler demain à M. de Tresmes, qui peut-être serait assez bon pour me donner un coup de main dans cette occasion. La propriété de Gloux telle qu'elle est, et précisément à cause de la base d'argile, se vendra peu de chose: cinq à six mille francs au plus. Si vous voulez bien l'acheter pour moi, aussitôt l'affaire conclue, je me cherche un bon remplaçant pour votre maison, et je ne vous quitte que lorsqu'il est parfaitement en état de vous satisfaire. Après cela je pars pour la Combe-aux-Rocs, où je vais apprendre mon futur métier chez l'ancien patron de mon père, M. Martin Planairon. J'y reste le temps nécessaire: trois mois, six mois, peu importe, mais j'apprends le métier du commencement à la fin. De retour ici, je consacre mes douze cent francs à la construction d'un petit four et des séchoirs, puis je me mets à l'œuvre immédiatement. — Voilà mon plan. Vous seul en avez le secret: me viendrez-vous en aide?

— Es-tu bien sûr que cette terre soit bonne pour la tuile? car c'est ici la grande question.

— En voici la preuve.

David sortit les quatre tuiles de leur cachette et les présenta successivement à M. Gaspard, en lui expliquant de quelle manière il les possédait.

Les yeux du vieillard brillèrent d'une sorte de joie un peu farouche en tenant ces premiers échantillons secs et sonores, et ses fortes mains de paysan tremblaient d'émotion.

— La tuile est bonne, dit-il, seulement ils la font trop mince. Il y a quarante ans, les moules étaient plus forts et plus larges. Les tuiliers sont comme les autres fabricants, ils....

M. Gaspard s'arrêta tout à coup dans ce qu'il voulait dire; il prit un marteau sur la table de David, en frappa une tuile, dont les morceaux compacts, au grain fin et serré volèrent en éclats dans la chambre.

— La tuile est bonne, reprit-il lentement. Puis il s'assit. Après un moment de silence, il commença à parler avec son animation habituelle.

— David, dit-il, tu viens de me faire passer un mauvais quart d'heure. Je ne m'attendais certes pas à un pareil événement. Je croyais, au contraire, que tu passerais tes jours avec moi jusqu'à ce que je retourne vers mon père, et voilà que tu veux me quitter. Est-il donc impossible d'ôter de ton cœur ce qui te pousse à une entreprise semblable?

— Impossible, cher monsieur Lebrun.

— Le diantre soit des amoureux! Quand j'ai demandé ma femme en mariage, si elle m'avait refusé, je l'aurais bien vite oubliée. Si tu prenais mon bien à ferme, crois-tu qu'on pourrait parler à Zaï?

— Je ne demanderais certes pas mieux; mais branlant la tête, il ajouta tristement: Un petit fermier ne lui conviendrait pas pour gendre. D'ailleurs, j'ai foi dans ce que je vous propose: pourvu que j'aie la bénédiction de Dieu, santé et un appui, je réussirai.

— Qu'il en soit donc ainsi! répondit Gaspard. C'est assez causé pour aujourd'hui. Cette conversation m'a coupé les jambes. Va chercher une des bouteilles que tu m'as donnés; tiens, voilà la clef, et apporte deux verres ici.

David courut à la cave et apporta les verres. En rentrant dans sa chambre, il trouva Gaspard le visage couvert de sueur, comme s'il eût déchargé vingt quintaux de foin par une ardente chaleur.

— Ah! tu m'as fait passer là un terrible quart d'heure, David, avec ta tuile et tous tes projets. On a bien raison de dire qu'on ne sait pas à quoi l'on s'expose quand on s'engage avec un orphelin. Je me félicitais de t'avoir chez moi, et voilà qu'au bout d'un an tu décampes. Tous ceux qui se sont occupés de toi, — fais bien attention à cela, David, — en ont eu des regrets. Voilà ce Zaï qui ne peut plus te voir parce que sa fille t'a trop regardé quand tu lui donnais des leçons; — voilà Soulte et Charente renvoyés à la semaine des trois jeudis, — voilà M. de Tresmes chagriné de ton départ de la Fustaie, — M. Ambrezon forcé de prendre sa retraite, parce qu'on a vu, depuis toi, qu'il en était encore au b-a-ba. Et moi, le dernier de tous, il faut que je te prête de l'argent et que je m'accoutume à un nouveau domestique. Tout cela n'est pas agréable, conviens-en. — Ce qu'il y a de plus fâcheux encore, c'est que tu n'aies jamais pu t'ôter *de l'esprit* ce qui te tient tant au cœur. — À ta santé, David! et Dieu veuille que tu réussisses! Quant à Julie Cléret, je n'ai que du bien à dire d'elle. C'est une fille qui montre du caractère et qui a de la dignité. Je sais qu'elle a dit à son père que jamais elle n'épouserait un *domestique*. Ce propos m'a touché le cœur, je dois l'avouer. Aussi, je serais bien aise pour elle que tu réussisses. Cette affaire de Gloux, comme tu dis, peut valoir cinq mille francs pour un agriculteur. Il faudra la pousser jusqu'à six mille, et si on demande comment tu penses payer, tu répondras: en passant acte, le terrain étant remis franc de toute charge et hypothèque. Donne-moi encore un demi-verre. Bois si tu veux.

— Non, cher tuteur, laissez-moi vous dire au moins une partie de ce que je sens pour vous....

— Veux-tu me faire un plaisir?

— Oui, sans doute.

— Eh bien! tais-toi; c'est assez causé. Voilà les ouvriers qui se lèvent. Tu reviendras seulement pour traire. je ferai boire le bétail. Va faire la *pâture* avant de retourner à l'ouvrage.

CHAPITRE XXII

À cinq mille deux cents francs, pour la première!

La victoire que David venait de remporter sur lui-même et sur son tuteur ne le jeta point dans un sentiment d'orgueil qu'on peut naturellement supposer à un homme de son âge. C'est que l'orphelin était, avant tout, reconnaissant. Il dépendait de tous et surtout de Dieu. Son âme fut gardée de cette élévation qui, très souvent, cause la perte de ceux qui l'accueillent et la nourrissent dans le cœur. Si David était ferme dans sa conduite, Dieu lui avait fait la grâce d'être humble. — Tout en secouant le foin dans la grange pour en dégager la poussière, il se sentait fortement ému par la bonté de son ancien tuteur. Il comprenait tout ce qu'il devait à ce vieillard, que tant de personnes ne jugeaient que sur sa rude écorce et ses paroles intempestives. — Quand il eut fini d'arranger le foin et le regain, il rentra chez lui, ferma sa porte et passa un bon moment à genoux devant Dieu. Il prit encore conseil de lui, rendant grâces avec effusion de cœur. — Maintenant, la vie allait être sérieuse; toutes les forces physiques et morales d'un homme bien doué seraient employées à l'œuvre qu'il méditait: «Sagesse, activité, persévérance et prudence, ô Dieu, mon Père céleste, donne-moi tout! garde-moi dans l'humilité envers tous et dans la reconnaissance.»

C'est ainsi que David s'entretenait avec Celui dont les yeux sont toujours ouverts sur ceux qui l'invoquent sincèrement.

Quant à Gaspard, il allait et venait autour de sa maison, comme quelqu'un dont la tête travaille fortement. On aurait eu beaucoup de peine à obtenir de lui une de ses boutades si fréquentes à l'ordinaire. Il avait ouvert son bureau et s'était assuré qu'il possédait, dans les quatre tiroirs à secret, la somme nécessaire à l'achat de la grenouillère de Gloux, comme il l'appelait. Cette somme provenait d'un remboursement reçu le mois passé et qui l'avait fort ennuyé. Il se parlait ainsi à lui-même: «Rien de plus juste que David devienne possesseur du terrain de Gloux, puisqu'il a beaucoup travaillé et que Gloux n'a jamais rien fait que boire. Si cette terre est bonne pour la tuile, rien de plus naturel que de s'en servir, puisque nous n'en avons pas dans la contrée. Zaï va être joliment attrapé, si ça réussit. Et cette pauvre enfant sera-t-elle joyeuse! Quelle singulière chose que ce monde pourtant! Celui qui n'avait rien, ni feu ni lieu, est en bon chemin; et celui qui possédait, n'a plus que la misère. Voilà mes nièces et leurs maris qui ne viennent me voir que lorsqu'ils ne peuvent faire autrement, ne me témoignent que fort peu d'amitié, peut-être intéressée, et voici un orphelin qui se mettrait au feu pour moi, j'en suis sûr. Ah! ah! cette tuilerie va-t-elle occuper la langue de nos gens! Il me semble les entendre. Mais David n'en est pas encore là. Le pauvre garçon a terriblement d'ouvrage sur les bras, avant de livrer sa marchandise à vingt francs le mille (qu'il la mette *seulement* à vingt-deux francs). Quant à moi, je n'ai rien de mieux à faire qu'à placer mon argent sur cette entreprise. D'ailleurs, sans ce que j'ai dit des tuiles, David n'aurait peut-être jamais pensé à son projet.»

Le jour de la vente arriva. Il fit beau temps, ce qui

retint un grand nombre de curieux à leurs occupations de campagne. Peu de gens vinrent à la mise: Gloux d'abord, et son notaire; puis Gaspard et David; Soulte le boursier; Zaï Cléret et M. Ambrezon. Quelques autres personnes se trouvaient aussi dans la chambre à boire, où se faisaient les enchères publiques. — À l'heure fixée, le notaire lut à haute voix les conditions. Un mas de terre en pré naturel et champ, maison comprise, de la contenance totale de trois mille deux cents toises[28] de l'époque (ou perches actuelles). L'acheteur devait payer comptant, ou se mettre en lieu et place du vendeur, pour la somme hypothéquée, si le créancier y consentait. — Mise à prix, cinq mille francs de dix batz pièce.

— À cinq mille francs! répéta le crieur public.

— Il faudrait avoir bien des mille francs de reste, pour en mettre cinq à cette froide *tantare*[29].

Ces quelques mots furent prononcés à voix basse par Soulte le boursier. «Si cela en vaut quatre, c'est tout», ajouta-t-il.

À cinq mille francs, répéta le crieur. Personne n'enchérissait.

— Si l'herbe qui croît dans la campagne de M. Gloux était productive pour le lait des vaches, dit M. Ambrezon, le prix ne serait pas trop élevé. Pensez-vous, monsieur Gaspard, qu'on puisse nourrir deux vaches pendant toute l'année avec les fourrages de la campagne *à* M. Gloux? Je croirais assez qu'au bout de huit mois les *soliers* seraient vides. Ce foin d'herbe plate, par hasard, nourrit bien, mais il fait donner peu de lait, surtout dans la saison froide.

— Puisque vous faites la demande et la réponse, monsieur Ambrezon vous en savez plus que moi.

---

28 - [NdÉ] Mesure de surface (et de longueur) en usage avant la Révolution. La toise suisse équivaut à 3,24 m^2.

29 - Expression locale, synonyme de *terrains ingrats*, *champs abandonnés*.

— À cinq mille francs, répéta le crieur.

— Criez *voir* à quatre mille huit cents, dit Soulte.

— À quatre mille huit cents francs, pour la première.

— À cinq mille francs, riposta David.

Tous les yeux se tournèrent du côté de l'orphelin. Soulte lui lança un regard terrible, croyant sans doute qu'il enchérissait pour lui faire pièce.

— C'est un peu fort, dit-il, les gens qui n'ont pas le sou se mêlent d'acheter des campagnes. — À cinq mille dix francs!

— À cinq mille dix francs, pour la première.

— À cinq mille cent, dit David.

— Cinq mille deux cents! cria Soulte comme un vrai furieux.

— Cinq mille cinq cents, reprit avec calme le premier.

— Cinq mille cinq cents! monsieur David, tu peux garder l'affaire pour ton compte. C'est mille francs de trop. Cela t'apprendra à vouloir miser sur les autres.

Là-dessus, Soulte se leva, enfonça son chapeau de travers et sortit de la salle. Personne ne disant plus rien, les terrains et la maison furent adjugés à David Charnay pour le prix de cinq mille cinq cents francs.

— Comment paierez-vous? demanda le notaire.

— Comptant, en passant acte dans la journée, si cela vous convient.

Le notaire et Gloux passèrent dans une chambre voisine, d'où ils revinrent au bout de peu d'instants; le premier prit la parole.

— Comme nous ne savons pas, dit-il, si vous êtes en mesure de payer en passant acte, M. Charnay, mon client désire que cet acte soit prononcé aujourd'hui même.

— Tout de suite, monsieur, si cela vous convient. Je vais chercher l'argent, qui restera déposé en vos mains jusqu'à la libération de l'hypothèque.

— Eh bien! allez. Je vais commencer la rédaction de la minute.

Deux heures après, l'acte de vente, lu publiquement, était signé de part et d'autre.

Dans la prévision d'une solution pareille, Gaspard avait mis la somme dans l'armoire de David, qui en gardait la clef.

Les assistants restaient ébahis. Nantherbe apporta un bouquet de géranium à David et une fine bouteille sur la table. Zaï fit mine de se retirer, mais Gaspard le retint par sa veste en lui disant: — Tu resteras là! et, que diantre! je veux trinquer avec toi une fois. C'est moi qui paie le vin, Nantherbe, versez-en à tous.

M. Ambrezon se rapprocha aussi. Il tendit la main à son ancien écolier et lui fit un petit discours de circonstance:

— À votre bonne santé et conservation David, lui dit-il. Je souhaite que vos entreprises réussissent. Par ainsi voilà M. Gloux, ici présent — à votre santé, monsieur le notaire! — voilà donc M. Gloux qui vous cède sa propriété. Si l'herbe n'avait pas été d'une nature si froide, j'aurais ajouté 50 francs à la mise; mais en considérant toutes choses, et surtout le plaisir de vous voir acheter ce bien, j'ai renoncé à mon idée. Il m'aurait fallu emprunter les trois quarts de la somme. Dans ma position, c'est une chose *conséquente*, fort conséquente. Par ainsi donc, ami David, vous voilà propriétaire. Une gentille petite femme, qui aurait aussi économisé ses gages comme vous, trouvera là une agréable position. Par exemple, la maison est vieille, bien délabrée; les crèches des vaches sont en mauvais état. Il faudra dépenser encore bien de l'argent pour remettre tout cela en ordre. Avez-vous l'intention de tenir plus d'une vache? Une bonne et forte vache, bien marquée pour le lait, fait une belle rente à son maître. — À votre santé, messieurs, et toute la compagnie!

Zaï, très silencieux, dut choquer son verre avec David, comme les autres. Il le fit d'un air distrait, mais il put, s'il le voulut, remarquer le tremblement avec lequel l'orphelin repoussé par lui rendait la silencieuse salutation.

— Vous n'avez plus besoin de mon office, M. Gloux, dit le notaire. Dès demain, M. Charnay prend possession de l'immeuble vendu. Messieurs, j'ai l'honneur de vous saluer. M. Charnay, auriez-vous l'obligeance de m'aider à porter cet argent dans le caisson de mon char?

— Très volontiers.

En entassant les sacs d'écus (on n'avait pas alors de billets et l'or était rare), le notaire félicita David sur son acquisition.

— L'affaire est très bonne, dit-il, pour un travailleur. Et quand on peut payer comptant, ce n'est jamais trop cher. Ce pauvre dépossédé me fait grand'pitié, mais il faut dire qu'il travaille depuis longtemps à ce qui lui arrive aujourd'hui. — Si vous aviez besoin de fonds pour réparer votre maison M. Charnay, ou pour autre chose, j'en ai à votre service: trois mille francs, en première hypothèque, quand vous voudrez. Au revoir!

David remercia le notaire et remonta un moment vers les quatre ou cinq personnes qu'il venait de quitter.

La nouvelle de l'acquisition se répandit avec rapidité: dans le village. Personne ne s'y était attendu. Soulte, seul, en avait envie, mais sans vouloir dépasser 5000 francs. Supposant que David continuerait à enchérir et croyant qu'il le faisait par jalousie, il pensa le mettre dans un grand embarras en se retirant. Mais quand il apprit que tout était, fini et l'acte passé, il dit un tas d'injures à Gloux, le traitant de canaille, d'ivrogne, de dépensier, de misérable, de bête brute, etc. Comment n'avait-il pas compris que sa retraite n'était qu'une feinte et qu'il lui donnerait toujours au moins 50 francs de plus que le domestique de Gaspard! Lui faire manquer un placement si convenable, et lui préférer un individu qui n'avait ni feu ni lieu, c'était une véri-table infamie dont lui, Henri-Charles-Marc Soulte, se souviendrait.

Quant à Zaï Cléret, il rentra chez lui préoccupé et

silencieux. On lui demanda le nom de l'acheteur; il répondit que c'était David, mais que sans aucun doute l'argent venait de Gaspard. — Dans quel pays un domestique de campagne peut-il économiser 5500 francs en sept ans? c'est impossible; et quoique Gaspard n'ait signé l'acte que comme témoin, c'est lui qui, au fond, est le véritable acheteur. Mais, au nom du ciel qu'est-ce que cet orphelin veut faire d'un aussi mauvais terrain? et qui pense-t-il conduire dans cette triste masure? À coup sûr ce n'est pas toi, Julie,: et il a bien raison. Cependant cela me fait de la peine; je lui croyais des sentiments plus élevés.

— Vous a-t-il adressé la parole?

— Non; il baissait les yeux et sa main était tremblante, lorsque nous avons trinqué ensemble. Le vieux Gaspard l'aura retourné d'un autre côté, c'est évident. Vois-tu, Julie oublie-le complètement. Tu as eu de lui, et moi aussi, une beaucoup trop bonne opinion. Que ne s'est-il montré ce qu'il est il y a un mois, lorsque ce n'était pas trop tard pour Adrien Soulte!

— Mon père, répondit Julie, pendant qu'un nuage passait sur son front si pur, vous vous trompez sûrement. David est incapable de ce dont vous l'accusez. Et cependant. ajouta-t-elle, de quel droit pourrions-nous trouver cela mal de sa part? Depuis plus d'un an, n'est-il pas pour vous mon père, un étranger? Ne lui avez-vous pas fermé votre maison?

— Ne me parle plus de lui, je t'en supplie: cela m'est trop pénible. Que personne ici ne prononce son nom devant moi, s'il tient à me faire plaisir.

Louis entrait à ce moment:

— Savez-vous? savez-vous? dit-il tout échauffé, savez-vous que mon ami David vient d'acheter la maison et le terrain de Gloux? J'en saute de joie! Il vient de me raconter ce qu'il compte faire et m'a permis de vous le communiquer, à la condition que vous n'en parlerez pas.

— Et que va-t-il faire de si beau? demanda tout de suite Ésaïe.

— Il va partir dans huit jours pour la Combe-aux-Rocs et là il se fait tuilier comme était son père, et au bout de quelques mois il revient, et il bâtit une tuilerie dans le creux de Gloux, et il répare la maison, et il vend des tuiles par centaines de mille: la terre est très bonne, il a déjà des tuiles superbes qui portent son nom en toutes lettres: *David Charnay*. Je les ai vues, mon père. Qu'on dise du mal de mon ami David, maintenant oui, qu'on dise que ce n'est qu'un misérable domestique et qu'il manque d'énergie! Certes, il en a de l'énergie! plus que moi et bien d'autres. Embrasse-moi, Julie: tiens, quand j'ai appris ça, j'en ai été comme fou de plaisir. J'ai presque envie de me faire tuilier avec lui.

En écoutant son fils, Zaï changea de couleur. Il devint très pâle, comprit tout, et laissa tomber deux grosses larmes que sa fille n'aurait pas données pour toute la fortune réunie des Soulte et des Charente.

— J'ai eu tort, dit-il, en soupçonnant David de bassesse. Mais en l'éloignant de chez moi, j'ai fait mon devoir.

— Oui, mon cher et bon père, vous avez toujours fait votre devoir; c'est moi qui vous l'assure, lui dit Julie en venant s'asseoir à côté de lui.

Madame Cléret termina la conversation en disant avec tristesse:

— Je ne vois pas comment David de son côté et nous du nôtre nous viendrons à bout de tout ce que nous avons à faire. Pour moi, je n'y vois pas clair, bien loin de là.

— Si nous ne voyons pas, ma mère, Dieu voudra bien nous guider lui-même, et nous le lui demanderons.

CHAPITRE XXIII

Il dirigera ton sentier.

Les arrangements relatifs au départ de David furent pris en quinze jours. Trouver d'abord un domestique de confiance pour M. Gaspard, se présenter chez M. Martin-Planairon, à la tuilerie de la Combe-aux-Rocs, louer en parcelles, à perte ou à gain, une partie des récoltes qui pourraient être faites sur le terrain acquis de Gloux; et continuer en même temps à diriger les travaux de sa place actuelle, tout cela occupa David de jour et de nuit. Mais il en vint à bout. La première difficulté fut levée par le jardinier, de M. de Tresmes, qui avait un frère plus jeune que lui, sans place dans ce moment; la seconde fut résolue en une seule journée; la troisième donna bon espoir à David, car la location temporaire du pré et du champ produisit l'intérêt au 4% du prix d'acquisition, et il restait à David de l'esparcette; enfin il ne se donna aucun relâche pour que rien ne souffrît dans les cultures de M. Gaspard.

Maintenant, il allait partir, à vingt-quatre ans, pour un rude apprentissage. Fort de ses intentions pures, délicates, fort de la bonté d'un plan très simple et judicieux; fort de l'appui assuré de son protecteur, fort d'une santé due à une bonne constitution, à l'exercice du travail et à une vie saine David Charnay se sentait bien soutenu. Toutefois, il désirait ardemment ne pas quitter les Marettes sans avoir pu dire un mot, ne fût-ce qu'un simple mot, à Julie Cléret. Dans sa position nouvelle, un jeune homme légèrement présomptueux n'eût pas craint, peut-être de se présenter chez Zaï Cléret et de lui faire une proposition formelle. David ne s'arrêta pas à cette idée: la trace au bord du chemin n'était pas enlevée de son esprit, et défense fut faite à Louis d'instruire son ami de la scène à laquelle il avait assisté le jour de la vente. David eut un moment la pensée d'écrire une lettre à toute la famille Cléret pour les instruire de son but et de ses intentions: mais il renonça bientôt à ce projet, dans la crainte d'inquiéter Julie.

Il ne lui restait plus qu'une heure avant de se mettre en route. L'honnête David l'employait à dire adieu, de maison en maison, aux gens avec lesquels il avait eu quelques rapports de voisinage. Tous firent mille vœux pour lui et l'assurèrent du plaisir qu'ils auraient à le revoir. M. Ambrezon, en particulier, lui dit qu'il soignerait bien la parcelle de terrain qu'il avait louée, et que si l'herbe était bonne pour sa nouvelle vache *Drionne*, il en prendrait une portion plus considérable l'an prochain. La Drionne promettait de surpasser défunte Pingeonne, non par la quantité du lait, mais par la qualité. Celui de la Drionne faisait une écume superbe et était légèrement moins blanc que celui de la Pingeonne, partant plus épais et plus gras. Depuis qu'il ne fonctionnait plus comme régent, le brave M. Ambrezon se portait à merveille et jouissait tranquillement des cinq louis de sa demi-pension de retraite. Il louait une petite maison avec grange et écurie et cultivait quelques morceaux de terrain. Le ruisseau de sa vie continuait son petit cours sans les encombrements anciens amenés par les écoles.

En le quittant, David devait passer près de la grande fontaine couverte: Ô bonheur! Julie s'y trouvait seule, attendant que le goulot un peu affaibli remplit son arrosoir. David se précipita auprès d'elle pour retirer le vase plein et le lui donner. Tout homme un peu poli fait cela à la fontaine, lorsqu'une femme se trouve dans la même position. Cette fois-ci, David posa sa large main sur celle de Julie, et, la serrant autour de l'anse de l'arrosoir, il dit rapidement:

— Je pars, Julie. Je pars heureux, si vous me dites un seul mot, dont je ne puis plus me passer. Louis vous donnera de mes nouvelles. Me direz-vous ce mot, Julie?

— Au revoir, David s'il plaît à Dieu, répondit-elle à voix basse; et elle lui tendit franchement son autre main restée libre.

C'était assez: je dis même que c'était beaucoup pour David Charnay. Et pourtant, ô vous qui êtes jeunes! vous qui gardez en vos cœurs ce profond sentiment qui dirige la vie, vous seriez-vous contentés d'un adieu pareil? David, sevré depuis deux ans de toute conversation avec Julie Cléret, accepta avec une reconnaissance infinie cette simple promesse d'un revoir lointain, qui serait lui-même fort éloigné de la réalisation de ses vœux.

Et il partit pour la tuilerie de la Combe-aux-Rocs. Au moment de quitter M. Gaspard, il l'embrassa avec une respectueuse tendresse, l'assurant qu'au moindre appel, au moindre désir de le voir, il serait là.

— Si je tombais malade, répondit le vieillard, je te ferais demander, parce que j'aurais plusieurs choses à te dire. Hors ce cas, tu n'as pas besoin de t'inquiéter de moi. Je vois que Jean Torbe fera bien. Si tu apprenais ma mort (je peux l'attendre d'un jour à l'autre à 72 ans), tu sauras que mon testament est déposé chez le juge de paix, et tu assisteras à l'ouverture qui en sera faite. Adieu, porte-toi bien, Dieu te conduise. Ne laisse pas faire la tuile trop mince, va, va, tu n'as que le temps d'arriver aujourd'hui.

Un léger sac sur le dos et un bâton de chêne à la main, David traversait d'un pas ferme les espaces qui séparent nos villages. Au milieu de mai, la nature est comme la jeunesse, pleine de fraîcheur et de vie. Les prés sont fleuris, les blés verdoient, les arbres apparaissent de tout loin comme des bouquets géants. Les forêts ondoient dans une verdure lustrée, qui, de jour en jour et presque d'heure en heure, monte avec rapidité sur les versants du Jura. Et partout les oiseaux chantent, pendant que le laboureur est à son travail. Heureux l'homme pieux dont le cœur chante aussi les louanges de Dieu! C'est déjà, en quelque sorte, un retour vers cet Eden d'où nous fûmes chassés, et qui nous sera rendu par la bonté du Seigneur, mille fois plus beau, lorsque le ciel et la terre auront été renouvelés.

Trois mois après son arrivée chez M. Martin-Planairon, David Charnay, assis sur son tabouret de mouleur, travaillait assidûment à son nouveau métier. Une légère casquette sur la tête, les bras nus, un grand tablier de toile sur les genoux, il formait rapidement ses tuiles et les donnait une à une à un petit garçon qui les emportait sur les séchoirs. David sifflait, ou chantonnait, ou disait un mot de temps en temps. Les ouvriers allaient et venaient, les uns avec des chars de terre glaise, les autres avec du bois. On défournait une cuite suffisamment refroidie. Les vingt-huit milliers de tuiles et de briques diverses, cuites d'une seule fois, répandaient une chaleur encore assez forte tout autour, quoiqu'on pût très bien les tenir avec la main.

M. Martin-Planairon donna bien vite une place de mouleur à David, dès qu'il le vit capable de faire de bon ouvrage, et, lorsque le maître n'était pas là, c'était David qui devait faire les livraisons de marchandise, en prendre note ou en recevoir le paiement. L'instruction du jeune homme, sa manière de s'exprimer, et surtout sa conduite régulière, ainsi que sa position plus indépendante, lui donnèrent tout de suite une autorité morale sur ses camarades de la fabrique. Ils virent que le nouveau venu en savait plus qu'eux, et qu'il n'arrivait

pas pour les supplanter et pour passer là le reste de sa
vie. Après deux mois de séjour, ils l'acceptèrent comme
contre-maître, aimé et respecté. Il est vrai qu'il sut les
prendre de la bonne manière. Un jour de fête il les invita
tous à la Combe-aux-Rocs et leur offrit à chacun une
bouteille de vin, pour faire connaissance. Mais à partir
de là il ne retourna plus au cabaret. — Ensuite, il leur
parlait toujours avec amitié, sans jamais se livrer à de
sottes plaisanteries, qui ne servent qu'à créer une
mauvaise familiarité. Au bout de trois mois, donc, il en
savait plus sur la fabrication de la briqueterie que
plusieurs des anciens ouvriers de M. Martin-Planairon.

Le jour dont nous voulons parler, un char conduit par
un homme tout habillé de *triège* roux et la tête couvert
d'un grand chapeau brésilien, arriva à la tuilerie vers les
neuf heures du matin. Il demanda M. Martin-Planairon.
L'ouvrier auquel il s'adressa lui dit qu'il était absent,
mais que le contre-maître répondrait à sa place et qu'il
allait l'appeler. David s'empressa de venir, son tablier
retroussé à la ceinture et les bras nus jusqu'au coude.
Dès qu'il vit le char, il appela un ouvrier pour dételer le
cheval et le mettre à l'écurie, pendant qu'on ferait le
chargement. Puis il s'approcha du chaland, le salua, et
lui demanda ce qu'il désirait.

— Cinq cents tuiles, répondit une voix que David
reconnut à l'instant pour celle de M. Eléazar Sarpan,
bien qu'elle sortit d'une bouche entièrement cachée par
une barbe aussi droite que les poils d'une brosse, et
d'une couleur de tan[30] non lavé.

Depuis trois ans, la figure de David avait beaucoup
changé; il portait une moustache brune, assez allongée,
mais pas de barbe ailleurs; ses cheveux bien fournis se
relevaient naturellement en demi-boucles autour de la
tête. Ces bras nus, cette petite casquette avançant sur
le front et tout le costume du contre-maître étaient suffi-

30 - [NdÉ] Selon le Littré: Écorce pulvérisée du chêne, du
sumac, du châtaignier, etc. qu'on emploie à tanner les peaux.

sants pour ôter à M. Sarpan le souvenir de son ancien domestique, si par hasard il lui fût venu à la pensée en ce moment. Il ne reconnut donc point David.

— Nous allons vous servir à l'instant, monsieur. Si vous voulez seulement rester près de votre char pour contrôler nos comptes, nous aurons fait tout de suite.

M. Sarpan mit son gros fouet sous le bras et tira un carnet de sa poche. Pendant la durée du chargement, il ne fit que tousser, en sorte qu'il eût grand'peine à vérifier le compte de ses tuiles.

— Le diable emporte seulement la toux, et l'homme avec, dit-il après une crise de vive oppression.

David, qui arrangeait les tuiles sur le char et les comptait à haute voix, ne répondit rien. Mais dès qu'il eut fini, il se rendit en courant à la maison, d'où il rapporta un verre d'eau sucrée, dans lequel il avait fait mettre un peu de rhum. Il le présenta à M. Sarpan, qui le remercia en disant:

Ma foi, monsieur, vous êtes bien honnête. Ce breuvage calmera peut-être, pour un moment, mon affreuse toux. À qui dois-je payer?

— À moi, monsieur. Si vous voulez bien passer au bureau, je vous ferai une quittance.

David entra dans le petit cabinet où étaient les livres, écrivit la quittance, pendant que M. Sarpan comptait l'argent, et la lui présentant pliée en deux, il lui dit:

— Monsieur, puisque je trouve aujourd'hui l'occasion de vous parler en particulier, j'en profiterai pour vous faire mes excuses. J'ai complètement oublié vos torts; je vous prie d'oublier les miens.

—Qui êtes-vous? répondit le maître de la Quercitronne, il y a une erreur.

— Voilà mon nom au pied de la quittance, puisque vous ne me reconnaissez pas.

M. Sarpan lut, puis regardant David en face, il resta un moment silencieux et comme gémissant d'un soupir intérieur.

— C'est donc bien toi, dit-il enfin; tu as eu, déjà une fois, le dessus sur moi par la force du poignet; aujourd'hui tu l'as par la force de la conscience. Moi, je suis un homme perdu. Laisse-moi partir.

Et cet homme, la terreur des autres pendant si long-temps, suivait tristement son char de tuiles, baissant la tête et s'arrêtant pour tousser, dès qu'un nouvel accès de toux le reprenait.

— Pour celui-là, dit un des ouvriers, c'est la dernière fois qu'il nous honore de sa visite. Son soufflet est percé de part en part. Il aura un fameux compte à rendre dans la grande cuite des mauvaises actions. C'est le même qui caressait son monde à coups de trique. Mais le voilà caressé à son tour par un rhume qui sent la planche au premier jour.

— Nous avons tous, reprit David avec sérieux, un compte que nous ne pouvons payer nous-mêmes. Croyez seulement, Jean Dry, que les plaisanteries sur la mort et le jugement final ne vont bien dans la bouche de personne.

Vers la fin de septembre, le temps étant déjà un peu froid, un jeune garçon de Sistoles apporta une lettre à David. On se souvient que ce village, situé à deux bonnes lieues de la tuilerie, était à une distance peu considérable de la Quercitronne. Le billet ne contenait que six mots:

« Venez me voir; je vais mourir. E. S. »

M. Martin-Planairon laissa partir David tout de suite et lui permit même de ne revenir que le lendemain, si cela était nécessaire. Il trouva l'ancien logis sale et encombré comme précédemment, la Meraude avec une figure de déterrée et le domestique excessive-ment étonné de le voir. Meraud fit entrer David. Quelle chambre! et quel lit de mort! Une odeur fétide remplissait l'appartement. Des sabres, des fusils, des pistolets se croisaient sur la paroi, et, en face de ces instruments de destruction, un homme étendu sur sa couche, la face blême, les yeux fixes et ardents.

— Tu es venu, David, tu as bien fait. Je veux te parler. Meraude, laisse-nous seuls.

La fille sortit.

— David, reprit le moribond, tu es le seul homme que je respecte, le seul qui ait parlé à ma conscience. As-tu ton Nouveau Testament?

— Oui, monsieur.

— Lis-moi, toi-même, deux ou trois versets, mais dépêche-toi.

Que lire? où choisir une parole de Dieu pour un tel homme? David n'hésita point, il lut:

«L'un des malfaiteurs qui étaient crucifiés avec lui l'outrageait aussi en disant: Si tu es le Christ, sauve-toi toi-même, et nous aussi. Mais l'autre le reprenant lui dit: Ne crains-tu pas Dieu non plus, toi, puisque tu es dans la même condamnation? Et pour nous, c'est avec justice, car nous souffrons ce que nos crimes méritent; mais celui-ci n'a fait aucun mal. — Puis, il disait à Jésus: Seigneur, souviens-toi de moi quand tu seras entré dans ton règne. Et Jésus lui dit: Je te dis, en vérité, que tu seras aujourd'hui avec moi dans le paradis.»

— Assez, dit M. Sarpan: c'est bien cela; *nous souffrons ce que nos crimes méritent.* Tu as bien fait de me lire ces paroles, dont je ne me souvenais plus. Écoute, David moi aussi, je suis un brigand, un brigand abominable. Je n'ai pas tué mon prochain, non; mais j'ai fait pis, car j'ai perdu des âmes, et j'ai haï Dieu, qui, je le sens, est juste. Toute ma vie n'est qu'horreur et abomination. Je dois être la proie du diable, s'il y en a un. David, crois-tu qu'un être tel que moi puisse échapper à l'enfer?

— Oui, répond Jésus-Christ, dit le jeune homme. Le Seigneur est puissant pour sauver tous ceux qui s'approchent de Dieu par lui. Monsieur, demandez-lui grâce; vous mourrez en paix.

— Prie-le pour moi: il t'écoutera peut-être.

David se mit à genoux et prononça quelques paroles simples, partant d'une ardente charité.

— Merci, jeune homme. Oh! que tu es heureux! je donnerais toutes mes richesses et toute ma vie pour pouvoir prier comme tu viens de le faire. Insensé! mes richesses: elles vont me quitter dans un instant! Ma vie n'est plus qu'un souffle qui s'éteint. Oh! misère et terreur d'un être vil comme je l'ai été! J'ai vendu mon âme au diable et j'ai cru que ce jour ne viendrait jamais. Malédiction sur moi!

— Non, Monsieur; il y a pardon auprès de Dieu par Jésus-Christ. Adressez-lui la prière du péager. *Ô Dieu! sois apaisé envers moi qui suis pécheur.* Quand même vous seriez le plus grand des pécheurs, le plus grand coupable aux yeux de Dieu, il peut, il veut vous pardonner.

M. Sarpan fit un effort pour se mettre sur son séant, mais il ne put en venir à bout. David prit l'infortuné dans ses bras, et, d'un effort vigoureux, il l'assit; puis il lui mit deux coussins derrière la tête.

— Donne-moi cette bourse qui est là sur mon bureau. — Bien. — Avant d'aller rendre mon compte à Dieu, il faut le faire le mien avec toi. Je te dois le prix de dix jours de travail que j'ai retenu injustement depuis trois ans. Voilà dix louis que je te prie d'accepter pour ce malheureux temps d'esclavage. — En voici douze que je te charge de distribuer aux douze plus pauvres ouvriers que tu connais, sans leur dire d'où vient cet argent. — Je voudrais vivre, maintenant, pour réparer.... Ô Dieu! aie pitié d'un misérable!

Une suffocation vint arrêter la dernière parole du mourant qui, ne pouvant plus parler, remuait encore les lèvres. Il fit un signe du côté de la porte. David courut appeler Meraude. — M. Sarpan montra la bourse à David, qui la présenta à la fille. M. Sarpan fit un signe affirmatif. Meraude voulut embrasser son maître, mais il la repoussa en levant un doigt vers le ciel. David soutint cette faible main dans la position indiquée, et le mourant, fermant les yeux, ne poussa plus qu'un grand soupir.

Lecteur, qui venez d'assister à un tel spectacle, condamnerez-vous? Non, sérieux et recueillis, rentrons en nous-mêmes. Souvenons-nous que la croix de Jésus fut planté en Golgotha pour vous et pour moi, aussi nécessairement que pour le brigand dont l'âme entra dans le paradis de Dieu le jour même où la justice divine fut satisfaite sur la terre.

QUATRIÈME PARTIE

CHAPITRE XXIV

Assure-toi en l'Éternel.

ous voici arrivés à l'époque de l'année où les fours brûlants des tuileries se refroidissent et restent inoccupés jusqu'au printemps suivant. Dès le milieu de novembre, l'argile serait la proie des gelées si l'on continuait à la pétrir et à la mouler. On se contente donc d'en amasser pour les futurs travaux, on fait les préparatifs nécessaires, les bois sont achetés, et le maître tuilier va, de village en village, présenter les notes à ses débiteurs. À cette même époque, les ouvriers vernisseurs, les plâtriers, les maçons reprennent le chemin de leur pays. L'Italien au visage bruni traverse à pied les hauts passages des Alpes, la bourse pleine et le corps amaigri. Le Savoyard trapu, qui porta le mortier durant huit mois, ou cassa des pierres, chante d'un cœur *zoyeux* les vieux airs de sa patrie; le Français, plus leste et moins économe que son jeune frère de Samoëns ou de Morzine, s'est habillé de neuf pour le départ. Les carrières de roc sont aussi fermées; mais l'ouvrier y retrouvera, l'an prochain, l'aiguille du mineur, le chantier du tailleur de pierre et, pas bien loin, la buvette où disparaissent les écus.

David Charnay quitte la fabrique de M. Martin-Planairon. Il y laisse de bons souvenirs et emporte

lui-même un excellent témoignage du maître. Les
ouvriers veulent tous lui serrer la main. Ses anciens
amis de la Combe-aux-Rocs regrettent de le voir quitter
la contrée. Mais tout l'appelle aux Marettes. Il y revient
avec des connaissances nouvelles, plus recueilli, plus
grave, plus homme à beaucoup d'égards et aussi plus
chrétien. Son amour pour Julie Cléret s'est encore fortifié par l'absence et par le bonheur si grand de le savoir
partagé. Et cependant, que de travaux devant lui! que
de devoirs! Seul, sans autre capital disponible que ses
douze cents francs, les cent qu'il a économisés durant
l'été et les dix louis de M. Sarpan, il faut qu'il puisse
réparer une maison délabrée, construire un four et bâtir
des séchoirs. Il lui faut un cheval et un char, deux
ouvriers pendant les beaux jours d'hiver, et davantage
dès que la bonne saison sera venue. C'est égal, se dit-il,
que Dieu soit seulement avec moi, qu'il me donne la
santé et l'intelligence, je ne crains rien.

Avant de quitter la Combe-aux-Rocs, il s'entendit
avec le pasteur de cette paroisse pour la distribution
judicieuse des douze louis légués par M. Sarpan aux
ouvriers pauvres de cette localité. Enfin, il dit adieu au
bon vieux maître d'école auquel il avait tant d'obliga-
tions, et s'accorda le plaisir de lui laisser en présent un
beau livre dans le goût de l'intelligent instituteur. Chemin
faisant, il s'écarta pour une demi-journée et vint coucher
à la Fustaie où il n'était pas revenu. M. de Tresmes le
reçut avec cordialité; David lui exposa tous ses plans de
tuilerie, avec une clarté d'expression, une lucidité d'esprit dont l'excellent propriétaire fut charmé. Il vit que ce
jeune homme était doué des qualités nécessaires pour
surmonter les obstacles et les difficultés d'une telle
entreprise, une fois de plus, il lui reconnut l'âme forte,
le cœur droit. David ne lui fit point mystère de son
amour pour Julie; il pensait qu'il pouvait en convenir
franchement devant M. de Tresmes. — Ce dernier fut
surtout frappé d'une chose dans l'exposé de David;

c'est qu'il ne lui demandât pas d'argent pour l'aider dans l'exécution de son projet. Tout autre industriel à ses débuts, n'ayant pas plus de ressources que David Charnay, se serait empressé de proposer des *actions*, avec certitude de dividendes 6% d'intérêt et 60% de bénéfices... occasion unique... pour un prêteur... service à rendre aux capitalistes... — tel est le *bagoût* que ceux-ci s'entendent crier aux oreilles, des quatre points cardinaux à la fois. — David Charnay n'avait point affaire avec cette science, qui, bonne dans certains cas et pour la grande industrie, ne laisse pas de faire des victimes à tout instant, par la manière dont on l'exploite, et certes n'a pas peu contribué à l'abaissement du niveau moral de la société et de la conscience publique en affaires. David ne fit donc aucune demande de ce genre à M. de Tresmes; mais ce dernier, bien différent des capitalistes avares, ou de ceux qui promettent sans tenir, offrit son concours au jeune industriel et lui donna de bons conseils.

— Puisque vous vous êtes assuré de la bonne qualité de votre terre, lui dit-il, faites d'emblée vos premières constructions solidement, pas trop grandes, mais non provisoires, afin qu'il n'y ait pas d'emploi perdu. Là où vous devez dépenser le moins, c'est évidemment dans la réparation de votre maison. Pourvu que vous soyez logé d'une manière saine et propre, vous n'avez pas besoin d'autre chose. — Voulez-vous accepter un petit crédit de 2000 francs au 3%, chez mon banquier, MM. Lalire et Cie? je vous l'ouvrirai dès le premier janvier. Vous me rembourserez plus tard en marchandises, quand je rebâtirai mes dépendances. Je fais cela avec grand plaisir pour vous.

Ce fut avec de telles offres de service que M: de Tresmes accueillit son ancien domestique. Bien rares sont les maîtres qui parlent et agissent de cette manière (il en est quelques-uns pourtant); et bien rares aussi sont les David Charnay de notre époque.

Ce dernier arriva aux Marettes le lendemain matin. Il trouva M. Gaspard souffrant d'un catarrhe[31]. Le robuste vieillard supportait, avec impatience parfois, la fièvre et les accès de toux. Durant cette seconde moitié de l'année, il avait vieilli. La société de David lui manquait. Jean Torbe, bon travailleur du reste, ne parlait que très rarement, en sorte que son maître ne pouvait, avec lui, donner carrière à ses accès d'humeur bizarre.

— Ma foi mon pauvre David, lui dit-il, tu as bien fait de revenir. Je *m'ennuyais* de toi; on ne sait plus chez qui aller un moment au village. Autrefois, on se visitait le soir; on passait une heure ou deux à causer de choses intéressantes. Maintenant, si vous entrez chez quelqu'un, c'est pour y respirer cette horrible fumée de tabac qui vous étouffe, voir bâiller les gens, ou entendre parler politique. On ne sait plus parler que de ça; les gens n'ont plus d'autre idée. Oui, qu'ils remplissent seulement l'esprit des enfants de politique et de *civisme*, comme disent ces nouveaux régents qu'on a aujourd'hui, et nous verrons où cela mènera le peuple. Lorsque le canton devint membre de la Confédération, on parlait de la crainte de Dieu, du respect pour le gouvernement et surtout pour les vieillards. On aimait son pays tout naturellement, sans qu'il fût besoin d'expliquer comment et pourquoi il faut l'aimer. Je ne sais si je me trompe, mais je crains que toutes ces sciences dont on bourre les écoliers ne portent plus tard de mauvais fruits, si la moralité du peuple ne se maintient pas à la hauteur de ce qu'on lui enseigne. Les gens seront encore plus fins, plus rusés, plus trompeurs. Or, il me semble qu'ils ne le sont déjà pas mal aujourd'hui. — Ce coquin de catarrhe me tourmente la poitrine et le cerveau. Il me semble aussi qu'on n'avait pas autrefois de pareils catarrhes. — Jusqu'à ce que tu aies pu t'arranger une chambre dans le chenil de Gloux, car c'est un vrai chenil, tu coucheras ici et tu viendras manger à la maison. Aujourd'hui, nous

31 - [NdÉ] Gros rhume avec écoulements.

dînerons nous deux, dans une heure, quand Jean Torbe aura fini. Que comptes-tu faire avec Zaï?

— Je suis fort embarrassé: donnez-moi un conseil.

— Le conseil n'est pas *tant* facile: — t'enlève seulement pour une toux! — Non, le conseil n'est pas facile à donner. Cependant, puisque tu veux aller rondement en affaires, je crois que le mieux est de te présenter chez Zaï. Deux ou trois fois, nous avons parlé de ce qui te concerne et de ton plan de tuilerie: cela a paru l'intéresser. Zaï a des défauts: il est orgueilleux de son argent et sa famille; tes prétentions sur sa fille l'ont irrité et humilié, depuis trois ou quatre ans, et surtout quand il a vu que Julie refusait les deux compagnons qui l'ont demandée. Naturellement ça l'a fâché contre toi. Mais s'il voulait se donner la peine de réfléchir, il comprendrait que c'est lui qui est l'auteur de toute l'affaire. Personne ne le forçait à t'emmener chez lui quand tu n'avais que seize ans; et il est en clair que, sans cette circonstance, jamais tu n'aurais la bêtise de penser à cette Julie, ni surtout elle à toi, car — donne-moi un peu ce bâton de *jus*[32], — car c'est une folle. Je m'en suis aperçu lorsque je lui racontai vers la fontaine ce que tu m'avais écrit de M. Sarpan: ah! par exemple, c'est celui-ci qui a trompé son monde! mais puisqu'il est mort, puisse-t-il être mort en paix! n'en parlons plus. Oui, quand je lui dis que ce M. Sarpan t'avait fait demander et que tu lui avais fermé les yeux, elle se mit à fondre en larmes. J'eus toutes les peines du monde à la *reconsoler* lorsque je m'aperçus bel et bien que la drôlesse pleurait parce que ça lui faisait plaisir. — Enfin, pour en revenir à ton affaire, peut-être ferais-tu bien d'aller tout de suite leur faire une visite avant le dîner. En ne restant qu'un moment chez eux, tu as encore le temps.

David se leva. Quelques minutes après, le cœur lui battait bien fort lorsqu'il mit la main sur la poignée de la

32 - Réglisse.

porte d'Ésaïe Cléret.

— Est-il permis d'entrer? demanda-t-il en soulevant le loquet.

— Entrez, répondit-on de l'intérieur.

La famille allait se mettre à table; on n'attendait que le domestique Tiennon. Grand fut l'étonnement des quatre personnages en voyant devant eux, et chez eux, ce David Charnay qui n'avait pas osé franchir le seuil de la maison depuis deux ans. Louis Cléret, le premier, vint lui serrer les mains avec effusion. Julie se tenait en arrière; Mme Cléret ne se leva pas de sa chaise, et Zaï, raide et debout, ne bougea pas de sa place. David prit le premier la parole.

— Je vous demande pardon, M. Cléret, dit-il, d'oser me présenter chez vous au moment même de mon retour au village. Mais il m'est impossible d'oublier vos paternelles bontés pour un orphelin. Après avoir serré la main mon ancien tuteur, je viens donc vous saluer tous, vous faire part de mes projets et vous demander vos bons conseils.

Ésaïe Cléret considérait avec attention le jeune homme franc, si courageux et toutefois si humble, qui lui parlait. Il voyait là une force d'âme qui lui était inconnue, et il en fut touché. Rien d'affecté, rien de puéril dans ce langage; rien sur les traits de David qui annonçât la présomption de la jeunesse. Une figure sérieuse et sereine en même temps des yeux doux, au regard ferme. Pas un reproche direct ou indirect dans les paroles ou dans le ton. — Zaï redevint en ce moment ce qu'il avait été autrefois, sympathique et il tendit la main à l'*orphelin*, qui vint ensuite saluer Mme Cléret, puis enfin Julie, dont le teint pâle, la figure un peu maigre, le frappèrent tout de suite.

— Je ne suis pas fâché de ta présence ici, David, reprit Ésaïe, je dirai même que je la désirais depuis quelque temps. Assieds-toi un moment. Je serai bien aise de t'adresser deux ou trois questions pour faire cesser, si possible un état de choses qui nous est à tous très pénible. — Je connais plus ou moins tes projets, d'après ce que m'en dit M. Gaspard et Louis; ils ont quelque chance de réussite. — Est-ce que tu persistes dans ton intention d'avoir une tuilerie aux Marettes?

— Oui, plus que jamais. Dans huit mois, s'il plaît à Dieu, j'espère mettre en vente ma première fournée.

— J'ignore si tu possèdes ce qu'il faut pour cela, mais enfin, je veux le croire. Une fois établi chez toi et ta tuilerie marchant bien, quels sont tes autres projets personnels d'établissement? J'ai le droit de te demander de nous les faire connaître. — Tiennon, retournez un moment à la grange; dans cinq minutes vous pourrez venir dîner. — Je te demande donc, David, de nous dire ici, franchement, ce que tu comptes faire.

David jeta un regard sur Julie, et son cœur fut sur le point de se briser d'émotion: il attendait de pouvoir parler, mais Ésaïe continua d'une voix ferme:

— Je veux savoir, David, si tu as l'intention formelle de me demander ma fille, quand tu auras conquis une bonne position.

David venait de retrouver toute son énergie d'homme qui sait ce qu'il veut et comment il le veut. Il se leva, se plaça devant Ésaïe Cléret, et répondit:

— Oui, M. Cléret, j'ai cette hardiesse-là; pardonnez-le moi. Je ne possède que fort peu de chose par moi-même; mais j'ai confiance dans mon entreprise. Avec le secours de Dieu, le travail, une bonne santé; avec l'appui moral et positif de M. Gaspard, un généreux crédit de M. de Tresmes, j'espère que, dans peu d'années, mes affaires seront en bon chemin.

— Eh bien! reprit le père, puisque nous nous sommes maintenant expliqués, et quoiqu'il m'en coûte beaucoup de voir faire à ma fille un mariage pauvre, prends-la David, prends-la dès aujourd'hui. Sa mère et moi nous te la donnons. Vous le voulez l'un et l'autre: que le temps de votre épreuve soit fini, à cet égard du moins. Il en viendra pour vous assez d'autres dans la vie. Vous apprendrez à gagner ensemble votre pain, au jour le jour: cela vaudra peut-être mieux pour Julie qu'une position toute faite d'avance. Julie, donne ta main de bon cœur à David, je lui tends la mienne, et que tout soit oublié.

Julie se jeta dans les bras de son père, laissant toujours sa main dans celle de David. Pour ce dernier, il était brisé, mais de bonheur.

— Oui, dit encore Ésaïe; vous vous marierez aussitôt que ta vieille maison sera nettoyée et blanchie: car une de mes conditions est que tu n'y feras aucun autre changement. La blanchir, dedans et dehors, mais rien de plus. Julie ne t'apportera pas autre chose que son trousseau, et ce sera à toi de pourvoir à son entretien. En vous y prenant tout de suite, je crois que le mariage pourrait encore avoir lieu vers la fin du mois prochain. Nous pouvons, si vous le voulez, faire écrire les bans déjà aujourd'hui. Je n'aime pas les affaires qui traînent, et, d'ailleurs, il ne convient pas d'être époux de deux ans, quoique l'idée qu'on y attache ne soit qu'une superstition. Il faut une autorisation légalisée à Julie, qui n'est pas encore majeure; je la donnerai au juge de paix en passant, et de là nous irons chez le pasteur. — Veux-tu dîner avec nous, David?

— Oh! monsieur Cléret, mon cher père, dit David en lui prenant les mains: pardonnez-moi le tourment que je vous ai causé depuis si longtemps; j'aurais tant voulu, au contraire, pouvoir vous prouver à tous combien je vous aimais.

— Oui, je te pardonne. Nous avons été imprudents, et moi le premier.

Non, mon père, reprit Julie, ne dites pas cela; soyez assuré que Dieu a tout conduit.

— Peut-être. Tâche seulement de reprendre tes joues d'autrefois et tes couleurs, si tu veux que ton David soit content. Je ne pouvais plus te voir si pâle: c'est bien

aussi un peu pour cela que j'ai pressé les temps. —
Allons, dînes-tu avec nous, David?

— Non, dit Julie: allez dîner avec M. Gaspard pour lui
tout raconter, et vous reviendrez après. Ma mère nous
donnera du café noir, pour faire plaisir à mon père.

Et ainsi David l'orphelin sortit comme fils d'une
maison où, peu d'instants auparavant, il était entré dans
les plus grandes alarmes.

CHAPITRE XXV

Loin des bois profonds, quand l'herbe est flétrie,
Le ciel va sourire aux bords enchantés:
L'hiver est bien doux dans votre patrie, ...

ous représentez-vous, mon cher lecteur, notre ami David Charnay revenant chez M. Gaspard? Vous pensez peut-être qu'il courait comme un fou, afin d'arriver plus vite. Non, ce n'est pas cela, David marchait comme à l'ordinaire, d'un pas lent et allongé qui n'avait rien de fiévreux. Il marchait, pensif, tête baissée. Que faisait-il? Ai-je besoin de vous le dire, à vous qui connaissez par le cœur Celui de qui procède toute bénédiction? Non, vous savez bien que David Charnay n'a pas de paroles pour exprimer à Dieu sa reconnaissance, mais qu'il verse pour ainsi dire son âme tout entière à ses pieds.

Il arrive chez son tuteur et s'assied, sans ouvrir la bouche. Jeannette a servi le dîner dans la grande chambre, à demi éclairée par un soleil d'automne bien voilé.

— Qu'a dit Zaï? demanda tout de suite Gaspard.

— Oh! cher et bon tuteur, ce qu'il a dit, je ne puis vous le répéter entièrement: mais je suis écrasé par mon bonheur. M. Cléret me donne sa fille dès à présent. Nous écrivons les annonces de mariage aujourd'hui même.

— Qu'est-ce que tu dis? qu'est-ce que tu dis? il te la donne! es-tu fou? rêves-tu?

— Non, je sais bien ce que je dis. Il me la donne et nous nous marions à la fin de l'année. Il faut donc vous dépêcher de guérir votre rhume, car je veux que vous soyez mon ami de noce.

— Il te la donne!... T'enlève seulement pour un Zaï! quel tour il nous a joué là! Pas une âme ne s'y attendait, et toi moins que personne.

— Quel bon conseil vous m'avez donné! Sans vous, je ne serais rien, je n'aurais rien. Cher tuteur, je vous dois tout.

— Tu ne me dois pas tant d'*affaires*: cinq mille cinq cents francs, sur ta simple parole; c'est tout ce que tu me dois. Et alors, donnera-t-il quelque chose à Julie, à l'occasion de son mariage?

— Non, heureusement je préfère l'avoir pour elle, aussi pauvre que possible, comme moi.

— Chacun son goût. Pour moi, je ne fus point fâché d'apprendre que ma pauvre défunte possédait 20 000 fr. Quand on a une tuilerie à bâtir, il me semble que 5500 fr., comme ceux que tu me dois, auraient bien facilité les affaires. Mais je comprends que tu n'aies pas eu l'idée d'en parler. Ce coquin de Zaï! je suis sûr qu'il a ruminé cela depuis longtemps, sans m'en rien dire. Je sais pourtant qu'il est allé voir un jour, au contrôle des hypothèques si ton terrain était grevé, et qu'il a été bien étonné de le trouver libre. C'est aussi un tour que je lui ai joué. — Au fond, David quand même Zaï t'a comme ça repoussé pendant si longtemps, c'est un brave homme, un homme juste, qui a du cœur, quand il ne lui ferme pas trop la porte. J'espère que tu te conduiras comme un bon gendre avec lui. Tu ne feras pas comme les maris de mes nièces: voilà plus d'un an que je n'en ai entendu parler; s'ils avaient besoin d'argent, je présume que j'aurais eu un peu plus souvent leur visite. Voyons, mets-toi là et dînons. — J'avais fait demander

à Treguigne, le boucher, la moitié d'une demi-longe: ce
gueux-là ne m'envoie-t-il pas une épaule, et non désos-
sée encore! Ah bah! vois-tu, David, on ne peut plus se
fier à personne. Je me moque pas mal de son épaule!

Et pourtant, elle était parfaite, cette épaule de veau,
bien roussie et lardée. Jeannette avait aussi préparé du
légume excellent. M. Gaspard n'aurait eu que des raves
bouillies sur sa table, que David eût fait encore le meilleur dîner de toute sa vie. Il raconta sa visite à M. de
Tresmes et l'offre si délicate de ce dernier.

— Par exemple, David, reprit bien vite M. Gaspard,
pour celui-là, tu peux te fier à lui. Quoiqu'il ait à peine
quarante-cinq ans, c'est un vieux de la toute bonne
vieille roche. Oui, allez vous frotter avec les nouveaux
riches de ce siècle: pour un qui vous reçoit bien, vous
en trouverez dix qui vous parlent avec une morgue pire
que celle qu'on reproche aux anciens Bernois, et si vous
leur vendez une vache, deux bœufs ou n'importe quoi,
ils n'ont jamais tout questionné, tout examiné, ils croient
toujours que le paysan les trompe. M. de Tresmes est un
vrai gentilhomme campagnard; ça se voit tout de suite
sans qu'il faille mettre des lunettes. Ma foi, je suis bien
aise qu'il t'ait fait cette offre de deux mille francs; mais
tu n'en useras que si tu ne peux pas t'en passer, et je
pense que tu lui remettras en paiement ce que tu auras
de mieux. J'aurai aussi besoin de tuiles, David tu me les
feras un peu plus larges et plus fortes que pour les
autres. Je te payerai la différence de prix.

— Cher tuteur, je vous ferai tout ce que vous voudrez
pour rien: des tuiles, des chaperons, des plots, des
planelles fines, des carrons battus; vous n'aurez qu'à
commander.

— Oui, oui, c'est bon à dire; j'espère bien que tu ne
feras le fou avec personne et pas plus avec moi qu'avec
un autre. — Veux-tu encore un morceau de ce veau? Il
n'est pas si mauvais que je le croyais.

— Il est excellent, mais j'ai dîné.

— Eh bien, va prendre ton café chez Zaï. À propos, j'aimerais assez voir cette Julie. Amène-la-moi en passant, quand vous aurez fini. Si je n'avais pas ce coquin de catarrhe, j'irais leur dire bonjour avec toi. Salue-les tous de ma part.

En arrivant, David trouva Julie seule sur le banc, prête à suivre son fiancé chez le pasteur. Elle aussi avait eu besoin de solitude, en présence de Dieu. David s'assit à côté d'elle. Maintenant, il ne disait plus comme autrefois: malheur à l'orphelin! Personne ne lui montrerait plus le chemin de l'exil. Sa place était bien là à côté de Julie; les mains enlacées, ils se regardaient avec une tendresse confiante et joyeuse. Ils pouvaient s'aimer librement, se le dire pour la première fois. Pour la première fois ils se tutoyèrent, Louis, presque aussi heureux qu'eux-mêmes de leur bonheur, vint les appeler. Le père et les fiancés partirent bientôt après pour aller signer les promesses de mariage. On les vit passer dans la rue, Julie au bras de David et Zaï les suivant ou les précédant sans la moindre inquiétude.

Mme Hortense et Mme Françoise, qui les virent de loin, furent sur le point de croire à une vision, elles en levèrent les bras au ciel d'étonnement:

— À bras! David et Julie se donnant le bras! et devant le père Zaï! — Pour cette fois, le monde est renversé! Françoise, le monde est renversé! Où vont-ils? où vont-ils donc?

— Mais ne nous sommes-nous point trompées, Horteuse? Comment se serait fait ce grand changement? Eh bien, tant mieux! Finalement, si le père consent, c'est qu'il a de bonnes raisons pour le faire. Mais quelle histoire! quelle histoire! — Voilà qu'ils rencontrent M. Ambrezon: restons *voir* là une minute.

En effet, l'ancien régent rencontrait les fiancés. David le salua le premier.

— Eh! c'est bien effectivement David, dit notre homme en s'approchant. Par ainsi, voilà une jolie

surprise. Bonjour, monsieur David. Comment ça va-t-il?
la santé est bonne? où allez-vous comme ça?

— Écrire nos annonces de mariage, M. Ambrezon.
Félicitez-moi donc!

— Ah! cher monsieur David, je voudrais bien que la
chose fût effectivement vraie: je vous serrerais bien la
main à tous deux.

— Serrez-la seulement, M. Ambrezon, dit Zaï, qui les
rejoignait.

— On peut le faire sans crainte, M. Zaï? Alors, chers
jeunes époux, je vous assure de tous mes voeux. En
vérité, je ne comprends rien à ce qui se passe; mais si
réellement vous allez signer des promesses *relatives* au
mariage, je désire que vous fassiez la meilleure journée
de votre vie. Eh! monsieur Zaï, on a dit bien du mal de
mon école et de mes principes d'éducation, dans le
village: voilà pourtant deux de mes élèves qui sont loin
de me faire honte, car ils sont instruits tous les deux et
ont bien les plus charmants caractères *qui se puissent*.
Le monde sera surpris de ce mariage, M. Cléret; quant
à moi, je l'approuve de tout mon coeur. — À propos,
M. David, l'herbe se trouve encore assez bonne: la
Drionne, ma nouvelle vache, la mange avec plaisir. Je
vous en dirai davantage une autre fois.

Au retour de la cure paroissiale, située dans le village
voisin, les fiancés entrèrent chez M. Lebrun. Le vieillard
s'était rasé, il avait fait une demi-toilette qui sied
toujours si bien aux personnes âgées.

— Nous voici donc, dit David en entrant. Julie tenait
beaucoup à venir elle-même le plus tôt possible. Nous
arrivons de la cure.

La jeune fille s'approcha du vieillard, lui prit la main et
le baisa sur les deux joues.

— Ma chère enfant, lui dit-il, vous pourriez prendre
mon catarrhe; ne m'embrassez pas. Toutefois, merci.
J'espère que David sera pour vous un bon mari, et vous
pour lui une bonne femme. L'ouvrage ne vous manquera

ni à l'un ni à l'autre; vous travaillerez. Vous savez que je parle assez peu de religion; cependant, je vous recommande avant tout d'avoir la crainte de Dieu dans le cœur. Ne faites pas comme les trois quarts des jeunes gens qui se marient: ils ne pensent qu'à s'amuser, qu'à jouir de la vie, qu'à courir aux fêtes à droite et à gauche, au lieu de rester chez eux et d'y vivre honnêtement dans le travail de chaque jour. Voilà pourquoi tant de mariages sont malheureux; la vanité poursuit les uns, l'orgueil et la paresse ruinent les autres; les enfants sont mal élevés et deviennent pires que leurs parents. Et plus nous allons en avant, plus la génération est mauvaise.

— Vous viendrez nous voir souvent, M. Gaspard, et vous nous donnerez toujours vos bons conseils; dit Julie. Vous viendrez chez nous comme chez vos enfants.

— J'irai assez, n'ayez pas peur. Pourvu que ce coquin de catarrhe ne m'emmène pas bientôt. Pour moi, le mieux serait sans doute de partir, mais j'aimerais, avant de mourir, voir la tuilerie en activité. Puisque c'est ma mauvaise humeur qui en a fait naître l'idée, je voudrais voir, ne fût-ce que d'ici, la fumée du four de David.

— Vous la verrez, s'il plaît à Dieu, nous vous inviterons pour nous aider à défourner.

— Ah, ça! David, il ne s'agit pas de lambiner. Je pense que tu vas dès demain, chercher un *gypier*? Le temps paraît s'améliorer. S'il fait beau encore huit jours, tu n'as que juste ce qu'il n'en faut pour barbouiller ta maison.

— Dès demain matin, comme vous dites, répondit David.

— Ma chère enfant, reprit encore le vieillard, vous épousez un brave garçon, mais très pauvre. Je connais ses affaires, puisque tout ce qu'il possède est dans mon bureau. — Vous me permettrez donc de vous offrir ce petit souvenir de sa part. Quand on se marie, c'est l'usage qu'on donne une montre à sa femme. Si j'avais pu aller moi-même chez Gounouilhou et François, à

Genève, je l'aurais choisie aussi solide que possible mais je suis retenu ici, peut-être pour tout l'hiver. N'achetez pas une de ces absurdes petites montres plates, qui ne valent rien, mais une bonne et forte montre, un peu épaisse.

— En disant cela, M. Gaspard mit dans la main de Julie un petit paquet qu'elle n'aurait pu refuser: il contenait dix louis de Berne. Le bon vieillard les gardait peut-être chez lui depuis cinquante ans.

Quinze jours après, la maison de David Charnay était nettoyée à l'intérieur, blanchie, prête à recevoir les meubles des fiancés. Une légère bise dans le milieu du jour, avec du soleil, comme on en a souvent dans la seconde moitié de novembre, permit à la détrempe de sécher promptement. On mit des papiers neufs à deux chambres et à un cabinet les châssis des fenêtres furent remplacés, et l'on eut encore le temps de poser un plancher. À l'extérieur, on ne fit rien, car la saison était trop avancée pour qu'un crépissage ne cédât pas à l'influence des premières gelées. Pendant que David surveillait ses ouvriers, il travaillait lui-même avec ardeur à l'établissement d'un jardin: il bêchait, minait, nivelait, déblayait. Peu à peu le jour se laissait autour de la vieille habitation, l'ordre s'établissait et tout s'égayait dans ce lieu si abandonné par suite de la paresse et de l'ivrognerie du propriétaire précédent. David avait acheté un bon cheval hors d'âge, mais solide et de race, pour deux cents francs, un char et un tombereau pour cent cinquante. Il avait son logement chez M. Gaspard et passait les soirées avec la famille Cléret. Peu à peu Zaï revint à sa bonne gaîté d'autrefois. En voyant l'activité de David et le bonheur de sa fille, qui reprenait ses belles couleurs et tout son entrain d'esprit et de vie, il avait-fini par se réconcilier avec lui-même et par croire que tout était pour le mieux. Mme Cléret parlait davantage et s'occupait activement du trousseau. Louis bondissait de joie à la pensée de la noce; elle était fixée

au 31 décembre, et dès le premier janvier les époux
seraient établis chez eux.

CHAPITRE XXVI

Un homme qui n'a de l'esprit que dans une certaine
médiocrité est sérieux et tout d'une pièce;
il ne rit point, il ne badine jamais.
LA BRUYÈRE.

L e catarrhe de M. Gaspard dura six semaines, comme c'est l'usage aux Marettes et un peu partout, lorsque la maladie ne passe pas à l'état chronique. Dès le 20 décembre, cet hôte si incommode avait tout de bon quitté la demeure enfumée du vieillard. Ce dernier vint s'assurer par lui-même de ce qu'on avait fait chez David. Il trouva que tout allait bien, sauf pourtant qu'il faudrait planter une palissade en *coineaux*[33] autour de l'emplacement destiné au jardin, afin que les poules de Julie ne vinssent pas bouleverser et tirer de tous côtés la terre fraîchement remuée.

— J'y ai pensé, dit David, mais je veux d'abord me servir de tous mes *coineaux* pour des séchoirs provisoires, pendant qu'on bâtira le four et les dépendances de la tuilerie. J'ai aussi l'intention d'établir, tout autour du jardin, des pommiers nains en cordons, comme j'en ai vu chez M. de Tresmes. C'est une sorte de palissade

33 - Ou dosse. [NdÉ] Sorte de planche brute, arrondie d'un côté et plate de l'autre. (*Nouveau glossaire genevois*, Volume I, Jean Humbert 1852)

vive, qui produit de beaux et bons fruits, quand on sait les soigner convenablement.

David montra à son vieil ami la place choisie pour la tuilerie, à cent pas de la maison. L'eau du fossé de M. Gaspard pouvait y être conduite sans trop de peine et y couler à trois pieds du sol. Comme cette eau était sans emploi, dès la sortie de l'aqueduc, Gaspard ne mit pas d'opposition à ce qu'elle fût employée de cette manière; pour la tuilerie, elle devenait un avantage précieux. David avait déjà tout arrangé avec un entrepreneur capable, qui garantissait la solidité des constructions d'après les mesures fournies et les plans tracés. Tout cela fit grand plaisir à M. Gaspard.

Zaï et lui se trouvèrent un jour ensemble sur la propriété de David. Quand ils eurent examiné l'emplacement désigné ci-dessus et jeté un coup d'œil général sur les terrains, Zaï finit par dire à Gaspard:

— Enfin, ami Gaspard, à la garde de Dieu pour ces enfants. Certes, ils ont de l'ouvrage sur les bras. Je suis loin de regretter pourtant d'avoir donné mon consentement au prochain mariage.

— Ton consentement, ton consentement, ami Zaï! Dis plutôt que c'est toi qui as voulu que le mariage se fît sans retard. Tu sais bien que David ne se serait présenté que dans trois ou quatre ans. Il ne faut pas alors parler de consentement.

— Peut-être bien qu'oui, Gaspard. Cependant, si vous n'aviez pas accordé votre protection à David pour l'achat de ceci, et qu'il fût resté à votre service indéfiniment, ces jeunes gens ne se marieraient pas dans trois jours.

— Oui, je sais ce que Julie avait dit à propos des domestiques; et je l'ai, dans le temps, bien approuvé, mais c'était uniquement pour ce qui la concernait elle-même comme seule fille de propriétaire et non par rapport à l'état de domestique en général. Finalement, cet état en vaut bien un autre; il n'est point déshonorant.

Et dès que les serviteurs sont fidèles, honnêtes, actifs et
d'un bon caractère, pourquoi ne se marieraient-ils pas
aussi bien que des fils ou filles de paysans qui restent à
la maison paternelle et souvent sont loin de les valoir?
Les maîtres ne sont pas tous des modèles de conduite,
tant s'en faut. S'il y a des domestiques malappris,
ingrats, dépensiers, paresseux ou ivrognes, on en voit
un grand nombre qui font honneur à l'espèce humaine,
dans leur difficile et souvent bien pénible position. Et
puis, se marier! Il semble à beaucoup de gens qu'ils
n'ont rien de mieux à faire que de se marier: c'est se
tromper étrangement. Un domestique bien placé sait ce
qu'il gagne et n'a de souci que pour lui-même tandis
que, s'il se marie, il ira peut-être se charger d'affaires
auxquelles ni lui ni sa femme n'entendent rien et où ils
peuvent se ruiner en peu de temps. Combien n'en voit-
on pas qui, après s'être établis pour leur propre compte,
regrettent leur ancien état et voudraient beaucoup
pouvoir y rentrer! Mais pour en revenir à David et à
Julie, il nous faut penser que, tout au rebours des
choses de ce bas monde, ce qui arrive à ces jeunes gens
est pour le mieux. J'aime David comme mon propre
fils: cependant, il ne faut pas qu'il compte sur mon héritage. Il doit travailler et il travaillera. Peut-être seras-tu
bien aise de savoir que je n'ai pas de titre contre lui pour
les 5500 francs qu'il me doit; s'il se conduit bien, c'est
un compte qui se réglera entre nous et sans difficulté.
De ton côté, tu verras, selon les circonstances, si tu dois
faire quelque chose pour le jeune ménage.

— Ce que j'ai dit est dit, ami Gaspard. J'ai donné ma
fille sans fortune, et je crois que cela est bon pour tous
les deux. Il est clair que si je les voyais dans de grands
embarras, je viendrais à leur aide. Il y a une chose qui
me frappe beaucoup chez David, c'est que, sans parler
presque jamais de religion, on voit qu'il craint Dieu et
l'aime véritablement. Il y a des moments où l'on dirait
qu'il s'entretient avec quelqu'un qu'on ne voit pas.

— Précisément, ami Zaï. Un jour, je lui parlais de cela, me répondit que sans *sa foi* et la prière du coeur, il ne serait qu'un mauvais sujet comme tant d'autres. Il sent vraiment que Dieu a été son père et sa mère depuis qu'il s'est vu orphelin des deux côtés. Mais le voici qui vient: taisons-nous.

Bon gré mal gré, Gaspard dut endosser son habit noir et se rendre à l'église pour le mariage. Julie le lui demanda avec instance: il se résigna, bien qu'en murmurant.

— Un vieillard de soixante-douze ans comme moi! aller à une noce! ah! oui, c'est quelque chose de beau! Votre frère y va; c'est bien assez. Les gens se moqueront de moi.

— Personne ne se moquera de vous, M. Gaspard. Au contraire, on dira que c'est bien aimable à vous de nous accompagner. Je veux que vous voyiez de vos yeux que je suis heureuse d'épouser ce pauvre David, auquel vous avez servi de père.

— Ah! parbleu! voilà bientôt six semaines que je le vois à tout moment. Une fois de plus ne fera rien. Mais enfin, Julie, je ne veux pas vous faire du chagrin pour le jour de vos noces.

— Pour ce mot-là, monsieur Gaspard, je veux vous embrasser.

— Ah bah! ne m'embrassez pas tant: vous aurez assez à faire à embrasser David quand vous serez sa femme. À quoi est-ce que ça sert de tant s'embrasser, oui, à quoi?

— À entretenir les bonnes habitudes qu'on avait au temps des Bernois lui répondit avec malice la jeune fiancée. Papa Gaspard, dites-moi un peu si l'on ne s'embrassait pas beaucoup, en ce temps-là?

— Oui, dix fois plus que de raison, ma chère. Pour cela, c'est l'exacte vérité.

La table du souper est servie chez Esaïe Cléret, dans la plus grande chambre de la maison. Une vingtaine d'invités de tout âge y prennent place. Le pasteur occupe le haut bout; à sa droite est M. Gaspard; à sa gauche M. Ambrezon; plus loin, le nouvel instituteur des Marettes, M. Gérondif; le maître-mouleur de la tuilerie de Ravandes; le syndic *Schéta-vo*, guéri de son commencement d'hydropisie; des jeunes gens, garçons et filles, amis ou camarades des époux, Mme Nantherbe a apprêté le repas et va le servir, aidée par son gros mari qui découpera les viandes.

M. le pasteur demande la permission de prononcer l'action de grâces, et le fait avec beaucoup de tact et de sérieuse dignité. — Voici une petite caisse apportée par un messager venant de la ville. Elle contient douze bouteilles d'excellent vin, à l'adresse de M. Gaspard Lebrun, et une lettre de félicitations aux époux, ainsi qu'à la famille Cléret. Qui donc envoie ce présent? — M. de Tresmes, en réponse à la lettre que David lui a écrite dernièrement. Gaspard saisit cette occasion pour faire l'éloge du généreux donateur.

— Voilà un homme comme il faut, messieurs un vrai noble dans le bon sens du mot! Quel dommage que ces grandes familles se soient retirées des affaires du pays! Je ne dis pas tous, mais un grand nombre ne veulent plus s'en mêler. Il nous en faudrait beaucoup comme M. de Tresmes quoique, pour dire la vérité, il y en ait peu comme lui: affable ami de la liberté, et cependant restant à sa place. Il m'a dit lui-même, quand nous parlions des anciens Bernois et de ceux qui sont venus après eux au commencement du siècle, qu'il ne fallait pas retourner en arrière, mais nous attacher à tout ce qui est bon dans les institutions actuelles. Moi, je suis vieux, monsieur le pasteur, et je tiens encore souvent pour les vieux. Ouvrez une ou deux de ces bouteilles, Nantherbe, qu'on boive à la santé de l'honorable M. de Tresmes, propriétaire à la Fustaie, près Mosserens.

Tous les verres se remplirent; chacun fit honneur au toast de M. Gaspard.

— À la vôtre, encore une fois, M. Gaspard, dit M. Ambrezon en élevant son verre. Messieurs, je propose à l'honorable compagnie dont j'ai l'honneur de faire partie en ce beau jour, je propose, dis-je, la santé de notre ami monsieur Gaspard Lebrun, qui est un excellent et digne homme. Il a servi de tuteur à l'époux que voilà, pendant huit ans.

— Ce n'est que sept ans, interrompit Gaspard.

— Pendant sept années consécutives; et maintenant il a la joie, dans ses vieux jours, de voir l'orphelin heureusement établi et marié avec Mlle Julie Cléret. Tous les deux ont été à mon école. Or, je vous prends tous à témoins, messieurs et dames, qu'ils font honneur au vieux régent Ambrezon. Je porte la santé de M. Lebrun, celle des époux et de leurs père et mère, M. et Mme Cléret. — À votre santé monsieur le pasteur la santé de monsieur le pasteur est bonne?

— Très bonne, monsieur Ambrezon. Vous avez rajeuni me semble-t-il, depuis que vous avez pris votre retraite de régent.

— Effectivement, je me porte mieux. Les leçons me fatiguaient beaucoup la tête; je me donnais trop de peine pour enseigner le peu que je savais, car nous autres anciens régents, nous ne pouvons en aucune manière rivaliser avec les nouveaux. Voilà mon honorable successeur et collègue M. Gérondif, qui a passé par une école normale, et qui en sait long. Les jeunes régents peuvent maintenant se perfectionner dans la science: de notre temps, il fallait tout apprendre soi-même. C'est ainsi que j'avais découvert une règle sûre pour reconnaître les verbes dans le discours. N'est-ce pas; ami David, que la règle était belle et bonne?

— Excellente, monsieur Ambrezon, pour ceux qui en avaient besoin.

— Pour vous, je sais que vous vous en serviez peu, car

vous reconnaissiez les verbes rien qu'en les voyant; et d'ailleurs vous aviez appris la nouvelle grammaire dont on se sert aujourd'hui.

— Notre collègue, M. Carré, de la Combe-aux-Rocs, passe pour un excellent instituteur, bien qu'il n'ait pas de brevet, dit le nouveau régent. M. Charnay a fréquenté son école jusqu'à seize ans, si nous ne faisons erreur.

— Oui, monsieur, répondit David, j'ai eu ce bonheur-là. Je regrette que M. Carré n'ait pu se réunir à nous aujourd'hui; lorsqu'il viendra aux Marettes, je me ferai un plaisir de vous le présenter.

— Je serai charmé de faire sa connaissance.

— Oh! là, voyez-vous, monsieur Gérondif, reprit Gaspard, avec sa verve habituelle, je veux bien croire que le brevet de capacité est une preuve des connaissances de celui qui le possède, mais certainement il ne fait pas tout. Il me semble qu'un régent ne sera jamais qu'un pauvre maître d'école tant qu'il n'aimera pas avant tout sa profession et la jeunesse, tant qu'il n'enseignera pas aux enfants la crainte de Dieu et le respect pour les vieillards. Je ne m'embarrasse pas mal qu'on enseigne aux enfants la chimie et toute la diablerie de la physique, si, lorsque je rencontre trois garçons dans la rue, deux gardent leur chapeau sur la tête et le troisième me rit au nez. Ils ont beau savoir que l'air est un corps composé de je ne sais quoi, ces enfants sont de francs malhonnêtes et peut-être des polissons.

— Monsieur a parfaitement raison, répondit l'instituteur.

— Pour moi, dit M. Ambrezon, je me suis toujours appliqué, avant toute chose, à enseigner la politesse aux enfants. — M. David, avez-vous l'intention de louer l'herbe de la prairie d'ex-Gloux l'année prochaine?

— Non; j'en aurai probablement besoin.

— C'est dommage, car j'en aurais volontiers loué deux *toches*[34]. Vous n'avez pas d'idée, M. Gaspard,

34 - Parcelle de 20 ares environ.

comme cette petite herbe maintient les vaches en bon état: joli poil et bon *ruminage*. La Drionne a certainement augmenté de vingt livres pesant, depuis qu'elle en mange. Je me suis parfaitement trouvé de l'amodiation du foin de M. David Charnay. — À la vôtre, M. le pasteur. — M. le syndic, je vous salue. — Collègue Gérondif, à vos projets conjugaux!

— À votre santé! M Ambrezon, dit tout à coup le vieux Gaspard, comme par une sorte d'inspiration. Vous êtes un vrai philosophe; je souhaite quinze ans de vie à la Drionne.

— Merci, merci, répliqua l'intarissable Ambrezon. Quinze ans! pour elle et pour moi, ce serait bien long.

Ce mot de *vie* le conduisit naturellement à son refrain favori: il se mit à le chanter en regardant la compagnie. Et comme il se faisait déjà tard, David profita de l'attention générale accordée au chanteur pour s'éclipser. Sa femme, depuis un moment, était déjà absente de la table. On ne les vit pas revenir dans la chambre; ils étaient partis. M. Ambrezon aurait bien pu répéter une seconde fois pour eux:

C'est ainsi qu'l'on descend gaîment
Le fleuve de la vie.

CHAPITRE XXVII

Le rocher des siècles est en l'Éternel, notre Dieu.

Dans les romans ordinaires, tout est fini, dès que les gens sont mariés. L'auteur jette sa plume, le lecteur ferme le livre, se croise les bras et, le plus souvent, se met à bâiller. Nourriture creuse, en tout cas, si elle n'est malsaine. Vie factice qui vient de passer sous vos yeux; tromperie du cœur et de l'esprit, fantasmagorie d'une imagination, hélas! parfois corrompue.

Comme tant d'autres, je pourrais donc m'arrêter ici, et certes je ne serais point fâché d'aller faire une promenade délassante. Et notez, mon cher lecteur, qu'il est quatre heures du matin: nous sommes à la fin de juillet. Il n'y a pas trace de rosée, ni dans les prés, ni à la montagne. Il ferait si bon respirer l'air frais, avant l'arrivée du soleil, et même jusqu'à l'heure où l'ouvrier des champs s'assied sur la terre pour manger sa soupe. Dans le milieu du jour, on étouffera. Les fontaines menacent de tarir, et si vous allez dans le verger, vous ferez, à chaque pas, lever dix sauterelles grises dans les restes d'herbe qu'elles dévorent.

Mais non, cher lecteur; si vous me faites l'honneur d'ouvrir mon livre à la fin de votre journée, il faut que j'emploie une partie de la mienne à continuer ce récit.

Adieu donc la promenade en plein champ ou sur les monts! L'histoire de David Charnay n'est pas terminée.

Je me souviens d'avoir rencontré, il y a bien long-temps, dans un chemin, un jeune homme et une jeune femme qui, se donnant le bras, marchaient joyeusement du côté de la vie. Ils parlaient avec l'abandon d'une parfaite confiance, se regardaient avec tendresse, et, tout en allant assez vite, ne se pressaient pourtant pas d'arriver. Leurs mains libres portaient différents objets de ménage; le mari, un arrosoir, un falot de fer-blanc; la jeune femme, une *cassette* à jambes et la cafetière tradi-tionnelle. L'arrosoir contenait probablement du sucre et du café, je ne sais quoi d'autre encore. Le chemin était doux, comme après les jours de pluie, sans poussière et sans flaques de boue. De chaque côté, les hautes pousses du coudrier, entremêlées de vigne sauvage et de clématites, protégeaient ces jeunes époux contre les rayons du soleil, ou contre les regards indiscrets des ouvriers de campagne. Ils avaient l'air si parfaitement heureux! Leur vue faisait du bien: et, comme je me sentais heureux moi-même, je les saluai d'un certain air d'amitié auquel je n'avais aucun droit. Pourtant, ils me comprirent, car ils me rendirent un « *bonjour*» aussi affectueux que le mien.

Plus tard, j'appris que leur bonheur se continuait, au milieu de travaux fatigants, qui n'avaient rien de poétique. Mais ce bonheur avait sa source dans l'amour de Dieu, dans de fortes convictions chrétiennes: la base en était solide et s'affermissait en eux de jour en jour.

Le tableau véritable que je viens d'esquisser en quelques lignes, peut être appliqué au jeune ménage Charnay. David et Julie sont établis à la *Tuilerie des Marettes*. C'est le nom donné à la propriété par son nouveau possesseur. Le soleil du premier janvier les trouva dans leur petite cuisine, occupés à préparer leurs deux tasses de café. Ils avaient voulu être seuls, pour les premières heures de cette première journée de leur vie à deux. Comme de vrais enfants du Père céleste, ils commencèrent par se nourrir du Pain de vie, après quoi ils s'agenouillèrent l'un à côté de l'autre. David pria, dans la ferme assurance que le Seigneur était avec eux pour les bénir. Julie ne craignit point d'ajouter quelques paroles à celles de son bien-aimé, et ainsi la prière chrétienne, la prière du mari et de la femme, s'installait dans une maison occupée autrefois par l'abrutissement et l'orgie.

Ils firent ensuite le plan de leurs journées. Chaque matin, avant leur déjeuner, ils demanderaient à Dieu son secours et sa force, comme aujourd'hui. Le soir, après le travail, ils feraient de même, et autant que possible tous les deux prieraient à haute voix. — Ils ne donneraient pas la pension alimentaire à leurs ouvriers, afin d'avoir au moins les heures des repas tranquilles, pour eux seuls. Julie, qui avait aussi une bonne écriture, tiendrait les livres de comptes. David se bornerait à inscrire au crayon, dans son carnet, les notes diverses, formant la base de sa future comptabilité. — Dans la soirée, mais en hiver seulement, on lirait à haute voix de bons livres, qu'on se procurerait facilement à la ville, où existait déjà une bibliothèque populaire. Le dimanche, tous les travaux seraient suspendus, à moins que le feu ne fût au four et ne dût être continué. Dans un cas pareil, qui ne se représente que rarement, la cuisson des briques ne supporte aucune interruption. Ainsi le navire, lancé en pleine mer, continue à recevoir le vent dans sa voilure, ou la même quantité de charbon dans ses fourneaux. — Mais le dimanche, jour de repos bienfaisant et nécessaire, n'est point le sabbat juif. David et sa femme iraient se promener dans les jolis prés des Marettes, s'asseoir à l'ombre, causer de leur bonheur ou se confier leurs peines.

Allez, enfants, allez ainsi, toujours; et Dieu vous bénira. Vous descendrez tout doucement le fleuve de la vie, et quand même vous toucherez aux rapides, quand même les vagues bouillonnantes signaleront les périls ou les écueils de la tentation, votre barque, conduite par la foi, soutenue par une main puissante, traversera les passages difficiles sans se briser.

Durant tout l'hiver, David travailla comme pas un homme aux Marettes. Lui et son cheval firent des prodiges d'activité. Enlever la terre végétale qui recouvrait l'argile et la transporter sur les champs légers derrière la maison; niveler, assainir l'emplacement destiné à la construction neuve; mettre de l'ordre un peu partout, tracer le chemin qui, de l'avenue, irait tout droit à la tuilerie, le rendre praticable, sinon encore tout à fait régulier; chercher une mine de sable et en amener des tas considérables pour le mortier, telles furent, en gros, les occupations de l'actif ouvrier.

Le soir, lorsque le cheval était soigné et que David venait prendre place au foyer auprès de Julie, celle-ci lui disait:

— Tu te fatigues trop, mon ami; vois donc comme tes joues sont maigres. Je ne veux pas absolument qu'elles se creusent ainsi. À vingt-cinq ans, c'est une chose défendue.

— Allons donc, chère enfant, lui répondait-il, je suis gras de reste et quand j'aurai passé une heure avec toi, ce soir, je serai parfaitement reposé. Raconte-moi ce que tu as fait depuis midi; moi, j'ai transporté quatorze chars de sable à la tuilerie.

Dès le 25 mars, David prit les ouvriers nécessaires à son futur établissement. Un grand séchoir provisoire fut construit pour y recevoir les briques fraîches sortant des moules. En même temps, l'entrepreneur menait activement la construction principale. On ne couvrit en tuiles achetées que la partie indispensable du bâtiment, qui, du reste, était fort simple et peu dispendieux. Les bois, à cette époque, coûtaient beaucoup moins qu'aujourd'hui, et la main d'œuvre la moitié du prix actuel.

— Vers la fin de juillet, on vit pour la première fois aux

Marettes la grande fumée brune de la tuilerie s'échapper lentement dans les airs, par les cheminées et les soupiraux du toit. David conduisit lui-même le feu jour et nuit durant tout le temps nécessaire, avec un ouvrier de confiance. Quoiqu'il eût bien pris ses mesures et fait les mélanges convenables de sa glaise, il n'était pas sans inquiétude sur la réussite de cette première fournée. Vingt-huit milliers de briques diverses et de tuiles étaient engagés, mais ce qu'il importait, avant tout, d'obtenir, c'était une bonne qualité. Si la tuile était manquée, on se moquerait de lui; la réputation de son établissement serait détruite pour longtemps peut-être, et beaucoup d'argent perdu. — Julie lui disait d'avoir confiance, de ne pas se tourmenter, que, s'il plaisait à Dieu, tout irait bien. Ces bonnes paroles le fortifiaient, mais le maître tuilier ne sortirait tout à fait de son angoisse, que lorsqu'il tiendrait dans ses mains un échantillon excellent de cette première *grande entreprise.* Enfin, le feu fut éteint; on laissa refroidir la masse brûlante, et, cinq jours après, Julie vit revenir David à la maison, de son pas grave, l'air recueilli et la tête découverte. Il apportait la première tuile, sur laquelle étaient gravés, d'un côté, le nom et la date de l'établissement, de l'autre, le mot *Confiance.*

— Je ne sais pas si elle est bonne, mon ami, lui dit Julie; explique-moi tout, ne me cache rien.

— Oui, chère enfant, elle est bonne, aussi bonne que la meilleure du pays.

— Eh bien, David, que t'avais-je dit?

— Allons en rendre grâce à Dieu ensemble, Julie; viens.

Sceptiques, hommes du monde, paysans orgueilleux ou ignorants, vous qui ne savez ce que c'est que l'action de grâce, riez! moquez-vous de la prière! dites que la foi n'est rien! Vous ne la connaissez pas, cette puissance qui remue et transporte les montagnes; vous vous privez volontairement de ce qu'il y a de plus beau, de plus grand, de plus saint sur la terre. — Il ne s'agit que d'un morceau d'argile, n'est-ce pas? et vous dites: Dieu se mêlerait-il de cela? — Oui, Dieu se mêle de tout, même d'un grain de poussière. Et si quelque gloire en doit sortir, elle lui appartient; s'il en résulte quelque bénédiction, elle vient de lui. C'est ce que nous croyons, nous chrétiens, c'est ce qui fait notre joie, notre force, notre bonheur.

Je reprends le récit. — La première cuite avait donc réussi. Tout allait bien, sauf quelques douzaines de *carrons* à galandages, qui se tordirent et se fendirent plus ou moins. David garda pour lui une partie des tuiles; le reste fut enlevé immédiatement par les propriétaires des villages voisins, ainsi que les autres marchandises de cette première fournée. Les ouvriers tirèrent les mortiers. David leur fit donner un bon repas chez Nantherbe. Tous furent contents. Le vieux Gaspard triomphait. Il prétendait seulement que David ferait mieux de ne pas céder à la mode, mais d'avoir une tuile plus épaisse, un peu plus large, exactement semblable à celle qui recouvrait sa maison et portait le millésime de 1731. Quant à Zaï, complètement réconcilié dans son esprit avec son gendre, il vint le féliciter à la tuilerie.

— Je t'ai mal jugé autrefois, mon cher David, lui dit-il, et je le reconnais. Non seulement ma fille est heureuse, quoique vous ayez l'un et l'autre bien de la fatigue et du souci, mais je vois que tu es en bon chemin pour tes affaires.

— J'ai bien des grâces à rendre à Dieu, répondit David, et je crois que peu de pères de famille, à votre place, m'auraient confié le sort de leur fille. C'est moi qui suis le mieux partagé de tous.

— Si tu te trouvais dans quelque besoin pressant d'argent, je pourrais t'en avancer ou t'en prêter. Il ne faut pas, sur ce point, te gêner avec moi.

— Je vous remercie. Pour le moment, je puis marcher sans emprunt. La vente de la première cuite me permettra de payer mes ouvriers pour la seconde, que nous ferons prochainement. Il me reste encore quelques cents francs du crédit de M. de Tresmes, et mon dernier terme pour la bâtisse n'est échu que dans quatre mois. Ainsi, je puis aller, bien juste, il est vrai, mais c'est tout ce qu'il faut.

Comme bien d'autres curieux, M. Ambrezon voulut aussi voir de près la marchandise de David.

— Par ainsi, dit-il, voilà des tuiles sonores, qui rendent un son clair, comme la cloche de notre horloge. Elles sont légères et d'une jolie couleur. On lit dans l'histoire que les Romains, peuple guerrier des temps anciens, fabriquaient d'excellentes tuiles rouges. La cuisine de feu l'assesseur Pagot est pavée de grands *carrons* rouges, que feu son père retira d'un canal souterrain, bâti par ce peuple de Romains. Le pré où on les trouve ressemble au vôtre, monsieur David; il produit une petite herbe plate, qui donne un foin profitable pour *la bovine*. Les vaches se maintiennent bien lorsqu'elles en mangent, mais il faut le faire fermenter avec du sel. J'ai appris avec plaisir que vous avez l'intention de tenir une vache cet automne. Une bonne vache, bien nourrie, fait une rente considérable. Et comment se porte Mme Charnay?

— Très bien, je vous remercie.

— Il n'y a pas encore apparence de famille?

— Non.

— Cela viendra, cela viendra; je vous souhaite, monsieur et ami David, de braves enfants, qui suivent l'exemple de père et mère. Notre Nathalie s'est mariée le mois passé, à Genève, avec un marchand mercier, qui est assez bien dans ses affaires. Vous savez aussi que mon successeur M. Gérondif va nous amener une maîtresse d'école; on dit qu'elle est charmante et vient des Ormonts; c'est une nommée Valérie Dogloz, régente actuellement à Sistoles.

— Je ne savais rien de tout cela; tant mieux pour

votre fille, monsieur Ambrezon, et aussi pour M. Gérondif.

— Avez-vous refait les crèches de votre écurie?

— Non, pas encore, j'ai assez d'autres occupations. Au revoir, monsieur Ambrezon.

— Votre serviteur, monsieur et ami Charnay. Votre *tuilière* est une belle chose pour notre village; chacun en sera reconnaissant.

CHAPITRE XXVIII

*Tout nous dit que la Patrie
Est dans les vallons du ciel.*

La seconde cuite, qui eut lieu trois semaines après, fut encore supérieure à la première, en ce qu'elle exigea moins de combustible pour donner le même résultat. Dès lors la marche de l'établissement était assurée. La tuile des Marettes, si elle résistait bien à la double action de la gelée et du dégel, comme on avait le droit de s'y attendre, prendrait place parmi les meilleures du pays. Il faudrait encore sans doute, des perfectionnements dans la main-d'œuvre et dans la direction des ouvriers, mais le point le plus important était acquis, la marchandise était bonne et à proximité d'un assez grand nombre de villages. Comme la première cuite, la seconde fut vendue à mesure qu'on défournait. On allait mettre au four la troisième, vers la fin d'août, lorsque David Charnay dut se rendre à *** chez le banquier de M. de Tresmes, pour y toucher le reste de son crédit, dont il avait besoin. Le temps avait été jusque-là d'une chaleur excessive. Les prés étaient comme rasés par les sauterelles, et la terre calcinée par le soleil. Les cerisiers ne montraient de feuilles bien vertes qu'à l'extrémité des branches; celles de l'intérieur étaient jaunes ou couvraient déjà le sol. — David se sentait extrêmement fatigué: sa tête, dans le milieu du jour, était brûlante, et le soir il ne pouvait presque pas se tenir debout. Le travail incessant auquel il s'était livré depuis neuf mois, les craintes, les angoisses, les contrariétés inséparables d'une entreprise telle que la sienne, tout cela se faisait sentir au jeune et courageux chef de la tuilerie des Marettes. Julie le suppliait de se reposer.

— Tu te rendras malade, mon ami, lui disait-elle. Il est impossible que tu puisses continuer un travail pareil sans te donner beaucoup de mal. Laisse faire les ouvriers et repose-toi.

— Chère enfant, répondait-il, nous nous reposerons en hiver. Pour le moment, il faut que je donne l'exemple en tout. Mais cet hiver, nous serons bien tranquilles, rien que nous deux. Je vais donc à *** chez le banquier.

Il en revint le soir, apportant à Julie une charmante robe d'automne, qu'il s'était donné le plaisir de choisir lui-même.

— Tu la mettras tous les jours, dès qu'il fera moins chaud, lui dit-il.

— Mais ce serait dommage, répondit Julie, tout enchantée du présent de son mari.

— Pas du tout, ma chère. Tu dois être toujours bien mise et j'y tiens beaucoup. Je ne comprends pas que les femmes des paysans soient, en général, si mal habillées. Dès la première année de leur mariage, elles se fagotent d'une affreuse façon et paraissent n'avoir plus de goût pour elles-mêmes, ni le désir de plaire à leurs maris. Elles pourraient et devraient s'y prendre tout autrement. Toi, qui ne travailles pas aux champs comme elles, et qui es souvent appelée à recevoir les gens qui viennent à la tuilerie, tu continueras à être toujours soignée sur toute ta personne. Nous travaillons assez l'un et l'autre pour que tu puisses faire cette dépense, qui d'ailleurs est bien peu de chose. — Mais je n'en puis plus de fatigue; par moments la tête me tourne et je sens une douleur assez vive aux épaules. Je n'ai aucun appétit: la nuit me fera du bien.

David se mit au lit et dormit d'un sommeil agité. Lorsqu'il voulut se lever, le lendemain, ses jambes refusèrent leur service; la tête était fort souffrante; il eut assez de peine à se remettre sur sa couche. Dans la journée, il lui prit comme des rêveries: il parlait seul, à haute voix Julie, qui n'avait jamais vu de malade, alla chercher sa mère et lui fit part de son inquiétude. Mme Cléret dit qu'il fallait aller chez le médecin, à une lieue des Marettes, et lui expliquer l'état de David. Julie laissa donc son mari au lit et partit immédiatement. Elle dut attendre assez longtemps avant de voir le docteur, qui faisait en ville ses visites du matin. Lorsqu'elle lui eut expliqué ce qu'éprouvait David, il dit qu'il viendrait le soir, et prescrivit, en attendant, divers petits remèdes. Julie revint, haletante, par un soleil ardent. Sa mère lui dit que David n'était pas mieux et continuait à parler seul. On lui donna la potion calmante. Lorsque le médecin arriva, il ordonna d'ouvrir portes et fenêtres, s'assit à côté du lit, où il resta une grande demi-heure, soit à sentir le pouls, soit à examiner les yeux, la langue, la peau et la tête du malade, tout en questionnant Mme Charnay à voix basse. Son examen terminé, il dit qu'il fallait se procurer une garde qui eût l'habitude des malades et ne craignit pas de soigner une fièvre nerveuse. — Julie répondit tout de suite que, tant qu'elle en serait capable, personne autre qu'elle ne soignerait son mari.

— Songez bien, madame, qu'il ne faut le quitter ni de jour ni de nuit.

— Je ne le quitterai pas une minute monsieur, je remettrai mon ménage à une femme du village.

— À la bonne heure.

Le docteur fit ses prescriptions et dit qu'il reviendrait le lendemain matin.

Pauvre Julie, quelle nuit elle passa! Comme elle pria

Dieu avec ardeur! Et de quels soins attentifs elle entoura son bien-aimé! Mais aussi, comme les terreurs et les saisissements de l'angoisse vinrent l'assaillir par moments! Le mot de fièvre nerveuse l'avait consternée. Tout ce long travail, ce remuement de terres humides au printemps, la tension excessive de toutes les forces de David avaient amené l'invasion subite d'une maladie qui, dans un tel âge, ne pardonne que rarement. De la chambre silencieuse, Julie voyait les reflets rouges du feu de la tuilerie, elle entendait la voix des ouvriers, et son mari était là, sans force, rêvant à haute voix de ses chères occupations. Si elle allait le perdre, peut-être? oh! non; non! dit-elle: «Mon Dieu, aie pitié! pardonne nos transgressions!»

Le médecin revint le matin, puis le soir, et le lendemain, et tous les jours suivants.

— Monsieur le docteur, que pouvez-vous me dire aujourd'hui? demandait Julie.

— Rien de certain, madame. Quand nous aurons dépassé le vingt-deuxième jour et la semaine qui suivra, nous verrons.

Jours de bonheur, de joyeuse tendresse, qu'êtes-vous devenus?

— Prends cette cuillerée, mon ami, elle te fera du bien.

David ouvrait la bouche au contact de la cuiller et avalait le remède.

— C'est Julie! c'est ta femme qui est là, près de toi, David.

— Il faut brûler encore ces deux moules, répondait le malade: je veux que ma tuile soit aussi légère que celle de M. Martin.

— Oui, cher enfant, on les brûlera. Mais dis-moi que tu me reconnais: c'est Julie, ta bien-aimée.

— Prends courage, ma fille, tes péchés te sont pardonnés. — ... Monsieur Gaspard, si je parvenais, au bout de dix ans, à avoir un établissement à moi, croyez-vous que M. Cléret consentirait à me donner sa fille?

Et un sourire illuminait la figure de David: Gaspard, dans son esprit, lui avait sans doute donné de l'espérance.

Le vieux tuteur était dans une angoisse mortelle. Il allait et venait continuellement de chez lui à la tuilerie, recommandant aux ouvriers de faire comme si leur maître était là, et leur apportant souvent une bouteille de vin dans sa poche, pour les encourager. Un jour, il s'approcha du lit.

David ne parlait pas; ses yeux avaient une expression tranquille.

— Adieu, mon cher David, lui dit le vieillard avec une sincère affection: comment te sens-tu aujourd'hui?

— Comme le paralytique de l'Évangile, le Seigneur Jésus le guérit et lui dit: «Emporte ton lit et marche; mon fils, tes péchés te sont pardonnés.» — Toi, qui me parles, qui es-tu? Connais-tu le Seigneur? Va à lui. Il peut pardonner tes péchés.

Consterné et brisé, Gaspard s'en retourna du côté du village. Chemin faisant, il s'assit sur un tronc de bois. «C'est un homme perdu, dit-il à demi-voix. Il a trop travaillé, il s'est énervé jusqu'au bout. Pauvre jeune femme! que deviendra-t-elle avec un pareil établissement sur les bras?

Zaï passait, se rendant chez sa fille.

— Venez-vous de chez David? demanda-t-il à Gaspard.

— D'où viendrais-je? je ne fais que ça tout le jour.

— Comment l'avez-vous trouvé?

Gaspard ne répondit pas d'abord. Le vieillard, dans sa douleur, fut sur le point de faire de vifs reproches à Zaï sur son ancienne dureté envers son gendre, mais il se retint pourtant. À la fin, il prononça lentement ces mots:

— Bien malade, je crois que Dieu va nous le reprendre.

Zaï continua son chemin du côté de la tuilerie et Gaspard, cédant à son émotion, laissa couler de grosses larmes sur ses joues amaigries. Joignant les mains, il se mit à prier ainsi:

— Ô Dieu! ils sont jeunes, laisse-les ensemble. Moi, qui suis vieux et inutile aux autres, prends-moi à sa place le plus tôt possible.

Ésaïe Cléret ne fut pas non plus reconnu par David. À la question qui lui fut faite, le malade répondit par ce passage de la Bible qu'il paraissait s'adresser à lui-même: *Quand les richesses abondent, n'y mettez pas votre cœur.*

Prédication vivante, prédication terrible devant l'homme qui, pendant si longtemps, avait donné la plus grande place en son âme aux biens terrestres!

Grâce à Dieu, aux soins intelligents du docteur et à la garde fidèle de Julie, les jours de la détresse parurent s'éloigner. Pendant la quatrième semaine, Julie étant seule à côté du lit de son mari, celui-ci se réveilla d'un bon sommeil. Elle essuya son visage et déposa un baiser sur le front pâle du malade. David la regarda avec son ancienne tendresse et lui dit à voix basse:

— Merci, chère enfant. Que notre Père céleste te bénisse!

Comme elle fut heureuse de cette parole! — Le docteur, dès ce jour, donna bon espoir. Le délire ne reparut pas, et, peu à peu, les forces reprirent le dessus dans ce corps que la fièvre avait tenu pendant si long-temps au bord de la tombe. Quand Julie put le voir assis sur son lit, et qu'elle sentit le bras de David l'attirer sur son cœur, elle oublia toutes ses angoisses, toutes ses nuits blanches, pour ne plus penser qu'avec reconnais-sance au bonheur que Dieu lui rendait.

— Quel voyage nous avons fait dans la vie, l'un et l'autre, depuis un mois! lui dit David. J'ai habité des pays étranges. Tantôt je me voyais roulant au fond des abîmes; tantôt mon esprit montait au ciel et chantait avec les anges. La nuit la plus noire m'entourait, et, tout à coup, une lumière impossible à décrire mettait la terre devant mes yeux avec toutes les créatures. Quand j'entendais les promesses du Sauveur, je me sentais dans une paix parfaite. Béni soit son nom! Chère enfant, si je vis, nous ne nous en aimerons que mieux après tout ceci. Notre amour en sera sanctifié. n'est-ce pas, Julie, nous ne nous tourmenterons plus pour les choses de cette vie, et nous aimerons Dieu davantage. Comme tu as été bonne pour moi! Je le voyais je le sentais; et quand je voulais l'exprimer, je tenais probablement d'étranges discours.

C'est ainsi que le jeune homme fut ramené à la vie et rendu à celle qui, certainement, était digne de lui.

Dès que David put recevoir le vieux Gaspard, celui-ci vint s'asseoir aussi près de son lit. David lui prit la main.

— Merci, cher protecteur, lui dit-il. Je suis sûr que vous avez prié pour moi plus d'une fois. Dieu vous a exaucé. Comment vous sentez-vous vous-même?

— Vieux, mon pauvre David: vieux de reste. Si j'ai pu partir à ta place, je n'aurais pas hésité. Maintenant, il ne s'agit pas de te brûler le sang de nouveau, comme tu l'as fait en commençant. La tuilerie marche bien, et les ouvriers sont gentils. La troisième cuite est allée encore mieux que les deux autres: je leur ai fait brûler deux moules de plus qu'ils ne voulaient. Aussi la tuile est sèche, légère et d'une belle couleur.

— Il vous faudra en prendre de celle-là pour votre maison.

— Non, je t'ai déjà dit que tu m'en feras à loisir de la plus forte, que tu mouleras toi-même. Mais j'ai écrit à M. de Tresmes d'envoyer des chars pour profiter de cette bonne occasion, et en même temps je lui ai donné de tes nouvelles. Ai-je mal fait?

— Au contraire, je vous remercie.

— Tu peux te tranquilliser sur tes affaires, ton beau-père et moi, nous avons eu soin de tout noter, et Louis a fait les écritures.

— Merci, merci. Vous avez tous été bons et aimables pour nous.

— Pense donc que Soulte m'a demandé au moins dix fois de tes nouvelles. Leur fils se marie avec la fille du grenadier des Ambettes.

— Vous les remercierez de ma part, en attendant que j'aille le faire moi-même et les féliciter.

— M. Ambrezon s'est aussi bien informé de ta santé. Tout bizarre qu'il est avec son foin et sa vache, c'est un homme qui a du cœur. Il a offert de veiller à la place de ta femme, assurant qu'il ne parlerait pas. — Mais je m'en vais, adieu. Cette visite est déjà trop longue. Quand tu seras guéri, je vous ferai part d'un grand projet que j'ai formé depuis quelque temps.

CHAPITRE XXIX

Le soir vient; on nous raconte
Quelque conte
De la plaine ou des vallons.
Ainsi passe la journée,
Puis l'année,
Et nous qui nous envolons.

Un mois après la visite que nous venons de rapporter au chapitre précédent, David Charnay, appuyé sur le bras de Julie, allait et venait deux ou trois fois par jour de chez lui à la tuilerie. La jeune femme était fière de le sentir s'appuyer sur elle, et lui bien heureux d'un si doux soutien. — Quoique les ouvriers eussent fait leur devoir en travaillant, ils avaient selon l'usage, gaspillé bien du temps et de la marchandise. Il y avait déjà passablement de désordre autour des constructions. David, toutefois, ne leur adressa pas de reproches. À leur place, d'autres ouvriers auraient peut-être fait moins bien que les siens. Il les remercia donc d'avoir continué les travaux sans lui. Tout se réglerait plus tard, leur dit-il, et il leur était reconnaissant.

Dans leur promenade, les époux rencontrèrent le vieux Gaspard qui venait chez eux. Tous trois s'assirent sur le même tronc qui avait été témoin des larmes de l'excellent tuteur. Celui-ci ouvrit la conversation de la manière suivante:

— Mes chers David et Julie, leur dit-il, je vous ai dit que je suis vieux. Cette maladie de David m'a mis dix ans de plus sur le dos: mais, finalement, tant mieux, puisque Dieu l'a voulu ainsi et que tu l'as échappé belle. — Je m'ennuie chez moi: les travaux des champs ne m'intéressent plus guère. Je voudrais donc louer mon terrain et ma maison à un fermier, dès cet automne, et si vous vouliez me recevoir en pension chez vous, je m'y trouverais bien. Ce qui m'intéresse, David, c'est la tuilerie. Je me promènerais par là, autour de tes ouvriers, et je tâcherais de ne pas les ennuyer trop de ma présence. Chez vous, je me tiendrais dans ma chambre le plus possible, afin de ne pas vous gêner dans vos entretiens. Je vous paierais une pension, que l'on décompterait sur ce que vous me devez: cela pourrait aussi vous convenir. Pensez-y et dites-moi demain si vous consentez à me recevoir, du moins pendant que vous n'avez pas d'enfants.

David regarda sa femme, qui lui fit signe de répondre *qu'oui* tout de suite.

— Mon cher protecteur, dit David, nous vous répondons à l'instant même qu'en venant chez nous, vous venez chez vos enfants. Puissiez-vous y passer de longues années, tranquille et heureux! Faites vos dispositions de ferme et venez quand vous voudrez.

— Je vous remercie. Le petit cabinet me suffira. Jean Torbe est tout disposé à louer mes fonds de terre, et je préfère les lui affermer à prix moyen, plutôt que d'avoir dans ma maison quelqu'un qui ne soigne pas convenablement mon terrain et les récoltes. — Le premier novembre, je viendrai donc chez vous. Nous nous entendrons pour la pension quand vous aurez vu ce que je vous coûte. Il me faudra un peu de vin vieux, que j'achèterai: si vous fournissez le sucre (j'en emploie encore assez), vous me donnerez du sucre blond, et non de ce vilain sucre de betterave dont vous vous servez.

Si ça ne vous dérange pas trop, Julie, d'avoir de la
cassonade pour moi, au lieu de sucre en pain, vous
m'obligerez.

— Je ferai mon possible pour que vous soyez bien
chez nous, monsieur Gaspard dit Julie en lui prenant la
main, vous serez mieux dans la grande chambre d'en
bas, qui a une bonne plaque[35] chaude et où l'on peut
mettre un poêle. Nous, qui sommes jeunes, nous nous
établirons en haut. C'est naturel. L'escalier vous fatigue-
rait. Mon mari et moi nous vous devons, après Dieu, la
plus grande partie de notre bonheur.

— Dieu doit toujours être le premier, répondit le
vieillard. Je l'ai bien compris pendant la maladie de
David. Pour ce qui me concerne, je suis loin de regretter
le peu que j'ai fait pour vous.

Ainsi M. Gaspard Lebrun devint le pensionnaire du
jeune ménage. Discret et confiant, bon et plein de cœur
malgré ses emportements de paroles, il sut rester à sa
place et ne point gêner un couple d'amoureux.

Dès le printemps, la tuilerie le vit arriver au moins
quatre fois par jour, et surtout vers la fin des fournées.
— Ne craignez pas de brûler *ferme* de bois, disait-il:
encore une demi-moule, et la tuile sera meilleure.

— Le patron, répondait le chauffeur de service, ne
veut pas qu'on aille plus loin que cela, et c'est assez.

Gaspard s'en allait en marmottant que, pour lui, il
brûlerait deux moules de trop plutôt que d'avoir une
seule tuile mal cuite.

— Le bois est cher, grand-père Gaspard, reprenait
l'ouvrier. Il faut faire vie qui dure.

— Je ne vous dis pas le contraire, mais la tuile doit
être bien cuite.

— Pourvu que la *circonstance* sonne clair et net, c'est
tout ce qu'il faut.

Gaspard avait remarqué que les ouvriers donnaient

---

35 - Plaque de grès chauffée par l'âtre de la cuisine et formant mur dans la chambre contiguë.

volontiers le nom de *circonstance* à n'importe quel produit de leur fabrication. Est-ce partout comme cela, dans les autres tuileries? je ne sais.

Bref, la santé à David, les belles couleurs sur les joues de Julie et la gaieté chez le vieillard: tous les dons précieux de la vie avaient été rendus aux maîtres de la tuilerie des Marettes. L'extérieur de la maison venait d'être rustiqué en gris très clair, et des contrevents neufs, d'un beau vert de Chine, remplaçaient les anciens qui ne valaient plus rien. Le jardin était entouré d'une palissade régulière. Toute la petite et modeste habitation renaissait à la vie, comme son digne possesseur.

Un jour, une grande calèche de louage amena chez Nantherbe deux dames, deux messieurs et deux enfants. C'étaient les nièces de M. Gaspard et leurs maris, qui s'étaient enfin décidés à venir lui faire une visite. Sans entrer dans aucune explication avec l'hôtelier, ils se dirigèrent, en chuchotant, vers la vieille maison de leur oncle. Jean Torbe et sa femme leur apprirent que le vieillard demeurait à la tuilerie, chez M. David Charnay, ce qui les étonna singulièrement.

— Oui, leur dit Jean Torbe, notre maître est vieux, il aime beaucoup David, et *s'est donné* à l'orphelin.

Ceci fit ouvrir de grands yeux aux quatre personnages, et nous voulons croire que leur conscience leur fit entendre de vifs reproches en ce moment. L'oncle Gaspard aurait-il bien adopté comme fils ce jeune David qu'ils avaient vu chez lui autrefois, et seraient-ils privés ainsi d'un héritage sur lequel ils comptaient tous, quoiqu'ils négligeassent leur vieux parent d'une manière presque scandaleuse? Ils ne pouvaient s'arrêter à une pensée pareille sans frémir, et pourtant, l'oncle avait abandonné sa propre demeure pour aller vivre chez l'*orphelin*.

Le vieillard était assis sur un banc à dossier, devant la maison, lorsque les six personnes y arrivèrent. Gaspard lisait attentivement.

— Bonjour, cher oncle! — bonjour, mon bon oncle! dirent les deux femmes en se jetant sur lui pour l'embrasser.

— Tout doucement, tout doucement, mes nièces, leur répondit Gaspard: j'ai eu le temps de devenir faible depuis qu'on a eu le plaisir de vous voir. — Votre serviteur, mes neveux. Et ces deux demoiselles sont mes petites-nièces, je présume.

— Oui, mon oncle voici *Blanche*, ma fille aînée.

— Et voici, dit l'autre nièce, *Alina*, ma seconde.

— Très bien, très bien. Bonjour, mes enfants.

Les deux fillettes embrassèrent cordialement leur grand-oncle, après quoi les mères lui firent part de leur étonnement de ce qu'elles le trouvaient ici et non chez lui, au village.

— Oui, répondit-il, je suis venu demeurer chez les Charnay, parce que je m'ennuyais beaucoup chez moi, et que David m'est sincèrement attaché. Je me trouve très bien ici. Cependant, je ne pense pas y rester longtemps encore.

— Et où irez-vous? cher oncle.

— Où j'irai, ma nièce Berthe? où j'irai? Croyez-vous donc qu'à mon âge et tel que je me sens, on ne sache pas où l'on va? *Le corps retourne en terre, d'où il a été tiré, et l'esprit retourne à Dieu, qui l'a donné.* Voilà ce que je lisais, il y a un instant, madame ma nièce. — Je suis bien fâché de ne pouvoir vous faire entrer tous dans la maison mais vous êtes nombreux: au fond vous serez mieux ici, à l'air et à l'ombre, sous ce poirier. Je vais appeler Mme Charnay.

Julie sortait en ce moment de la maison, elle vint saluer les parents de Gaspard avec une grâce charmante, et dans une mise irréprochable pour une jeune femme de sa condition. Une table fut placée sous le poirier; là, elle offrit aux visiteurs du vin et une *salée* toute chaude qu'on venait d'apporter du four. Messieurs et mesdames Siguenar et Racoton s'en régalèrent, ainsi que les enfants. Une heure après, ils se levèrent pour partir. Ils firent tous beaucoup d'amitiés à l'oncle, qui leur dit:

— Je vous vois probablement pour la dernière fois, car vos visites sont rares: une en deux ans, ce n'est pas trop.

— Cher oncle, si vous saviez combien nous sommes à l'attache, vous ne nous feriez pas un tel reproche.

— À l'attache! à l'attache! qui vous force donc à ouvrir vos établissements le dimanche? Ça, c'est une mauvaise habitude, que certainement on n'eut pas tolérée au temps des Bernois. Ici, David Charnay ne fait travailler à sa tuilerie le dimanche que lorsque le feu est au four, ce qui n'est arrivé encore qu'une seule fois. — Avez-vous passé à la tuilerie, en venant?

— Non, mon oncle.

— Eh bien, passez-y en vous en allant. Vous verrez comme tout y est en ordre. David s'y trouve en ce moment. Portez-vous bien. Élevez vos enfants dans la crainte de Dieu et le respect de la vieillesse.

— Adieu, madame Charnay, dirent les dames Siguenar et Racoton. Nous vous recommandons d'avoir soin de notre bon oncle, nous vous en serons reconnaissantes.

«Quelles singulières personnes!» pensa Julie, qui ne leur répondit que par une silencieuse salutation.

Les étrangers, en passant à la tuilerie, demandèrent David Charnay.

— Le maître est ici, dit un ouvrier qui les conduisit auprès de lui.

Ils s'attendaient à trouver un gros paysan, bien crotté de terre glaise, à l'air commun et au langage pesant. Ils virent au contraire un jeune homme proprement habillé, quoiqu'il fût en gilet, avec les manches de chemise relevées jusqu'au milieu du bras. Un pantalon gris clair, son gilet de même couleur, sur lequel flottait un ruban noir, sortant de la poche et faisant le tour du cou; la petite casquette grise, et toujours ces beaux cheveux bruns ondulés. Une expression intelligente, la parole facile, une politesse qui valait bien celle de MM. Siguenar et Racoton.

— Ce M. Charnay est un homme comme il faut, dit le dernier des deux; lui et sa jeune femme font un très aimable couple. Ils n'ont pas l'air intéressé. Savez-vous, Siguenar, qu'il possède là un joli établissement, dans ce creux des Marettes.

— Il n'y a pas de doute, répondit M. Siguenar. Et sa marchandise paraît être de qualité supérieure.

Depuis cette visite l'oncle Gaspard vécut encore trois ans; puis, comme le dit la Bible en parlant de quelques grands serviteurs de Dieu, *puis il mourut*. Gaspard Lebrun remit son âme en paix au Dieu de l'Évangile. Son caractère s'adoucit encore beaucoup dans les derniers temps de sa vie. Avant de mourir, il eut la joie de voir la naissance d'un petit Charnay, dont il voulut être le parrain, et auquel on donna son nom. — Ses neveux et nièces arrivèrent pour l'ensevelissement, et trois jours après on faisait l'ouverture des dispositions testamentaires du vieillard. Elles contenaient textuellement ce qui suit:

￼

« Au nom de Dieu, mon Sauveur. Moi, Gaspard Lebrun, des Marettes, je déclare que ce sont ici mes dernières volontés, dont personne que moi n'a connaissance et auxquelles rien ne doit être changé.

» 1° Je lègue aux pauvres tous mes effets personnels, d'après la distribution qui en sera faite par M. et Mme Charnay. Je lègue à la bourse des pauvres de ma commune cent francs de Suisse.

» 2° Je lègue à David Charnay, propriétaire de la tuilerie des Marettes, mon pré dit: *à l'herbe plate*, qui le touche au midi, et dans lequel existe une veine de terre propre à faire des tuiles. Je lui lègue de même tout mon linge de ménage, mon bureau et mes livres.

» 3° Je lègue à sa femme, Julie Charnay née Cléret, deux mille francs, en souvenir des soins excellents qu'elle m'a donnés pendant quatre années, jusqu'à ce jour.

» 4° Je lègue mille francs à mon filleul Gaspard Charnay, âgé de trois mois. Je désire qu'il soit tuilier, comme son père

» 5° Je lègue à M. Ambrezon, ancien régent, la génisse d'un an, noire et blanche, qui est au fond de l'écurie de ma maison et qui m'appartient. Je lui lègue aussi quarante quintaux de mon meilleur foin, et je lui recommande d'avoir soin de cette jolie bête. Ce legs est fait en souvenir des visites amicales que le dit M. Ambrezon m'a faites dans mes vieux jours.

» 6° Je lègue à Ésaïe Cléret ma grande Bible, en lui rappelant que les promesses de Dieu ont fait ma consolation et ma force.

» 7° Je déclare que tout compte d'affaires entre David Charnay et moi est réglé, soldé de part et d'autre. Aucune réclamation ne peut être élevée à cet égard par mes héritiers, ni par David Charnay vis-à-vis de ces derniers.

» 8° Enfin, j'étais parfaitement libre d'instituer le dit David Charnay pour mon héritier, et je l'aurais fait avec d'autant plus de plaisir qu'il a été pour moi comme un fils dévoué, et qu'il n'a jamais compté sur mon héritage. Ce qu'ils ont fait pour moi, lui et sa femme, ils l'ont fait uniquement par affection. Mais ils ont l'un et l'autre un meilleur trésor que les biens de ce monde: ils ont la crainte du Seigneur, l'amour du travail, l'ordre et l'économie dans leurs affaires, et une bonne santé que je prie Dieu de leur conserver. En vertu de mes principes, qui sont que la fortune doit passer aux plus proches parents de la famille, j'institue pour mes héritières (après les legs ci-dessus, art. 1 à 7 inclus), par égale portion entre elles mes deux nièces Berthe, femme Siguenar, et Denise Racoton. Je pense que je leur laisse ainsi environ quarante-cinq mille francs, tant en terrains qu'en créances, en sorte qu'elles sont bien de fait mes héritières.

» 9° Je demande à mon ami Ésaïe Cléret de consentir à être l'exécuteur testamentaire de mes dernières volontés, et je signe ceci qui est écrit en entier de ma main, à la tuilerie des Marettes, le...., etc.

» GASPARD LEBRUN. »

Nous avons pensé être agréable au lecteur, en copiant ce testament, dans lequel on retrouve bien les idées d'un homme qui laisse un souvenir excellent, malgré les travers d'esprit et de caractère dont son entourage eut parfois à souffrir. Au fond, le cœur, trempé à la crainte de Dieu et à la foi des vieux chrétiens de cette époque, le cœur était bon. Si Gaspard Lebrun fut âpre et violent dans la forme, s'il céda souvent, en paroles, à sa première impression, il se laissa guider maintes fois dans ses actes par un mobile dont la source profonde venait d'un christianisme vivant. Cela ne vaut-il pas mieux que de beaux discours sans pratique, sans véritables fruits de sainteté? D'ailleurs, si chacun veut bien s'examiner, il reconnaîtra bientôt qu'il a conservé de son caractère naturel une foule de choses qui, pour être plus polies peut-être, ne valent certes pas mieux que les emportements de notre vieux Gaspard. Ainsi donc, nul n'aurait le droit de lui jeter la pierre.

Maintenant, chers lecteurs, je voudrais ajouter encore quelques mots avant de vous quitter. Plusieurs d'entre vous n'ont qu'à se diriger du côté des Marettes, un beau soir d'été. Ils verront que l'établissement créé par David Charnay est en pleine prospérité. Il ne m'appartient pas de leur dire ce qui s'y passe aujourd'hui; je préfère qu'ils aillent voir par eux-mêmes. La promenade, d'ailleurs, est charmante, à travers les jolis sentiers tracés dans les prairies, où chacun peut passer sans se gêner. Le chemin de fer n'est pas loin, en sorte qu'on peut, si on le désire, rester assez tard dans les environs.

Mais si la promenade en question eût été faite, par exemple, il y a quinze ans, les visiteurs auraient pu voir, autour de la fabrique, un ouvrier traînant la brouette avec peine. Cet ouvrier n'était autre que l'ancien propriétaire Gloux auquel David Charnay procurait de l'ouvrage pendant toute la belle saison. Lorsque Gloux restait un mois sans débauches d'ivrognerie, David l'encourageait au devoir par quelques bonnes paroles ou par quelque petit présent. Mais, hélas! le malheureux retombait bientôt dans le vice qui le conduisit, jeune encore, à la misère et au tombeau.

Si des visiteurs sont venus, un dimanche après-midi, ils auront sans doute aperçu la famille Charnay, se promenant sur l'herbe ou se reposant à l'ombre du poirier, devant la maison. Gaspard s'amuse avec ses deux sœurs et son petit frère, pendant que David et sa femme s'entretiennent de leur bonheur. Ils ne sont pas riches, mais ils possèdent l'aisance procurée par le travail de chaque jour. Ils descendent joyeusement le fleuve de la vie, parce qu'ils sont forts de la force qui vient de Dieu et qu'ils ne veulent ni aspirer aux richesses corruptibles, ni couler leurs jours selon leurs propres désirs; ils se sentent dans la main du Père céleste et devant la croix du Sauveur. Ainsi conduits d'une manière assurée et bénie, ils avancent vers le pays des esprits bienheureux, en accomplissant la tâche qui leur fut donnée ici-bas.

Dans ce petit verger, voici un vieillard. Il se promène, en sifflotant, autour d'une vache noire et blanche, qui mange avec difficulté une herbe courte, parfumée et savoureuse. Vous reconnaissez l'air et la chanson. La génisse de Gaspard est devenue une respectable matrone, aux cornes effilées, marquées de nombreux anneaux. Le vieux M. Ambrezon a parfaitement soigné la *Brunette*, et l'on peut supposer qu'il ne s'en séparera qu'à sa mort. Sa philosophie est d'une espèce particulière, ayant du bon en ceci, savoir qu'elle n'est point malfaisante comme tant d'autres qui ont cours dans le monde. Laissons-le donc siffler son air favori tout en lui souhaitant de comprendre mieux le vrai but de la vie, à mesure que la simple nacelle de l'ancien instituteur des Marettes s'approchera du grand océan.

Cette fois-ci, mon cher lecteur, l'histoire de l'*Orphelin* est tout de bon terminée.

FIN

NOTE DE
L'ÉDITION DE 1928

«Les trente et quelques volumes qu'a écrits Urbain pendant quarante années de sa vie et jusqu'à son dernier jour, dit L. Favre dans la préface de l'édition illustrée de l'*Orphelin* sont l'œuvre d'un missionnaire incomparable... Sans se lasser, il a frappé à la porte des intelligences et des cœurs et a contribué pour une part inappréciable à élever le niveau moral de ses compatriotes ainsi que de ses lecteurs étrangers...»

Celui qu'on appelait *l'ermite de Givrins*, bien loin d'être ébloui par le succès de ses livres et les distinctions qui lui vinrent, Légion d'honneur, Couronne d'Italie, demeura campagnard dans l'âme, et campagnard vaudois. Trente ans il avait vécu de la vie rurale, manié les outils du laboureur: en échangeant la charrue contre la plume, il resta le travailleur probe, consciencieux, infatigable qu'il avait été. «Mon travail littéraire, écrivait-il à un ami, absorbe mes matinées à partir de cinq heures. L'après-midi, je travaille dans mon bûcher ou mon jardin pour reposer mon cerveau fatigué. Le soir, je lis à haute voix à ma femme, mais à neuf heures je vais dormir.»

Des nombreux romans que produisit cette belle activité réglée, tous consacrés à l'étude de la vie des campagnes vaudoises, «l'*Orphelin*» est un des mieux venus. La haute inspiration morale et religieuse alliée au bon sens, la souriante bonhomie parfois malicieuse, l'observation, la finesse, font de cette œuvre, produit authentique et caractéristique de l'esprit vaudois, une lecture infiniment bienfaisant en même temps que pleine d'attrait.

www.ingramcontent.com/pod-product-compliance
Lightning Source LLC
Chambersburg PA
CBHW031054020726
47495CB00007B/1880